U0478862

有一种力量,叫文学;
有一种美好,叫回忆;
有一种感动,叫青春;
有一种生命,在鲁院!

鲁迅文学院「百草园」书系

半醒的群山

刘荣哲 ◎ 著

以自然现象、历史事件及人物为媒介，倾注对人性与自然以及社会关系的探查，阐述个人对生死时空的终极思考，探索灵魂自我拯救之路。

BAN XING DE QUNSHAN

江西高校出版社

图书在版编目（CIP）数据

半醒的群山/刘荣哲著.—南昌：江西高校出版社，2017.5
（鲁迅文学院"百草园"书系）
ISBN 978-7-5493-5347-7

Ⅰ.①半… Ⅱ.①刘… Ⅲ.①散文集—中国—当代 Ⅳ.①I267

中国版本图书馆CIP数据核字(2017)第100410号

出版发行	江西高校出版社
社　　址	江西省南昌市洪都北大道96号
总编室电话	（0791）88504319
销售电话	（0791）88595089
网　　址	www.juacp.com
印　　刷	北京一鑫印务有限责任公司
经　　销	全国新华书店
开　　本	700mm×1000mm　1/16
印　　张	17
字　　数	209千字
版　　次	2017年5月第1版
	2020年7月第2次印刷
书　　号	ISBN 978-7-5493-5347-7
定　　价	46.00元

赣版权登字-07-2017-455

版权所有　侵权必究

图书若有印装问题，请随时向本社印制部（0791-88513257）退换

目录 Contents

守望天空………………………………………… 1
一粒会思索的尘埃……………………………… 4
我们都是航天员………………………………… 10
战胜无意义……………………………………… 12
无法寻找的自我………………………………… 21
除夕感怀………………………………………… 27
炎热中踏过青草………………………………… 31
古月山风………………………………………… 36
登傲徕峰………………………………………… 38
半醒的群山……………………………………… 40
云梯山赏秋……………………………………… 42
二 月…………………………………………… 44
大堤与水………………………………………… 46
我的水…………………………………………… 48
泰山听水记……………………………………… 50
鳌山记…………………………………………… 52
睹山川，念非常………………………………… 54
悬在山水间的心跳……………………………… 56
所谓的风………………………………………… 59
命 魂…………………………………………… 61
树………………………………………………… 64

草　地	66
蒲公英	68
猫头鹰	71
影　子	73
一只鸟	76
飞　翔	78
青檀树及其他	80
在大海中游泳	82
冬　泳	84
看太阳	86
灭蚊记	89
叩　问	91
天　光	92
聪明的猴子的故事	94
永远也讲不完的故事	96
骑自行车去黄河入海口	99
逐　日	107
伐木者何时醒来	121
废墟：为了遗忘的存在	124
历史英雄	127
百年祭奠：凭吊一八九九	130
闲话历史	133
千年以后：可怕的可能	136
孔丘的冷笑	141
梦　秦	149
长城，被一个村妇的泪水冲塌	154
奔向邃古无人的寂静的土地	158
长夜中的一束光	164
灵知的领地	183
读《尼采传》随想	187

质　疑……………………………………… 190
松下问道——读《金刚经》……………… 193
伊甸园外的栎树和诗人…………………… 198
文之为德…………………………………… 201
文学是一棵野树…………………………… 206
灵与肉……………………………………… 211
人性与物性………………………………… 215
马性与人性………………………………… 217
关于藤性…………………………………… 219
断想小辑…………………………………… 220
良知是最高的行为准则…………………… 243
我，在善与恶之间………………………… 246

守望天空

一

被称为古希腊第一位哲人的泰利斯好审思天空。一次用心正专,却不小心掉到井里,因而受到婢女的嘲笑:天上的东西你都一清二楚,鼻子下的东西倒看不见。

眼前脚下的事都可不顾,但天不可不察。对古代哲人来说,天道、天理、天意、天命,远远高于人间的一切。我相信,人间的哲学是被天启蒙的,不审思天空就没有哲学。

在神话传说中,天上有神、有仙,有国,天堂是极美极乐的世界,是人类能够希望得到的最终的归宿。我相信,是天空引发了人们对美和善的最初的希望和遐思,又是天空滋育这希望和遐思不断长大。

所有的宗教都把自己尊奉的神明安排在天上。各路神明以其最高统治者的身份在天上统治了芸芸众生几千年。我相信,是天空使人产生了最初的信仰,使人间出现了虔诚和崇高、敬畏和信赖。

人们一贯信奉死要升天,生是天降。人世间悲极号哭、走投无路之时,叫一声"天哪!"求助的是在上苍天。我相信,是天空引发了人们最初的大慈大悲之心。

二

汉字"天"很有意思：大上加一横，意即在大之上，比大还大。

天笼罩四野。白昼的大青大白，夜晚的璀璨星斗，是我们人可以观望得到的极致的博大和无限的深邃。

风雨雷电震动着我们的心，让我们大震动，大恐怖。这是人们可以感知的最最伟大的力量。

而发生在地球表层的风雨雷电算得了什么？地球会不会是天上一个物体中一个小小的分子？太阳系会不会是天之海岸的椰树丛中一只微不足道的蜗牛？真正的天在看不见处，在大白昼和大黑暗的后面。可能，我们至今对天一无所知。

当然那也许与我们的生存无关。我们要做的只有感知。由于天空的无限，人们可以感知到无极、虚空、神秘、崇高、深远、永恒、伟力的存在。又由此，我们可以感到人的真正的渺小，真正的卑微。

一切有关于灵魂的，都可从天中得到启迪和暗示，获得彻悟，感受思的乐趣，落得别样的沉重与轻松。这种感知是人类弥足珍贵的特权，是唯一的可以进入"大道"的通行证。

我相信，土地养育着人的肉体，天养育着人的灵魂。天给人的灵魂以足够的驰骋空间。

三

现代人有着与古代人一样的眼睛，现代人可能通过望远镜和显微镜看到过去看不到的东西。但是，摩天大厦、商品广告、电视报纸、车辆人流，就足以使现代的人们的视线忙乱了。紧张的工作、烦琐的生活、复杂的人际关系，就足以使现代的人们的大脑疲累了。金钱、地位、异性、时尚，就足以让现代的人们倾心去追求去索取了。人们不断地制造着越来越多的东西，让人眼花缭乱。

现代人已成了超人。一个人可以支配众多的人。核武器的出现使得只需按动按钮就可以毁掉整个地球。地球已成为奴仆。动辄征服，人似乎大得地球都容纳不下了。

人们由对天的敬畏、审思转向了对天的开发。哪颗星上有金有银？哪颗星上有人类缺少的能源？一如自己家贫困了，把手伸到了邻居家。

这实在不过是婢女的视野、心思、动作。

如有上帝，应在发笑。无奈的笑，苦涩的笑。

对天而言，这一切更显示出人的卑微和可怜。

"文明"让我们越读越近视，"发展"使灵魂的地盘越来越缩减。我们正在背叛。我们正在投降，拱手交出自己至高无上的思考的权力。

我们甚至忘记了人类文明的真正源头。

四

审思天空与天空无关，却是我们认知有限和无限的独木桥，也是发现和完善自己灵魂的通衢。守望天空，莫失赤子之心，是一种高贵的权力。

一粒会思索的尘埃

一

星空从未有过一刻的安宁。在天际，在无际的空间里，光搭起了星球与星球之间的桥梁。

光开掘着，前行着。这神奇的光，以每秒钟三十万公里的速度，向一切空间开掘前行。这速度，等于每秒钟绕地球八圈。

想一想，那些遥远星球所发出的光，我们要等上几小时，几年，几百年，上万年才能够看到！

据说，银河系中有四千亿颗星球。这是可以胀破我们脑子的数字。也许远远不止这些。

我不知道，在宇宙的外边，这些星球组成个什么模样的东西。也不知道，这些星球是按照什么样的意志来排列的。

当我思索着这些星球，当我思索着光速，当我思索着我的生命和我所经历的时间，我发现我仅仅是一粒会思索的尘埃。

假使，有一颗星球，距我们有一万光年。假使我们捕捉到了它的光亮，但是，我们所看到的，却是一万光年前的它的景象，对它来说早失去了现在的意义。由此类推，如果距我们一万光年的某颗星球上的"人",用一种仪器收看地球的景象,那么,"现在",他给所在星球上的所有人"现场直播"的则是穿着兽皮,用矛枪追赶动物、穴居洞处的原始人的景象。如果他们以光速给地球发一个信号,那么,地球只能在一万年之后收到!

如果,我们发明一种飞船,其速度超过光成千上万倍,那么,乘着这飞船追去,用上一段时间,我们回过头来对地球进行拍摄,那么,我们就可以摄到我们祖先的全部画面,这些画面逆历史而动。所有的古人将复活,所有的古物将再现,旧闻将全部变成新闻。

从理论上讲,可以做到。

当我们走在大街上的时候,也许就会被千万年后别的星球上的人们捕捉到影像。代表着地球上的人,向那个星球展示着我们星球上高级动物的形象。当然,也许这些影像会被我们更为先进的后人得到。

在光速被超越之前,在宇宙中,"同一时刻"的概念是不存在的。

可以想象,宇宙间所有的光,载着物体的影像,发光体所有的信息,在空间传播,无止无休。

我多么想,让自己的躯体无限增大,让自己的生命无限延长,为这宇宙,为这星辰,做点什么。但我明白,这是徒劳。

大约在一百五十亿年前,宇宙中所有的物质都集中在一起,温度骤升,终于,像一颗手榴弹一样发生了爆炸。所有的物质如手榴弹的碎片和烟尘一样扩散。这些碎片和烟尘,就形成了我们今天所能知道的宇宙。也许扩散并没有终结,也许正在进行。

作为几粒烟尘的太阳系所有的星球,就这样受着某种力量的支配,飘浮着。

我们美丽的地球随着一起飘浮着。

天文学告诉我们,太阳系以每秒250公里的速度绕银河系的中心运动,绕转一圈得用2.5亿年。

也即是说,我们生活在一个比光速高出8倍多的高速运行的载体上。我们搭载于一个高速运行的飞行体上。我们原是在空间游览的乘客。对此我们竟毫无感觉，真是奇怪。

如果真的有一位全知全能的上帝，看着宇宙的变化，那么，地球对他来讲，无论如何也是微不足道的。

当他得知地球上还有着伟大的人物如秦始皇拿破仑们的时候，他无论如何也不会有敬仰之心赞叹之意。就像我们没有必要为一只蚂蚁触须上一个细菌里所发生的事情感叹一样。

而我多么想接近这位上帝，听一听他的言语，看一看他眼中的宇宙。

二

当我们了解了大时间大宇宙之后，人世的一切变得无足轻重到了极点的极点。渺小，无法想象的渺小。也许我们的渺小比我们现在所知的渺小还要渺小许多倍。这是多么残酷的渺小。

渺小的人们害怕着死亡，努力超越着死亡。

死亡或可超越。人们可以自己的人生观，在临死之际产生"死而无憾"的感觉。有的人丰功伟绩，虽死犹生，大名及思想业绩在人间永存。有的人可以著书立说，死后仍活在书里对后人说着话。有的人自信经过修炼而可以在另一个世界长生不死。这些都可谓超越了死亡，至少在心理上、在社会的功用上。而自身的渺小却是无论如何也不可超越的。无论有怎样的丰功伟绩，无论怎样地超越众人，无论在何等层次上活着，在宇宙的位置上，总不能超出半步。即便是能够移山填海，即便是把地球毁灭几次，即便是在另一空间无休无止地存活着，对于宇宙来讲，又算得了什么？

这对本性自大的人来说，显得何等可悲。

由于死亡，人们得出了人生荒谬的结论。的确，对于亘古不变在劫难逃的死亡，人生是无意义的。

由于渺小，我们可以看到人生更加无意义。死亡尚可超越一下，而渺小却是真真切切的。在大时间大空间中，人无足轻重得连鸿毛上一根绒上的尘埃都不如。

那么，宇宙的眼光里，讲求意义的人最无意义。

人最可怕的并不是死亡，而是绝对的渺小。

而，对这渺小的认知，原是我们思想中的大。没有这思的大，也不会感到这渺小和这渺小的残酷。

重要的是我们活着。因为我们活着，站在这个星球上，我们才发现、思索到一切。尼采似乎说过，任何伟大都是感官的伟大。也许宇宙比我们所知所想的更大，也许我们真正渺小的证据还没有最后得到。但是，只有当我们以我们的力量得知了宇宙的博大和我们自身的渺小之后，宇宙的博大和我们的渺小才具备了意义，也就是说，这些大与小才是活的，渗透了我们的生命的，而不是死的，与我们的生命毫不相关的。大与小这些概念本身就是意义的一部分。因为我们知道了这些存在的状况。

我们创造了上帝，我们便有了上帝的视野和权利；我们想到了造物，我们就体会到造物的奥妙。这使我们伟大。因此我们拥有了真正的、带有生命意味的大。无边的宇宙再大，也做不到这一点。即使做到这一点，也与我们相同。

即使我们小如草尖上的露珠，也因反照了整个的天光而与天有了神秘的关联，从而大起来。重要的不是我们是露珠，而是我们拥有了整个天空。

我们总在思索。思索使我们知道我们存在的位置、状况和意义。

而思索的使命，并不是为了使一切无意义，而是使一切有意义。

如果我们思来想去，觉得自己如同一粒沙粒一样渺小无意义，那么我们还思索做什么？

问题不在于我们是不是与沙粒一样渺小，而是在于我们会思索。

不管思索会不会使我们大起来，至少思索会使我们与一般的沙粒区别开来。

大是要知道的。知道了大，人就伟大了。

看透是要得的。看透意味着知识，悟性，看不透人就活得愚昧。但看破是要不得的。看破，意味着否定自身的生命，其实是一种思维自杀。把思索的工具都毁掉了。

造一件东西并不容易，而打碎它，只是举手之劳。

当我们以有意义之思索，却得到人生无意义的结论时，就如同我们持一柄利剑，没有找到敌人，却连打击敌人的思想和剑本身都否定了一样。那样人生将更加荒谬。那样我们不如尘埃。

三

承认是一种基本的态度。对于存在的一切，我们必须承认。像承认天之大，承认时间空间的大，承认人之必死，承认人之渺小一样，承认人间的爱、美、德的存在，承认人生的意义。因为，爱、美、德在人间也的的确确地存在着，而且直接作用于我们的生命与灵魂。这是人间的光芒，是人间之所以存在的规则。

对世间科学的认识一定要结合人生的感悟。否则，我们何以要探求世界的本质，何以需要知识？一切的知识应该让我们有这样的思索，即：世界既如此，我们将怎样？

对人来说，真正渺小的并不是自己存在的渺小，而是心灵的渺小，视野的狭隘。如果心灵与宇宙相通，得自然之真谛，那么则与宇宙一样伟大。

反观我们自身，人还得说人的话，办人的事，走完自己的人生。

我们无论如何不能否认人间有爱、有美、有智、有德的存在。这是我们心灵的自然存在，是心灵的宇宙。

人天生有一种神性。这神性有着直接感受美、感悟生活真谛、释放爱的光华、敬畏崇高的功能。这是造物对人特有的设置。作为一个活着的人，不能无视这神性的存在。当太阳从彩云的中间湿漉漉地升起初放光华的时候，当我们有了新的科学发现或找到生活的真谛的时候，当我们为他人超凡的杰作而感动的时候，当我们沉迷于美妙的向往的时候，当我们对人对世有所补益的时候，当我们感悟到真理的时候，神性光辉四射，我们无足轻重的皮囊之内亮起了神圣的灯，使得整个人都显得神圣起来。于是我们才更像个人，像个辉煌的人。即使地球不过是一粒尘埃，即使我们不过是菌类，我们也因拥有了我们的爱、美、智、德，从而拥有了我们所能设想的整个宇宙所能拥有的最好的东西。这就够了。许多先人已为我们做了典范。

假使有上帝，假使上帝根本看不到我们，或对我们不屑一顾，于我们也无关。我们也可以对他不屑一顾。当我们认为自己是宇宙之灵时，我们就是宇宙之灵了。我们需要为自己加冕。这并非出于虚荣，而是这样能使我们过得更好，更伟大。这是思的使命。

我们都是航天员

　　我们现今的航天员的概念，是特指乘着航天器飞离地球一定距离的人。之所以产生这种特指，源自传统的思维定式。那种思维定式把地球和天对立起来、分离开来。其实，天，应当指整个宇宙。地球是太阳系中的一颗行星，宇宙中有无数的太阳系，也就有更多的恒星、行星。地球只不过是行星俱乐部里的一分子。从宇宙的视角看，并没有"地"的存在。存在于宇宙之中运转着的地球，注定了使得地球上的每一个人无时无刻不在"航天"。所以，我们都是航天员。

　　乘着飞行器飞行到一定的高度，绕地球转或到达月球或别的什么球，就像别人到达一个一般人难以到达的旅游胜地一样令人羡慕。但千万不要因为自己不能把身体移到一个令人羡慕的位置而自卑。只要转一下观念，把地球看成宇宙的一分子，然后随便找个晴朗的白天或夜晚，找个平坦的地方躺下或坐在阳台的板凳上，仰首天空，就完全可以自得其乐地品味航天的乐趣了。也就是说，是否是航天员，关键看你是不是有点宇宙知识，是否有航天的意识。

　　如果我们把能够审思宇宙的人称为航天员的话，自古以来就太多了。有文字可查出姓名的古代第一个宇航员应该是古希腊第一个哲学家泰勒斯。他夜里边走边仰望苍穹，神游太空，思接浩渺，结果忽略了安全大事，掉到井里。鉴于他处于航天的初级阶段，我们可以笑着原谅他。在人类文明的滥觞处，到处可见这些航天员的影子。中国的河图洛书，天干地支；《千字文》开篇即灌输航天思维："天地玄黄，宇宙洪荒。日月盈昃，辰宿列张。"古希腊除泰勒斯之外，阿那克西曼德认为宇宙是永恒运动的，还认为有无数个天和世界。据分析毕达哥拉斯则可能是最早地提出地球不是宇宙中心、认为占据宇宙中心的是一团火的人。赫拉克利特通过观察审思，不知为什么做出了"太阳只有人的脚那么大小"的荒唐论断，但他也说出非常鼓舞人心、非常诗意且流传千古的话："太阳每天都是新的。"

我坚信，是由于对宇宙的神思，人类的大脑最早意识到，人的思维除了为衣食之外还有别的用途。人开始思索人从何处生，人死又归何处。由于天空的启发，人们有了神秘、和谐、永恒、真理的概念，并且创造了神明，伟大的形而上的思维应该是由宇宙观哺育的。如果没有这些宇航员们的努力，我们现在还与地球上的蝼蚁，最多是哺乳动物无异。

所以，不可以把我们的地球仅仅看成是养育我们肉身的大地，她绝对是负载我们灵魂航行的航天器。

就像一个为了眼前紧迫的生计匆匆赶路的人不是旅行家一样，我们总是孜孜不倦于现实生活，只关注短暂而又繁杂的是是非非，自然我们也就无法享受航天的乐趣。我们常常感到自己远不如古人活得坦然、自在、庄严、深刻，可能就是放弃了对天思考的权力。

战胜无意义

一

德国天体物理学家鲁道夫·基彭哈思在《千亿个太阳——恒星的诞生、演变和衰亡》(见湖南科学技术出版社《第一推动丛书》第二辑沈良照、黄润乾译)中写道:"在一位外界的观察家眼里,把它(太阳)和银河系中别的恒星相比,它是一颗既不特大也不过小,个子中等,亮度一般,在千亿繁星中一点也不突出的平凡恒星。""银河系的大多数恒星都处在一个扁平圆盘中,这个圆盘很大,光线从它的一侧对穿到另一侧,几乎需要 10 万年。"这本书如同一架望远镜,把人类迄今所能了解到的宇宙时空拉到读者的眼前,让每个读者都可以看到只有天文学家才能看到的无限的宇宙时空中发生的事情。

科学的普及使人认识到,如果不借助于科学而只凭感官,我们简直无法得知事物的真相。感官告诉我们的,是太阳月亮比地球要小许多,并且都是围着地球转的。天文学,特别是现代天体物理学的成果使人渐渐具备了宇宙的眼光。用这眼光来看空间,那么,太阳是宇宙中千亿颗恒星中一颗非常平凡的恒星,就像人眼中一颗微不足道的沙粒。地球更形同尘埃。如果说太阳与地球都是渺小的,那么,与此相比,人,连渺小都称不上,完全是可以忽略的个体。用这眼光来看时间，太阳的生命是以上百亿年来计算的，宇宙的生命自然比太阳长许多，宇宙到底从何时诞生，要存在多久，那是一个可怕的谜。而生命不满百年的人，与宇宙相比，其生命的所经历的时间几乎是可以忽略不计的，比朝露还要短暂许多。科学对于真正的宇宙时空认识得越来越清晰，这越来越清晰的认识也正在一步步地把人类自身逼向渺小更渺小的角落——而这渺小的角落也正是人在宇宙中真正的生存位置，人类与人类所在的地球与宇宙几乎失去了任何可比性。过去，因为天文学的发展，教会为了维护人在宇宙中的地位，曾否定过哥白尼，压制过伽利略，烧死过布鲁诺，可见人多么怕失去自己在宇宙中的位置，多么怕自己在宇宙中显得渺小，多么怕自己在宇宙中平凡得微不足道，多么怕长期以来形成的心态、文化、体制被破坏掉。然而事实却不是以人的意志为转移的，人不能不承认客观事实。人们终于认识到，人的如此宝贵的生命，仅仅局限于如此渺小的躯体和如此短暂的时限之中，就像我们在显微镜下看到微生物的生命活动一样。用宇宙的眼光看我们自己，我们的确很难发现什么"生命的意义、价值"，我们看到的只是盲目的生命运动，微不足道的能量和有限的活动区域。即使我们如今能够把地球毁灭多次，即使我们能够完成重造太阳这样伟大的事业，而用宇宙的眼光看，也是可以忽略不计的小事一桩。

由此联想到现当代关于人的意义、价值的一些说法。现当代人所产生的人生无意义与荒谬的论说固然有许多的原因，但我们很容易地就可以找出这种论说与时空的新发现的千丝万缕的关联，其中有着明显的直接或间接的因果关系，存在着历时性。在宇宙的新概念的参照下，人显得十分地渺小和微不足道，这可能是许多无意义与荒谬学说的最主要动因和基础。因为在对时空真相的发现之前，在古代的哲人那里，我们几乎读不到有关自身渺小的论说。在中国的传统学说中，天、地、人是一体的，是相应而且是可比的。从盘古的神话中我们就可以清楚地看到这一点。《艺文类聚》卷一引《三五历纪》："天地浑沌如鸡子，盘古生其中。万八千岁，天地开辟，阳清为天，阴浊为地。盘古在其中，一日九变，神于天，圣于地。天日高一丈，地日厚一丈，盘古日长一丈，如此万八千岁。"清代马骕《绎史》卷一引《五运历年纪》："首生盘古，垂死化身，气成风云，声为雷霆，左眼为日，右眼为月，四肢五体，为四极五岳，血液为江河，筋脉为地理，肌肉为田土，发髭为星辰，皮毛为草木，齿骨为金石，精髓为珠玉，汗流为雨泽……"明周游《开辟衍绎通俗志传》更有盘古"左手执凿，右手持斧"开天辟地的神话。盘古不仅与天地同长、同大而且有着天地所没有的神力，即对天地有一种支配能力。在古希腊哲学中，天、地、人、神也是一个完整的系统，在他们的神话和学说中，正面的天神常常被人格化处理后，成为人的很亲密的导师或榜样，反面的天神则作为一切恶的象征，与善成为对立面。

在科学雄壮地打开时间与空间的真相的同时，人们过去完整的、壮观的、宏大的灵魂却开始萎缩凋零了。其中有多种原因，但关于自身渺小与短暂的认知是绝不可忽略的。新的认识把人逼向宇宙的边缘或角落，在这边缘或角落，渺小与短暂是如此残酷地困扰着我们的思，把我们对人生意义的探寻逼进一个极其有限的渺小短暂的匣子之内。面对科学不断获得的关于时间和空间的知识，我们会发现，生命意义、生命价值、永恒观念，这些我们看得十分重大的概念，我们得以存在的本钱，其实在我们所知的宇宙时空里原是不值得一提的。思进展到这一步，除了自杀，或除了停止思，像菌类一样活着，似乎没有别的结论了。于是，人们终于发出了深刻的无意义的呼号。二次世界大战后，我们可以随意从西方现代主义作品中听到这种呼号。原本对人生意义与价值的强有力的探寻成为迷途和泥淖中拼死的挣扎。卡夫卡的《变形记》，把人写成了可憎可怕可怜的大甲虫，这是只有在现代社会中才会出现的对人的一种全新的认识，这是在古典主义作品中不可能出现的。

二

然而我们可以发出这样两个提问：第一，我们所谓的生命意义是建立在体魄的大小和生命的长短之上的吗？假使我们自身无限的大，（像盘古一样）宇宙如同我们脚下的土地一样可以被我们随意耕耘，我们可以像抓泥土一样随意抓起一大把恒星行星；假使我们的寿命无限的长，像我们现在看日出日落一样看着宇宙中许多银河系生生灭灭，永无衰老之日，如果是那样，我们的生命就有意义、有价值了吗？难道我们的意义、价值观念是建立在做宇宙的霸主的心态基础之上的吗？第二，我们以我们微小的体魄和短暂的存在与宇宙之大之永恒去比较，其本身有多少意义？如果我们设想，我们从一只显微镜下看到一个细菌在哀叹：啊，与人相比，我们是多么的渺小啊！我们的生存是多么的无意义啊！或者我们听到一个分子或原子在某物中发出同样的哀叹，我们会否定它们存在的意义并在他们面前得意扬扬地得出自身大或有意义的结论吗？只有生活在"大"的洋洋自得的心态之中我们才有意义和价值吗？如果不是这样，我们何必以相对于宇宙来说细菌原子一样渺小的自身去同宇宙进行徒劳无益的比较呢？

我们可以发现，我们现有的关于意义、价值的概念，与得出无意义的结论的基础一样，原来只是建立在我们的生命的基础之上的，只不过我们没有认识到或不愿承认或忽略了渺小和短暂的事实。意义，《现代汉语词典》是这样定义的："1、语言文字或其他信号所表示的内容。2、价值；作用。"价值，则是这样定义的："1、体现在商品里的社会必要劳动。2、积极作用。"以上定义，相对于我们对意义与价值的思来说是显得太单薄了，但却也难以找出更简洁更明确的定义。无论怎样，我们用我们生命的思得来的意义与价值的概念，是不会超出我们生命的范畴的。这两个概念是有着积极的内涵的概念，里边有着生命积极向上的动态内容。这两个概念不能超出生命现有的圈子之外。人们曾创造出关于体大无比，寿命无限的神话人物，但那是思的领域的事情，与现实的领域相差甚远。也就是说，自身体魄寿命的大小长短是不妨碍思向博大与永恒的推进的，就像天文学家自身的条件不会妨碍他们前赴后继地向宇宙的真相发出挑战一样。

三

人的心态是随着对客观世界的认识的变化而变化的。传统的心态和文化在新科技发现的时代，面临着失去根基的尴尬处境。天、地、人都有了新的内涵。由于过去知识的局限，人们总以为地球是宇宙的中心，对大的认知仅限于对地球或天空的感性认识，从而有很大的局限性。也由于宗教，人们相信天国，即死后的归宿，灵魂的存在，死亡只不过是灵魂环境的改变。在如此小的圈子里，人们充实着调整着丰富着人生意义价值的内容，总的来说人们觉得是充实的，是自主的，是丰富的。就像在一个老宅子里，修修补补，添置些家具一样。这构成了我们的整个传统心态的基础。当科技的发展告知我们宇宙的真相和人的生命本是一次性短暂的消费，我们微弱得可怕，我们只具有去而不返的一次生命的时候，就像突然把我们推出了老宅子，站在一个全新的旷野上。此时，人们就很难把心态调整过来。因为多少年的文化、传统使我们形成的文化已经定型，而且根深蒂固。我们知道，一棵温室里的盆花突然移置旷野的结果是什么。这需要弃绝过去的一切，需要对过去的一切说再见，重新构筑文化和心态，进行全方位的革命。那就是白手起家，建筑新的房子。过去的地基不能再使用了。所以，对一切，我们只有重新思索。这不是一时一地的事。这需要时间。而在新的建起来之前，我们只有无奈地接受着旷野的风吹雨打雪压霜欺了。而如今，现代化的快节奏又几乎剥夺了人们冥想的时间，物欲的诱惑又使人不需要多少气力就可以获得舒适的物质生活。这造成了灵魂急需关注、急需寻找出路而现实却不具备这种条件的矛盾。因此，人们忙忙碌碌却又六神无主，生活内容丰富却又感到内心极度空虚就是自然而然的事了。

天不再是过去的天，（比过去所认为的天不知要大多少）地不再是过去的地（比过去所认为的地不知要小多少，而且已被人开发殆尽，自然面目正在大规模消失。），人也不再是过去的人。（比过去所认为的不知要小多少倍。）作为一个现代人，若想获得一种积极的思，得到有关人生意义与价值的有说服力的论据，的确要比过去的人克服更多的障碍。他不仅要从过去获得一些经验，而且要容纳许多新的内容。更为要紧的是，现代人要在积极的思的路上前行，不可避免地要翻过个体生命的渺小、短暂与宇宙伟大、永恒的矛盾的高山。愚昧与无知有时会给人一种初生牛犊不怕虎式的大无畏气概，而进化与科学如果以失去大无畏的气概为代价，那么进步带来的只能是人的精神的萎缩，大甲虫的形象不正是现代人精神的一个缩影吗？

四

建立在渺小与短暂基础上的无意义和荒谬概念，来自于我们的思的定势，我们很容易把一切无生命的东西作人格化处理，并以征服者的情感和心态对待它们。因为我们有灵，就认为万物有灵，将一切都作人格化处理。山威严、海浪漫、大自然动不动就像敌人或天使一样被我们征服被我们爱，人与物在多种情况下处于交融状态（而不是有所严格的区分），这样我们感到安全，感到美。这样的思的定势，使得我们总把客观世界的一切安上人的眼来观照人。终于在我们得知宇宙时空后，一如既往地对宇宙也作了人格化的处理，以宇宙的眼（其实是我们自己的眼、自己的传统的价值观念）看待我们自身。传统的心态承担不了这些新的发现。在对宇宙新的知识面前我们传统的灵魂头昏脑涨，感冒了。就像帝王一下子被打翻在地，成为乞丐。这其实是对我们思的定势和过去由于无知而形成的心态结构本身的错误的打击和纠正。在此，我们发现，科学家比人文学者和艺术家要冷静客观得多。一个天文学家对宇宙的知识要比其他行业的人懂得的多得多。天文学家对我们的渺小认识得更清，更准确，他们甚至可以拿出确切的数字进行比较说明，他们可以通过仪器看到一般人看不到的星河，他们可以推算出星的寿命和演变过程，他们可以设计出宇宙飞船把人送向太空，得到更广阔的视野和发现。但他们很少由此得出生命无意义无价值的结论。他们发现了宇宙之大后也震惊，但这是一种发现的震惊。他们从这种发现中感受的不是自身的渺小而是自身的伟大：啊，我发现！我知道！这使得他在惊喜之后投入到更深的观察研究中去。他们的乐趣在于发现本身。他们顺着发现的轨道很有乐趣地生活着，发现和研究的快乐占据了他们的生命。谁也不能说这生命是无意义的。于是，人的价值与尊严就在这样的发现中体现出来了。

其实，与我们现在所知的宇宙间、地球上的其他物种相比，我们很应该为我们的人自豪了。因为我们是人，所以我们才思，才发生对意义价值的探寻，才拥有如此丰富的物质和精神的生活。我们的身体中有灵魂的存在，这本身是多么玄妙的事情。我们自身虽不大，但我们可以感知大，在想象中感知硕大的存在和茫茫无边；我们本身的寿命如此短暂，但我们可以在想象中感知远古与未来，感知时间的无限；我们无法看到永恒，但我们有着永恒的概念，这概念可使我们填入丰富的内容。从这个意义上，我们与大、与永恒就产生了千丝万缕的联系，至少我们的灵魂可以进入我们存在本身所不可能进入的领域。除了人，谁能如此？感谢我们的想象和感知的能力。它创造着我们，并拯救着我们。

对渺小与短暂的耿耿于怀，过于看重，是对生命和思的戕害。我们谁也不会面对一个婴儿说：你终究会死的，并将其扼杀。因为我们不必多加思考，自然而然地就承认了他有生的权力，我们也自然而然地尊重并呵护他的生，对着婴儿我们不会神经质地穷究他渺小、必死的事实。同样，我们的思也不必在主体的渺小和短暂上做过多的停留。在我们渺小的、短暂的生命中，意义与价值是伟大的。这是对于我们生命本身而言的，而不是对着并无意识与生命的宇宙而言的。伟大是人本身的伟大，不能因为人在宇宙中的微不足道就否定了这种伟大。宇宙的大与无限并不能取代我们的存在。如果我们一味地认为自己渺小、荒谬，那么我们就比没有这种认识还要渺小、荒谬。思的一般作用在于发现并维护积极的人生，而不是否定和扼杀人生，也不是把人生引入到走投无路的境地去悲苦号叫。

总是要有一种积极的人生姿势。如果我们在白天认为白天是短暂的，夜晚终将来临，如果我们在春天认为春天是虚假的，寒冬是真实的，那么我们只能越思越悲凉。如果我们在长夜时想着光明势必到来，在冬天来临时想着春天不会远，那么便会越思越乐观。自然，如果我们超越了对自身存在状况的斤斤计较，承认我们生命现存的一切，以宁静的心态对待我们的思，以宁静的心态对待我们外边的世界，让更多的关于世界宇宙时间的知识进入我们的思，充实思的内容，那么，一切神经质的无意义的呼号和悲叹都会远离我们而去，我们将得到一种本质的真。那么，真的意义与价值就全在其中了。大气概、大无畏精神，需要我们来培养，来捍卫。像江流一样，从高山深谷中百折不挠地扑向大海，去完成一种波澜壮阔的博大与浩瀚。这里，我们要呼唤古神话的作者们的心态。他们的创造体现了人的灵魂的伟大。他们的思没有太多的樊篱。

五

  人类精神的关怀者们总在努力探寻使人的精神健壮的良方。因为人们都知道，如果科学一条腿粗壮，文化一条腿萎缩的话，人类就无法健康前行。许多人为人类作出了许多悲剧化的预言，我们不能把这预言理解成为人类最终的事实结局，而要理解成为迷途或歧路上的呼号，我们应发现其中的深刻的警示作用。因为大家还都在活着。虽然生命渺小而短暂，但是伟大的潜能仍在其中。

  最可怕的还不是有无建造新的文明大厦的迫切心情，不是对建造新的文明大厦有明确的意识，最可怕的，首先是人们一种停滞心态，听天由命，得过且过。一些人认为现在快节奏、易于获得物质需求的生活是生命活动内容的全部。在一种认命的心态下，在快节奏的繁忙之中，在娱乐项目丰富得足以将人们不多的空闲时间胀满的情况下，放弃了思的权力，生活轨道无限地简化了，大脑只用于追求物质，感官只用来接受刺激。至此，人与机器与低级动物就更为接近了。如果这样下去，人只能沿着无限小的曲线下滑。其次是一种倒退心态，人们动辄就去传统文化中寻根，希望从过去已有的经验中寻找解救当代灵魂病态的药方，甚至跑到现存的不多的原始部落里去寻找人生的真谛，这本身并无可厚非，但如果以恢复或维护传统心态为目的，就像一个成人幻想回到婴儿状态，回到母亲温暖的怀抱里一样，那是一种倒退的癖好，是脆弱的灵魂对世间真相的畏惧，是无法长大的心态，也是势必不合时宜的，就像恢复到"小国寡民"的桃花源中是不可能的一样。两种心态都使人在现代社会中越发可悲。因为社会不会停滞不前，倒退也是不可能的。只要人们的发现不停止，社会的前进是必然的趋势，也是不以人的意志为转移的。如果一味停留在停滞和倒退的心态上，他不仅不如过去愚昧冥顽的人，而且也势必为社会所淘汰。其实，如果说可悲的话，可悲的真正原因不在于我们的渺小和生命的短暂的事实，而在于我们放弃了思的权力，即放弃了、扼杀了我们身上固有的神性。

　　神性是非常重要的。由于神性，我们创造过上帝，创造过非常灿烂丰富的文化和艺术，创造了人这个不同于一般动物的种类；也由于神性，我们具备了敬畏、崇高、神圣、信仰、理想、美等等充实着我们灵魂的内容。连无意义与荒谬这些概念，也是由于神性引发的，石头与昆虫绝不会产生悲观颓丧的情绪。威严高耸的雪山、清澈欢快的花溪、莽苍沉静的森林、骚动不安的大海，曾给我们多少美感，我们的神性对它们是如此情有独钟。这是我们的造化，这是大自然赋予我们的瑰宝。神性与它们在一起，从它们身上汲取着营养，丰富着自己，健壮着自己，自古如此。神性把我们与一般动物区别开来，神性也使我们神化了自然的一切，使神性自身更加丰富、健康。神性曾如此安慰着前人们的生活，使人像人一样活着，让人的灵魂充实有加，让人踏实地生存。神性维护着生命，捍卫着生命，使生命光华斑斓，给生命以力量和健康。只有人有神性，宇宙虽大，却没有。我们可以无限地了解宇宙，而宇宙对我们一无所知。它没有这个能力。如今我们面临的问题，要求我们最大限度地展现出我们的神性，与科学的发展并行，并使用神性本身的力量，抵抗一切新的、非人的力量。

无法寻找的自我

一

　　我早就知道这些歌早已渗入我的血液骨髓之中了。

　　那年和朋友一起去黄河入海口，骑车在茫茫的大草场上，兴致至极，一边狂蹬着车子，一边高唱着的，就是这"穿林海跨雪原气冲霄汉"、"狱警传似狼嚎我迈步出监"、"朔风吹林涛吼峡谷震荡"。

　　那年我和朋友们去梁山，夜半酒醉，再次登上"断金亭"，迎着呼啸的雨夜的谷风，面对看不见的群山，引吭高歌，唱的仍是这些歌。

　　我知道这些歌已渗入我的血液骨髓之中了。凡情绪高亢之时，凡进入需歌之舞之的境界，我唱的只能是这些歌子。似只有唱这些歌才能把满腔的豪气从骨子里唱出来，才能把一怀的郁闷从心的最底层发泄出来。别的歌都不行。

二

　　从我记事时起我就听着这些歌。

收音机（除电灯外，那是家里唯一的电器）里只有这些唱腔。电影院里全是这些样板戏。父亲教我的，也不是现在父母教孩子的"小白兔白又白"，"小燕子穿花衣"，也是这些样板戏的唱词唱腔。学校联欢会上唱得最出彩的也是这些。我几乎背得下几部样板戏的全部唱段。

像炖牛肉似的，大火小火地炖；像腌咸菜似的，慢慢地腌——"熏陶"就这样完成了。熏陶：在持久的外力的迫使下，客体对主体的同化。特征：重复。别无选择的重复，日复一日的重复，不可改变的重复，直至渗透进血液、灵魂。结果：主体向客体靠拢。在这里，熏陶与灌输、教育、培养、异化同义，甚至与绑架近义。

三

我常常奇怪，种种动物中，可塑性最强的要数人了。

猪天生猪样，狗天生狗样，费尽气力驯化，也只能比别的猪狗多一点小聪明。但改变不了其"性"。

而人呢。天生的人，如果跟猪一起长大，就有了猪性；跟狼一起长大，就有了狼性；跟猴一起长大，就有了猴性。只是不会有人性。

如果把一个初生的人与一只初生的动物放在一起，人肯定不会比动物生存本领更强。

人是最没有自我的动物。他最容易受到"熏陶"。他是最可腌制加工的料子，是最可烹可调的肉，是最可冶炼的矿石。维也纳的白人到了黑非洲原始部落也不会信奉他们的神明，黑非洲原始部落的人到了维也纳也不会欣赏他们的交响乐；但黑非洲原始部落的孩子如果在维也纳长大未必不欣赏音乐，维也纳的白人婴儿交给黑非洲原始部落酋长手中未必不信奉他们的神明。

人像一块橡皮泥，随便捏成什么样子，他就会成为什么样子。也许这是人最大的弱点，也许是人的本质。

想想希特勒时代的德国。想想文革时代的中国。亿万个有血有肉能思想的人，竟然被塑造成一个样子。你就知道人是怎么回事了。

四

有一种说法是寻找自己，或讲寻找自我。要求做到"自我的解放"。

自己是什么？自我又是什么？活着的牛是炖熟了的牛肉的自我吗？菜地里的菜是腌过的咸菜的本真？即使是，两者之间谁好谁差，谁价值高谁价值低呢？

所以，向后寻找自我是徒劳的。正确理想，所谓寻找自我，只是在种种理性基础之上，为自己设计的一种理想的自我，一种完美的自我。表面上看是一种回归，实际上是一种自我设计的蓝图。

所以，我们说想回到孩提时代，只是希望自己像儿童，而不是真的要回到母亲的怀抱或穿开裆裤。说回归自然，也只是希望像自然界的生物一样自然，而不是变成一棵树或一只狼。回归的目标，只是一种比喻。即是像什么什么状态。即是像，就是假冒或伪劣，其实都不可能回到"本真"状态。也许人根本没有什么"本真"。人类历史上的一些杰出人物，之所以杰出，并非因为他们"本真"，而是他们把对人类最有用的部分生发了出来。

人为什么要设计一个新我？那是因为不满于旧我，为自己设计一种前景。旧我即是被熏陶过的我。设计新我即是对一切熏陶的反叛，或者讲反抗。这是寻找自我的本意。

当人认识到自己"再也不能这样活，再也不能那样活"的时候，便对自己发出了反抗的命令。反抗的是那些对自己的塑造力量，同时意欲达到自己为自己设计的"本真状态"。

其实，他只不过是再塑自己。接受另一种文化，愿意对自己进行另一种塑造。

五

我常苦思冥想。但对自己的苦思冥想进行反思,却觉得这些思这些想总沿着别人的轨道行进。苦思冥想的结果,也是别人早已说出的语言,带着别人浓厚的方言、地方特色、时代特色。我的脑子里都是别人的语言。别人在用我的口说话。我从一个人的轨道进入另一个人的轨道,想的说的做的都是别人的。动则类似于某人的动,静则类似某人的静,为则类似于某人的为,不为又类似于某人的不为。好像整个世界早已瓜分完毕,在这个世界上我再也找不到属于我的哪怕一寸土地。就像我情绪高涨时,只能唱别人作词作曲的歌,而不是唱出自己的歌一样。我有自己的心脑,里边盛的是别人的货色;我有自己的口,说出来的却只能是别人的语言。

除了已有的,我一无所有。

但,当我翻开一本新书,一本很有价值的书,里边又明明白白地告诉了我许多我想过而未说出,或者我没有想过的事。我又进入了一个新的领域。这样的书给了我全新的感受。有时甚至想,自己也想过的,却让这本书的作者占了先。这种情况暗示我,语言远远没有被穷尽。我们离真理还差得很远很远。当我为此而高兴时,我觉得又上了这本书的轨道,它依旧是别人的,而不是我的。所谓的自己的路,只不过是借别人的路走一走罢了。我得到了欢喜,但这欢喜超不过阅读的范围。出了这范围,我依然是我,那过去的我。

我可以有意识地摆脱我所不喜欢的东西的"熏陶",但我的"主观能动性"却使我情愿地走进了另一个迷宫。这个迷宫的一砖一瓦看起来都是有价值的,都是迷人的,但虽然是路,却是迷宫中的路。

我能找到自己的路吗?设想我能找到,那么我知道,这必须有一个前提,那就是找到真实的自己。

六

世界上的一切都是真实的。

夜晚，站在阳台上，对面十几米外是另一座楼房，有的窗口黑着，有的亮着灯。天上，星星闪烁，远处，瑟缩着一盏灯，静谧中传来火车的微鸣，狗的吠声。太阳在地球的另一边。我正处在地球的阴影之中。我实实在在是处在一个真实的世界当中。这个世界实在得不容怀疑。

冉冉升起的太阳，一轮皓月，满天星斗，街道，高楼，行人，电视节目；战争，核武器，卫星，登月成功，艾滋病；生死，童年少年中年老年，婚姻家庭；孔子、释迦牟尼、曹雪芹、爱因斯坦等等，再真实不过。万物皆有其个性，皆有其存在，在这个实实在在的世界上，无可置疑地存在着。

只有我是空虚的。

我在等着做一个什么东西。

我肯定比幼时的我有出息，因为那时是在无意中被塑造，而现在是自己设计图纸，自己塑造自己。

但看看自我塑造的工具，材料，却令人心寒。都是别人的。属于自己的却一无所有。就像一个家庭，家里的摆设都是借来的。看似富有，其实却是极端的贫困。甚至比赤裸裸的贫困还让人难堪。

我热爱着的比我强大，我痛恶着的也比我强大。无论善恶，都比我要充实。我只有被塑的份儿。

爱默生说："对于日历上的日子，我们从未真正拥有过。"

他又说："我们在社会中能数出多少个真正的人，多少种真正的行为？多少种真正的意见？"

看来，不只我自己这样。这并不能使我宽慰，反而使我觉得问题大了。

七

对那些歌，我说不上是喜欢还是不喜欢。它们不在我好恶的范畴之内。

也许我对它们十分厌恶。平日我不太喜欢听它们。它们太陈旧了，它们发霉了，听到它们时我又被那并不值得而且给了我巨大伤痛将我心灵歪曲的那个时代的污浊淹没了，让我恶心。

但时时它们的旋律响在我的脑际，时时我把它们哼唱出来。当我意识到的时候，我为自己感到厌恶。同我的别的一些行为一样：我自己本不愿为之，但不知不觉中那样做了。做了后可能是后悔，可能是自责，但做的时候我并没有过多的考虑。做了之后让我痛心。过不多久，我会犯同样的错误。

我也一直在按某种理想来要求自己，规范自己。所以审视自己的所作所为时，常常感到自己的轨迹如同一张草图。不能修改的草图。（而这又是米兰·昆德拉的说法）真正自己干得漂亮的事，其实很少。

我知道早已被熏陶了的我，已没有办法"重新做人"了。

我曾想"回归自我"，但我找不到"自我"。因为自我只不过是一块橡皮泥。

然而世界是真实的。真理是存在的。回顾历史进程，人们其实走在寻求真理的大路上。是否找到自我是无所谓的。被塑造也是客观的现实。关键是是否加入寻求真理的道路。

如此，而已。

除夕感怀

除夕。鞭炮声。仿佛一切依旧。而夜晚却不是以往的夜晚,鞭炮也不是以往的鞭炮。(对于某些人,这很可能是他们一生中最后的除夕;对另一些人,却又是他们人生中的第一个。这对他们有着特别的意义。)去年的和明年的,千年前的和千年后的除夕与今天这个除夕是决然不同的。

(睁眼闭眼的瞬间,时间已流出了很远。)

除夕的月亮失去了踪迹,消溶于漫漫的长夜;星斗也从未显得多么明亮。只有鞭炮,奋勇地重蹈前辈的覆辙,踊跃着想掀翻大地,打碎空气。远远近近,角角落落,万方齐炸,竟无一寸安宁的空间(想那火药,原本是火和力的载体,却被层层捆缚起来。一旦点燃,便再也无法按捺,忽地将自己毁灭,与禁锢同归于尽。好豪爽、好悲壮!除夕是它们的末日,同时也是它们的节日。它们以涅槃般的虔诚义勇地选择了灭亡——那彻底的解放!)。爆炸声形成了声音的大森林。破碎的空气在其中跳跃、颠簸、躲藏。放完鞭炮然后去觥筹交错的人们,似乎完成了必需的祷告,准备去接见一个崭新的年头了。

轰鸣的鞭炮能够开天辟地般地拓开新的生活,摧枯拉朽地粉碎人间的晦气,变冥顽为明智,变谬误为真理,变惰性为进取吗?

从未有过。

那么点燃鞭炮究竟意味着什么?

旧历的大年三十又意味着什么?

....

我极力去想昨天，那可以想见的远古。

大山大水大荒野……恐龙摇曳着长长的尾……初民们在取暖和烘烤食物……制作陶器……围猎……战斗……交媾……分娩……

阳光和星光轮番照向这个星球。

初民们消失了，化成尘灰和土。千万个春秋烟缕一样地飘过。

似乎是一样的太阳、一样的明月、一样的星斗、一样的山河、一样的昼夜、一样的地球。

有谁能有怎样的想象，把人类千百万年的历史陈列于眼前，一一历数人类发展的历程呢？又有谁能把握历史的脉搏，昭之于天下呢？

如果我们笼而统之地把过去的（无论多远）时间称作"昨天"，把未来（也无论多远）的时间称作"明天"，那么，"今天"则仅仅是毗连两个时间的一个坐标点，或者仅仅是组成时间的一个分子，历史长河中的一道波纹了。

今天，历史上从未发生过，在将来也不会重复的一个点。有远古作证，有未来作证。

百年前和百年后的世界都没有我们的存在。但星河明月依旧，山海依旧，只是点燃鞭炮的不再是我们。

过去的，曾把今天看成未来；未来的，又将把今天看成过去。我们曾被过去仰慕，我们将被未来审判。

忙于自转和公转的地球，不断出发，不断回到出发点。一代又一代的生命被它毫不经意地丢弃在途中无底的深渊。这是物的运动，是物的必然。

人固然可以挥起皮鞭（或刀枪）使众人为自己的奴隶，固然可以圈起土地占为己有，固然可以拥有金山银山。但谁能把时间储入自己的钱袋？哪里能够贮存时间？时间不是黄金，也不是稻谷。一天二十四小时，对每个人都绝对公平，绝不会多给谁一分一秒，也决不让谁拿走一分一秒。

我们穷的只有今天了。

贫穷，绝对的贫穷。

最大的贫穷莫过于时间的奇缺。

时间是可怕的公共汽车，一站一站地接上乘客，又一站一站地将他们送下去。时间是不停挥舞的铁帚，将一切生命以及关于长寿的梦想清扫出去。而它却活着，永久地活着。它是一只桀骜地飞翔的大鸟，不曾遗失一片毛羽。

当许多人在激烈地论证世界和财富的归属的时候，他不知道他已经到站了，他不知道铁帚已扫到了他的身边。

过去，我常去一个小山丘散步。山丘上有大片的甘薯地和青沙场。附近村庄的人死了，便埋在这里，筑起圆坟，竖上墓碑。这样做已经许久了。挖沙的民工常常挖出一些墓葬，因此山坡上常见零散的白骨。甘薯地里绕着一道水渠，许多前人的墓碑就充当了建渠的石料。墓碑表面光滑如镜，文字镌刻得很深。我想千年之后，或许墓碑依然存在，文字依然清晰。但墓碑的主人何在？墓碑的意义何在？坟茔能延续死者的存在吗？墓碑能使人不朽吗？墓碑可用作修建水渠，而尸骨有什么用？活人、死人、墓碑、坟墓，究竟什么能够存在久远，什么最悲苦？

我想作一首歌，一首与时间平行的歌。它的节奏应该是历史脉搏的搏动。它起自死亡的大渊，直接冲向人类希冀却又不能达到的顶峰。它穿透凄凉辉煌、喧闹孤独、欢乐哀愁；它摧毁无根基的虚妄；它与时间同在；它超越物的生命；它是芸芸众生的挽歌，又是强健的生之曲。

如果生存中还有幸福可言的话，那么拥有生命，本身便应是最幸福的了。

在"今天"这人人具有的微小的财富里，我显得越发地微小。

而我毕竟拥有它。它是我生命桌前的一页白纸。在这里，我可以看以往的辉煌和惨淡，看以后的路和峰顶。我可以从地球的诞生一直想到地球的毁灭，可与山川日月星辰对话，可在纸上谱写我的曲子。即使我是火药，我也应有那瞬间的辉煌，哪怕一切都一去不复返——一切迟早都会一去不返。

这便够幸福的了。

呵！有那么多的人，属于物的身躯被时间抛弃了，而属于人的灵魂却跃出时间之外，并向时间展示着自己的风采，与时间同在。如荷马、莎士比亚、普鲁斯特；如屈原、曹雪芹、鲁迅……

相对于滚滚流逝的河水，岸便是永恒。

人，只有灵魂可以跃上时间之岸。

（多少渣滓喧闹着污染着河水，却又无奈地流逝去了。）

我似乎找到了除夕和鞭炮的真正含义了。

灵魂之山的雪线以上没有杂色，所以应该单纯。

炎热中踏过青草

那块青石一动不动，像没有表情的蚂蚱，伏在路旁的草丛中。阳光像金爪子（五指张开准备猛击青石），高悬着，纹丝不动，散发出灼热的法力。青石和阳光相持着没有出汗没有暴怒没有萎靡。显然，在阳光垄断的时间和空间里，谁都无可奈何。其实太阳并不理会别的星球的感受；地球是否接受它的热，地球的兴衰存亡，都与它无关；它只自顾自地发光发热。花儿也一样。红花很娇艳，如由少女的红衣或红裙裁制，附丽着少女的温柔少女的玉质少女的骄傲，带有物理意义上的"少女场"的物质，靠近的人都为之感动、动情。黄花绝无杂质，炙手可热，可望而不可即；看它时，眼球立即产生稀释的感觉，像坐下或躺倒时，深呼一口气，顿觉十分懒散一样，美妙异常；心也因此突然快乐，像冷不丁浇上一盆温热的清水，先是轻微一烫，然后十分惬意。白花非常夺目，有无数银针四下放射，几乎令人流泪。

夏天里，人的感觉常常达到极点。如蓝天，没有比它更蓝更纯的色彩。其空明也达到极致，正适合很高的飞机遨游。那架飞机是天（大海）中唯一的银亮小鱼。它无所在意，一味飞行，像不知疲倦的旅人。我揣不透它的思想、目的，但它绝非没有思想、目的。它不空虚，但它悠闲。它沿着一条与大地平行的航线，缓慢，平稳，向肉眼所不能及的天际滑去（不回头，不告别，像赶路的信鸽。人不动，像石头）。它远离大地的炎热与专制，周遭流淌着绸缎般可触摸的凉风，没有污秽。我思想着，却不向往。此时很闷、很热、很脏。

天变幻多端，乌云滚压来，空中的红（黎明或黄昏的红霞、红光染透的空气）不肯褪去；天乱了，不再是单色调的画面。红被涂得乱七八糟，乌云也被扯薄、扯烂。而乌云凶顽地前进着，像恶棍逼近柔弱的少女，回击着无力的反抗，最终战胜红，占领天空。天曾属于阳光。乌云像铺开的有悠久历史的被子，很脏、很厚，散发着经久不息的恶臭，令人恶心、呕吐，像食物中毒一样。这印象很深刻。人无计可施，像阳光下的青石，也得不到一丝的缝隙和一线云外的光，就像冬夜拉紧被子不让一丝的凉风吹到肩膀上，就像为了捉住耗子堵住一切的孔洞和缝隙。乌云完成覆盖，打雷、闪电、下雨就肆无忌惮了（拥有了充分的肆无忌惮的权力、条件，如同你被拖进牢房，吊上房梁，任人折磨）。乌云就是乌云，是自然的产物，没有恶意没有灵魂。但人是什么？

地面的雨水很薄，很亮，像玻璃，水底生出绿膜（像地毯），绿膜上长满白色的水泡（像珠玑）。也生孑孓。孑孓蜕变成幼蚊，幼蚊文雅地趴在水面上看自己的影子，久久不动。隔几日，绿膜裂开，一块一块地飘起，上面依旧沾着白色的珠玑。长大的蚊子找血喝去了。夏天总是这样。

乌云肆无忌惮（上文说过），就像细菌在合适的条件（场所、温度、湿度）中，迅猛繁殖。米饭变馊，馒头变质，生出可恶的——也许是好看的——颜色，就像臭水沟水面（水是黑色的，不蒸发，不渗透，积了很久，底下是淤泥，岸上不长青草，只积秽物）上漂有光亮的一层，似油非油，似水非水，在特定的光线照射下，幻出迷离的色彩，出人意料。

然后是蝉、苍蝇、蚊子。绿蜻蜓平行于水面滑行（像飞机），旁若无人，没有视觉。"铜壳螂"撞上杨树附着，它拇指大小，两翅合并如指甲，青铜色，头三角形；用拇指和食指捏住，从树皮上拉下，攥进手心；它们用有齿、有力的腿脚死命地抓（钳、夹、挠、割）你手掌的皮肉，你苦不堪言（蜻蜓则乖。只需将它带花斑的透明翅膀一并，夹进指缝，就可以随它张牙舞爪了）；把它塞进玻璃瓶，旋紧盖子，可观赏它们有力、有尖、有齿的腿在瓶壁和难友的身上爬、抓、搂、踩、挤、钻、藏了；死亡就会来，收去它们的努力和生命（乳白色肚皮朝天，上面有叶脉似的黑纹，四肢张开）。

"铜壳螂"、蝉、蜻蜓们的腿是相似的：大腿粗短，小腿细长，中间有折，像"〈"。这些"〈"布满夏天。"〈"沸沸扬扬，蠕动的蛆虫似的，像显微镜下的细菌。你毛骨悚然。有同样腿的还有蚂蚱、蝴蝶、蛾子、蚊子、苍蝇、土鳖、蝎子、蜘蛛、蟋蟀、屎壳郎等。这些腿对称分布在身体两侧，动作顺序如下：一，根部（与身体联结处）动；二，大腿动；三，关节动；四，小腿动；五，脚趾（如果有的话）动；大体与人相似。有的腿和脚上带毛（如苍蝇）。

苍蝇有莹澈的双翅，像蜻蜓的双翅一样美丽。花生米样的身子像是穿着黑底白格的外衣，灰不拉叽的，肚子里面是浆状的蛆。有的绿豆蝇很大，铜色，如青铜雕成，健美、圆润、玲珑。满地西瓜皮，像胡乱置放的小船，又像跌落的笑纹，不断沾上污物，等待着被踩和腐烂；牙齿啃过的弓形痕迹排布整齐，但无人研究。天黑撵走了嘈杂，上下很安静，地面只剩瓜皮和灯光，像祭奠瓜皮的灵堂。灯光像塑料薄膜，背着灯光的地方漆黑如洞，因此整个场景更像硕大的骷髅头。本来，骷髅头里边有神灵的大脑，表皮有美好的肌肤，有脖颈和身体相连，但此时只是孤立的，没用的空壳，但看起来像面带笑容，龇着全部牙齿，向你诉说什么；眼神也很深邃，似乎依旧大有深意。落地的微笑们静等着腐烂，像荒野的尸体。苍蝇嗜食瓜皮。柳条筐盛满瓜皮。苍蝇密密麻麻，爬出爬进，觉得很好吃，很好玩。筐口龇叉着松散的柳条，爬满苍蝇，太阳光下，形成黑压压的"苍蝇条"，像满粘芝麻的麦芽糖。不时有苍蝇腾起，划个弧，又潜身它们的集体。苍蝇的嘴像"T"，细细的，啜嗫着，贴在一些湿的、粘的、臭的、甜的东西上，像激情的吻。这就是苍蝇。它也是生灵（居然）。

夏天地狱般酷热。光着身体，汗全身缀着、淌着；擦净一批（一层、一身），另一批（一层、一身）又挂满全身。汗的滋出过程如下：针尖儿似的水线耗子般地从毛洞迈出，逗留，增大，下坠成梨形，缓缓滑下；起初很慢，与其他梨形相撞后，合为大的一滴，速度加快,像逃跑的蜘蛛;短时间里汇集了更多的汗滴,于是越来越大越来越快越来越长,形成水流,透明蚯蚓似的,弯弯曲曲的,纵横交错,爬满全身;额头、双鬓、两腮、脖颈、肩膀、胳膊、脊背、大腿、小腿水中浸过似地泛着光芒。此时没有风,没有供正常呼吸的好空气(法西斯纳粹曾把人塞进闷罐车,反锁车门,在太阳下曝晒,其滋味如何)。

夏天的仙境是一溪清水,一岸绿油油的青草。水泛泛流着,闪着零碎的光片。有的波像鱼的脊背,有的像绳索,有的像皱纹。炎热中你踏过青草,青草没有一根杂色,漆过似的,齐刷刷挺立,尖端刺天,如刷子的棕毛。踏过时像踩在琴弦上。你来到水与草的交合处,踏入水中。水滑腻而凉爽,像女性。波上有两个纤细的银镯箍住你的腿,银镯下的水挨着你的皮肤上窜,试图撑断银镯,很像小鱼咬你的汗毛。水像电。你的心境完全更新,像走下闷臭的公共汽车来到清新的田园。你弓着腰愣愣地看水或水下的鹅卵石(先看一会鹅卵石再调整眼的焦距看波纹),水的波纹不断复制着景物、天空和你,复制得极为夸张、零乱,像不得体地复制着生活。你是凭感觉觉察出水体的存在的,你也凭感觉(而不是听觉)捕捉到许多乱蓬蓬的东西,这些乱蓬蓬的东西把你的大脑洗得光洁明亮,柔软蓬松。水清凉喜人,只有夏天,人与清凉之水才达到和谐。你衷心感谢大自然给你的至高的馈赠,但你却做不出自然的表情。你脸上的肌肉非常尴尬;操纵表情的神经已经失职,像宇航员距地球超过一定距离身体失重一样;你想笑,但笑得很难。笑不容易。自然的笑更难。一切的表情都是有条件的,都是有一定环境的:喜相、怒相、哀相、乐相、悲相、恼相、苦相、难相、困相、痴相、傻相、沉思相、难堪相、得意相、忘形相、骄傲相、可怜相、巴结相、谄媚相、淫荡相、穷酸相、妩媚相、恭恭敬敬相、小心翼翼相、阿谀拍马相、奴颜婢膝相、居功自傲相、装模作样相、外强中干相、仗势欺人相、投机取巧相、谦逊和蔼相、平易近人相、郑重其事相、严肃认真相、至爱亲朋相、麻木不仁相、无所事事相都是有条件、有环境的。比如,沉思相的背景是书房灯下,谄媚相则出现在权贵身边。你久违自然,所以你不习惯自然的表情，于是你脸上出现一副不折不扣的蠢相，这是久违自然的报应，也许人的自然表情本该如是：咧着嘴（很难看），似笑非笑（很难看），脸上的肌肉紧张地松弛着（奇怪）；眼里满是贪婪。此时的表情与浪迹天涯的游子归还故里时的表情——望着熟悉而又陌生的村庄，激动万分，想哭，想笑，想歌唱，默念着："妈妈呀，我回来了"，但四顾无人——一样。你的涎水浸到嘴角。你的天性让你回归童年，你的理性让你一本正经。你脚踩两只船。但是，也只有这副蠢相，好好歹歹使你与大自然取得了和谐。

是这样的。

古月山风

　　太阳的下巴颏正好搁在山头上，但若想看清太阳的轮廓和表情，那是不可能的，因为只要你的脸向着太阳，那庞大的光芒就如同万千金针一般射进瞳孔，眼睛无论如何容纳不下这纷纷的针刺。眯着眼勉强往前上方看，山头和前边攀登的人，周遭披着火一样的光晕，影子薄薄软软的，像要被融化掉。天空无一丝云彩，无一丝杂色，除去山顶太阳所在处一大片耀眼的银白，呈现出至为纯粹的蓝、深不见尽头的蓝。一切可以在这蓝中消失为纯净，一切也可以在这蓝中纯净地降临。

　　我跟着驴友们吃力地向着古月山的山头攀登。那山头是太阳的栖居地，神圣堂皇的场地。

　　我等驴友行走在鱼背般的山脊上，给风推得踉踉跄跄、摇摇晃晃。风从右边空旷的平原吹来，一阵猛过一阵，因为这山挡住它的横行，变得十分疯狂，汹汹地要将山推开。此山的主角是那些茅草。茅草都枯干了，有一人多高，杆细细的，挂着几片瘦瘦的长叶，顶着毛茸茸的冠，因被阳光穿透，杆和叶发着金黄的光，冠发着银白色的光。这些草随山势起伏。狂风如同庞大的军团，奈何不了山石，就只能劫掠这些野草了。茅草被强风碾过，贴近地面，但阵风过后，却又倔强地弹起身子，如此不停地反复。想这些草，自出生之日起，不知多少次被风摧残和压迫。既然长了这么高，自然有长这么高的意志、耐力和能力。现在死去了，风仍然不依不饶，草也仍然不屈不挠。

生，站立着；死，还要站立着，维持着生时的尊严。于是，就在这太阳的强光里，在这大山中，形成了汹涌的金涛银浪。涛声阵阵，此起彼伏。茅草中、石缝里，零散地立着几株低矮的小树，早脱光了叶子，裸着钢筋般的枝枝杈杈，像武功很好的人在站桩，纹丝不动，对风的狂暴置之不理。

风很冷，吹得右颊生疼，拿着相机的手也不灵便了。快到山顶时，南天上神奇地出现了两三朵洁白的云团，悬在更远处的、能看到轮廓的一溜褐色矮山的上边。

登了顶，太阳却升上了高远的半空。前方出现了更高的山峰。向着那山走去，风却转了方向，从左侧吹来。有一段还算平坦的土路，湿湿的软软的，夹道是成片的黄栌。树叶子早脱光了，根部歪七扭八，枝枝杈杈遮住了头顶的空间。天忽然暗了下来，一团大云挡住了阳光，树林里顿时灰如黄昏。一阵黑风自下而上翻卷，将满地的落叶兜起，穿过树枝树杈，扬向天空，天空便盘旋起许多黑鸟。

在这荒野大山的顶部，有一座颓败了的寺院。赑屃的头不见了，刻着花纹的身子伏在底座上；断碑斜插进土和草里，上边刻着龙凤；荒草杂树中还没掩没几段残破的院墙。想当年，应该有别样情怀的人在这里构建自己的灵魂殿堂，远远地离开凡俗生活，为着自己所信奉的观念活着。那种精神没有在这里延续，有关的故事也就随风而逝，或腐朽于这荒草深土里了。

越过几个山头，从另一侧下山，我们的队伍直奔朱家峪老村。这里的茅草面积更广，更密，像一袭金黄柔软的长裙从半山一直覆盖到山麓。风停了，所有的草都舒服地直立着，棵棵静如淑女。到了山脚，回头，看见山腰断崖，岩石呈灰白色，粗粗细细的凹缝把岩石分割成各种形状，恍惚中，极像一组并列的武士雕像。

登傲徕峰

我十多岁的时候,寒假到大山中的哥哥家度假。看着附近有座突兀而起、直插天空的大峰,一问,知道那叫傲徕峰,感到这山名有种凛然不可侵犯的意味。一天,鼓起勇气去攀爬,没爬多久就看到了山顶。心里很高兴,可攀上去一看,只是一小块平台,离顶还很远。又下了决心往上爬,费了不少力爬到顶时,发现也只不过一个小丘,后边有更高的顶。不知上了多少的"顶",后来被困在一块大石中间,再也找不到任何落脚的地方,只好返回。下山后,回望被困的地方,连傲徕峰的三分之一都不到。难道这山上不得?

离傲徕峰不远处,就是泰山。四十年来,登过泰山二十几回了,傲徕峰却再也没上过,为此一直耿耿于怀。

有驴友团组织登傲徕峰,就报了名。从黑龙潭上山,跨过盘山公路,先奔扇子崖。这扇子崖其实就是一块孤零零凸起的硕大的形如蒲扇的扁平岩石。崖壁呈黄色,直上直下。裂纹纵横,如深陷的掌纹。峰腰峰顶有几棵松柏,有几条藤蔓。壁上凿有石级,安装了铁索。鼓起勇气攀上崖顶,才发现这不过是群山外的一个小峰。对面赫然立着一座巨峰,比它高大雄伟许多,兄长般地直立着,那就是傲徕峰。

下扇子崖,攀傲徕峰,团队行进在深谷中。谷底本不是路,积着厚雪,凉气逼人,到处是杂树枯枝。除了我们呼哧呼哧的喘息声、踩踏积雪发出的咯吱咯吱声、树枝擦过衣服发出的唰啦唰啦声、被踩翻的石块的滚动声,一片死寂。遇有半人高的大石,上边的人就伸下手来，下边人就递上手去，两手紧握，上边的下边的一齐发力，就上去了。遇有几米高的大石，就只好寻找石缝，矫健的先爬上，从上边抛下绳索，大家拽着绳索攀爬。中途几次耗尽体力，大口将冰凉的山气吸入体内，把体内翻滚的热气呼出。

  相互扶佐着，终于登上峰顶。雾气中，泰山的南天门、玉皇顶隐约可见，才知道这傲徕峰的高度，其实只有泰山的一半。杜甫在《望岳》中说，会当凌绝顶，一览众山小。从杜甫的眼光看来，傲徕峰、扇子崖自然在"众小"之列。如果按人世惯常的序列，泰山为君，傲徕则为臣；泰山为尊，傲徕则为卑。颇有意味的是傲徕其名，傲徕，就是傲然而来、不屈尊、不低头的意思，在泰山脚下的此山命名为傲徕，应该是冲着泰山来的，有不服强势的倔劲。想想杜甫的诗句和这傲徕之名，其实都含有争锋斗势之意。按人间的逻辑，好似哪一天泰山怒了，就可以把傲徕灭了；傲徕怒了，就可以攻打泰山。其实许多人世的想法和思维定式，在人世之外，真是没有意义。泰山傲徕，共同挺拔于日月。泰山高大，并没有欺辱傲徕；傲徕峻峭，也没有冒犯泰山。高低尊卑，压迫抗争，是人间的事，不是山岳的事。就像功成名就、身败名裂之类，是人间的事，不是自然的事一样。

半醒的群山

　　立春已过，一场雪下来，落地就化成了水。城市里即使是角落，也看不到冰雪了，风也不那么刺人。但进入山区，看到大山还裹在皑皑白雪之中，呼吸的还是寒冰的气息。冬还在驻扎，没有走开。

　　白雪覆盖的山体上，树木像碳笔素描，挺拔着枝枝杈杈；松林的颜色有些衰老和陈旧，一副陈年老画的模样；一条小溪，嵯岈地分开厚雪，从拱桥下穿过，像书法家颇有内功的遒劲一笔。

　　不过，这里的冬天，也疲软无力了。在阳光的强照下，石级上的积雪有一半就化成了水；山路上的雪一经踩踏，就和下边的软泥混在一起。在山谷的尽头，陡立着一道冰瀑，二三十米高，冰肌玉骨，雪面霜腮，凛然不可侵犯的样子。有人跑到跟前，不太费力地就戳开一个窟窿，窟窿里就传出流水的欢快声音。一女子跑到冰瀑前拍照，咔咔啦啦一阵响，踩塌了脚下的冰。她拔脚逃跑，又踩塌了一大块冰。众人拉她到冰层坚实处，立足未稳，一位男士脚下的冰又开裂了，半条腿陷了下去。——冰层早已失去了刚性，开始酥脆了。

　　潜在的力量正在瓦解着大山里的严寒。只要仔细观察，就会发现，山坡上厚厚的雪，也在慢慢消融：在被阳光注视的地方，海绵般的雪先是变成极薄透明的冰片，或蜂窝一样的冰巢，然后化成点点滴滴的水。这些水，一点一点地渗入土层；岩石上的融雪，则濡湿了岩石的脸颊，泪一般地流下，流进枯草丛。树脚草根下的山土吸满了水，饱和了，多余的水就往下流，一路又汇集着其他雪水，渐渐成为细细的水流，曲曲折折流到山谷低处，钻到雪盖冰层下面，加入汩汩的小溪。

解了冻的山土变得非常松软，雪水又将一切死去的和准备重生的植物泡出香气来，那是一种特殊的茶香。此时，种子像刚出生的婴儿，闭着眼吸吮着雪的奶水，慢慢胀大，就要睁开眼睛了；根须上的小泵开始运转，把雪水和养料向上输送；那些树枝们，在不易觉察中，如青春的少女般，皮肤渐渐饱满发光；树枝上那些应该孕蕾萌芽的节点，由于体液充盈的蠕动，应该有了稣痒的感觉吧。

沉睡了一冬的山确实已在半醒状态了。太阳正在向北方走来，春风正在集结。这漫山的白雪，不过是冬的残梦。一个伟大的节目即将谢幕，另一个伟大的节目就要上演。大山不需要做什么，只需要等待。

云梯山赏秋

所谓的山路,就是被夹在草木中陡峭、狭窄、曲折的缝隙,十分像书法中的折、弯、勾。路上凸起些石头,石头大小不一,形状各异,像是乱长的牙齿,但踏上去却是稳稳的,纹丝不动。

到了山顶,太阳无遮拦地照,风无遮拦地吹。站在最高处,只有山、人和天空,再加上天空上的太阳。天和太阳可以仰视、平视,其他的一切都被俯视了,于是获得了一种新的视角、新的感受。茅草,如此众多的茅草,满脊满坡满谷,太阳光下,花冠茫茫然,一片雪白;叶杆森森然,满目金光。无风时,静雅娴淑,似端庄的美人;风起时,摇摆起伏,整个山顶就呈现一片金波银浪。为什么这片山头被茅草覆盖?为什么死去的茅草却呈现出金银的色泽?如果一切是天造地设,那么造物又有何用心?若我的手能够像一片云彩那样大,我一定要去抚摸这大片的草,那一定像抚摸极高贵的动物的毛皮,柔软和温暖会传遍我的全身。

队友们已出现在对面的山顶上了。他们在那金银色的山脊上或行走或拍照,他们背后就是蓝天,我看到的只是他们小小的剪影,像是小小的符号。之后,那些小小的符号也消失了。在这里,会发现人被大宇宙笼罩着,被天眼看着。在这里,可以深刻而具体地感受到,我是站在宇宙中的一颗星球的一个点上,在这个点上,可以与其他星球和无限的空间对话。如果有那种对话,那将何等超然。然而我不能。在人世我不停地说话,说过许多话,但我能向宇宙说什么?能向大地说什么？如果有人能说，那将是什么样的语言？我听说过天书，但是没有见过。

若说静，也有风在耳郭刮过的声音，也有草起伏的瑟瑟声；若说噪，除了风和草的声音，再也无其他响声了。若说无物，山草山树山岩都可细看；若说有物，这山草山树山岩，相对于无尽苍穹朗朗白日，好像又算不上什么。我时时刻刻变化着自己的心境，而我能否造出这样的境界，让自己也辽阔、空旷、多彩起来吗？

绕过这金色的山谷，沿山脊南行。左手下是一条山涧，山涧中滞留着轻淡的薄雾，像是某种魂灵在游移。山涧的另一端拔起两座大山，巍峨雄壮，山坡生长着茂盛的灌木和乔木，阳光从上边照射下来，红色、黄色、绿色、褐色、银色，色色浓重。偶有妖艳的一丛，娇嫩的一簇，从厚重中跳出，打破沉闷和肃穆。就像一幅巨大的油画，所有颜色，是油画家调和油彩后厚厚地摊上的、抹上的、描上的、点上的。虽无声音，但感受到的却是油彩的大联欢。然而，哪个油画家能够画出这样的巨作？即使能画出，又怎么能画出这里的风、这里的空气、这里的声音，还有我此时的心思心境呢？

中途休息，坐在一块青石上，对面拔起一段高崖，崖壁阴森。从崖壁的一侧看过去，山山绵延，自近而远越来越模糊，越来越矮、越来越淡。那天尽头的山，就像云一样柔、雾一样薄、梦一样虚幻。

二　月

　　太阳在天空的深处，不太热，也不太冷，像长久卧床的病人锡箔般的脸。无云时多一些明朗，有云时就完全隐去了。云是灰土色的，如干透的抹布。偶尔，几缕风匆匆走过，乍暖乍寒。结冰的湖面湿润了，又干燥了。

　　土地烧烤过似的，干透了，或硬如顽石，或散作细末。风起时，尘土变作饿龙，漫天狂吼。沟壑从山谷中无声地蜿蜒而出，两旁的石壁像陈年旧画；壑底堆积着大大小小的鹅卵，偶见湿淫的水渍，个别的水洼，然而像小孩子随地的小便，终是流淌不起来的。

　　旱了一冬的田野闲在山麓，似睡非睡的样子。麦苗畏缩着身子，紧贴着地面，尚不如垄高，不肯直起腰身。辙印很深的土路上，偶尔走着一两个穿黑袄的人，拖着灰色的影子，越走越小，最终让土丘或树丛遮住了。一间红砖小屋突兀地立在田头，没有门也没有窗，像张着黑洞洞的嘴和眼。

　　黑乌鸦和灰喜鹊们从一丛无叶的枝头飞向另一丛无叶的枝头，梳理羽毛、互相打斗。牛羊们吃干草吃得厌了、倦了，卧下鼓鼓的身体，甩甩尾，闭上眼，涎水自嘴边垂下。

　　山体像是摊开手脚的乞丐。褴褛的衣衫是那些松柏，蒙着一冬的油腻；裸露的肌肤则是大片的岩石。无力的风游来荡去，石缝中的枯草发出干涩的响声，一会儿就过去了。山尖上，有一棵树，挺拔着，枝杈张开，像是从山头伸出的渴望的手。

北方的二月如此地枯燥着、灰色着、沉静着。

但，就有不知名的草，在枯干的叶下，在石崖缝隙，已然绿了一冬；弱不禁风的柳树，尽管经历了寒彻天地的冰冻，枝条还是柔韧的，挂一串小米粒似的芽胚，此时竟悄悄有了些油色；在一些背静的地方，燃着团团热烈的火，那是正在怒放的报春花。

大堤与水

　　水伏卧在大山的臂弯，宁静地栖居成一块碧玉。丛林、山岩，还有长满绿草的岸，环绕在它的周围，构成绝美的童话背景。水平滑光亮，将天空、日月和群山都化为影像，摄入到它的镜面中。水清澈透明，阳光透过它，直接把斑斓的色彩涂在水底的鹅卵石上，投在游动的鱼的脊背上。鱼悠然游弋，一如天空自由的鸟。水脆弱而易碎，最小的昆虫也可以吸吮它，丁点的浮萍也可以覆盖它；一块小石子的落入，也会使它把自己的惊讶夸张成一圈又一圈的波纹。

　　此时，只有水和大堤知道，在这种安详和平静中，殊死的对抗从未止息。

　　大堤以其宽厚和坚固抵住水巨大的张力，水的每一个分子都不曾放弃击毁大堤的决心。对抗在平静中激烈着、白热着。大堤张扬着自己的霸性，水证明着自己的坚韧。大堤粉碎着水每一道波纹的用心，水偷袭着大堤最纤细的裂纹和孔隙。

　　水侵入大堤的裂纹和孔隙，在其中腐蚀着、扩大着。一旦扩大成功，顷刻变作利刃，切割着大堤的伤口。一旦大堤松动，水马上全力将大堤撕烂，卷携着能够卷携的碎块，飞身跃起，冲下万丈深渊。当大堤的碎块跌得粉身碎骨的时候，同样摔成粉末的水却重新组合，汇聚成新的力量，组成新的大军，奋勇而去。在大堤的伤口处，在跌落的过程中，水发出快乐的畅笑。

　　山谷中，水雄浑而野蛮，狂妄而不羁。它吼叫着、跳跃着、翻腾着。它没有口，却能够撕咬所遇到的一切；它没有齿，却不断地撕咬着最坚硬的岩石；它没有手，却能将大树连根拔起；它没有腹，却几乎能吞噬一切。在水年复一年的攻势中，再坚硬的山岩也面目全非，千疮百孔。在滚滚的水流面前，树绿了又枯，生了又死。动物的尸骨横陈在水岸。

在下一道大堤的前面，水重新归拢在一起，面目平和而温柔。

我的水

水,行动了。

这是汇集了许多山泉、溪流的水。它们一一从隐秘处出现,不知不觉中,就杂糅在一起了。相同的力,交织在一起,水也就变化为力的幻影。

这些水的分子们,到过连雄鹰也飞不到的高空,栖息过离地心最近的海沟。在它们的记忆深处,活跃着巨浪和乌云的元素。此时,它们每一颗都摩拳擦掌,都坚信自己可以承担起海洋和天空的使命——那是它们曾经担负过的。它们顽强、急切,雄心勃勃,不怕牺牲,目光直视前方。它们以欢快、惬意的呼叫,加入疯狂的冲锋。

冲锋的水风一样快,火一样烈,波澜一样骚动。略遇坎坷,便翻起激情的浪、打起彷徨的漩涡;而在较平缓处,又把沙土、落叶、昆虫,甚至一些根浅的花草,横扫裹挟,强使它们随其波而逐其流。

它巨蟒般地前行,意识所指就是它必经的路;它刀剑般地狂舞,行经之处一定要刻下自己的印记。它以滔滔的言语,为自己的理想欢呼,为自己的行径辩护。

遇到岩石,它激愤、咆哮、冲击;遇到大树,它包围、纠缠、推搡。土崩溃了,土中的岩石被迫显示出真的面目,大树尴尬地裸露出自己的根须。水在它们周围打起一个个热烈的漩涡和浪花,哗啦啦地一路向前,尽管没有什么胜利可言,而它却像宣告胜利一样鼓舞着自己。

就这样，不知过了多久……

静如镜面的水安详地栖息在山的臂弯，平静地映着天光、白云，还有翠绿的山、岸边的花草，以及在水面上飞过的鸟和蝴蝶。它安于自己最低的位置，尽管它知道，这里并不是它永远的归宿。

几条溪水从卵石上跳跃着奔来，它以欢快的波浪欢迎着它们的加入；它对路过的风抱以真诚的微笑，漾起的鱼鳞纹一直波及到岸边。

它与天空共阴晴。当乌云密布狂风大作的时候，它分担着天空灰色的心情，以细密的语言平息着风的愤怒和云的激愤；当天空难以控制地号啕的时候，它将它的泪滴收入自己透明的胸怀。而当天空晴朗，阳光普照的时候，它奉献出自己碧玉的质地，把太阳的光明回赠给太空。在晴朗的夜晚，它复制着整个天空，把浩渺的星汉的深广，还有明月的每一丝光泽，复制得几可乱真。

然而它总没有改变自己清凌的质地。

它不愿人们称它为死水，尽管它把自己化身为牺牲。它静静地向身下的岩层渗透，让自己的一部分化作地下潜流，抽身远去，在遥远的异乡以甘泉的形式涌出；它亲密地向身边的土壤奉送湿润，为那些艳美的植物们提供生命之源；它缓缓地向上空蒸发，化作白云擦洗着天空的污浊；它包容着足够多的水族，是大鱼、螃蟹、小虾、水蛭们安宁的家。小鸟来这里润喉，牛羊到这里解渴。它也不拒绝贸然而来的尘沙和污浊，让它们在自己的怀抱里一一沉淀，安宁。它平静着，甚至不去惊动苇秆上轻睡的蜻蜓。

泰山听水记

　　大雨过后，天即放晴。我陪表弟去泰山。择西路，来到黑龙潭。潭上水平如镜，似透明非透明，倒映着绿树白石，天空云朵，有草叶悠闲浮于水上，缓缓行进。水帘从宽阔的大坝上平缓地降下，水声和水雾一同溶入山谷。河道中布满巨石，巨石之间，山水激动翻卷。

　　开始登山时，明月高悬，天空澄碧，高山浓黑如墨，绝无杂色。一路水声不绝，或粗声大气，或浅吟低唱。只是山黑林密，只闻其声，不见其影。因时间尚早，便走走停停。月亮越发大放光华，水声越发惊心动魄。有石亭坐落在山壑边缘。我们进入石亭歇息，凝神静听。水声滚滚，大地震颤。那水，一定是万吨万吨地从百尺高的山崖上倾跌入百尺深的崖下，细听，可以分辨出哪是从崖上跌下的声音，哪是跌落途中的声音，哪是与下边的岩石撞击的声音，哪是与下边的水汇合急速流淌的声音。嚓——刷——轰——哗，似有分别又混为一体。这分明是大力之神操巨锤奋力地击打，抛置，推移的声音；分明是巨人血液急涌，激情勃发的声音；分明是汇聚所有峰峦的力量，一齐喷发的声音。它要把山崖冲垮吧，它要使大地塌陷吧，它要让群山移位吧！想那条藏于谷底的苍龙，蜿蜒于群山之中，集万千涓流于一身，终至造成自身的大气磅礴。而狭小的山沟并不能容身。他要寻路，要突破，要解放，要求得大的归宿和大的宁静。于是，他同岩石鏖战，与深谷斗争，与曲折周旋，在山的最深处——夺取他的生存与出路，终至如此壮烈！即使是万人齐吼，与这水声相比也只是噪音一团；即使是万鼓齐鸣，与这水声相比也只是小打小闹；即使是万炮齐轰，与这水声相比也只能说是近似。只有惊天动地的巨雷可与之比拟。山在静中雄壮着，水在动中雄壮着。山景似画，水声如乐。我其他的感官全部屏住了气，但觉全身每一个毛孔都变成灵敏的听觉。忽然，风呼啸而来，水雾飘洒而至，身上全湿。混沌中，我真的愿意化作随着这大流水奔涌的草芥。

敖山记

敖山，不高的一座山，完全由巨石堆成。多有大石附着在山体的表面，岌岌可危，好似稍有触动即轰隆滚下。山后小路另一端散落着几块卡车大小的巨石，那是不知何年何月跌下的。想那巨石呼啸滚动时，撞岩体，轧树木，跳跃翻跌，一路披靡。

山与山是不同的。有的山有森林覆盖。不同的植被像各色的毛羽，把不同的山打扮得各具风韵。即使是悬崖峭壁、万丈深渊，也在顶端、崖壁和底部长满树木。名树奇花，珍禽异兽，深潭飞瀑，朵云迷雾是少不了的。那样的山一向被视为生命的滋生地和乐园。

而有的山则干燥寂静，少生或不生草木。如这敖山，突兀拔起，赤裸着大块大块的石头，似是从地心里突出的一只犄角，又似从大地肉身中冒出的骨头。大石呈褐黄色，或如云卷，或如刀削，刚硬坚强。这山绝不似风云沙土类易变可塑，更不似动物植物类匆急代序，自它出生后就未曾改变过模样——誓意要与时间和变化抗衡到底。这山不过是地壳运动时从地球岩浆中溢出的一滴，然而它终究是地心的特使，这使它通体鼓胀着一种来自地心的本质和自信，还有赤子之心，它有资格代表这个星球和整个天空作不变的对峙。这山还武断地拒绝着生命。在它的上部，哪怕在缝隙间也不存有一点水迹和沙土，多情的生命在这里找到的只是绝望。由于它的坚硬、冷漠和高大，使得脚下匍匐的原野显得湿软和温柔。大风起时树木左右摇摆，大水来时泥沙顷刻离乡，冬季萧条，夏季葱茏，一代代生命繁衍，一代代生命死去，生与死如浮云般变幻。

　　与它的不变相比，生命的生死轮回委实过于烦琐、过于草率、过于卑微、过于泛滥和无谓。天空的变化、季节的变化对它而言也是无义的，黑暗对它而言也是无义的。它代表的是无生。无生并非我们通常意义上所讲的死亡，因为我们所理解的死亡总是相对于生命而言的死亡，意味着彻底的消亡，而它却是明明白白的存在，像一切有生一样有着自己独特的形态的存在，而且比一切的有生存在得都长久。

　　46亿岁的地球本没有生命，最终也将泯灭自身所有的生命。如果把整个寰宇分成无生与有生两类，无疑，无生多于并且长久于有生，有生只是短暂地寓居于无生。无生创造了有生，有生寄生于无生。无限的星空对我们说，只有无生才是绝对意义上的永恒。我等的生命不断寻求着温饱和精神，在幸与不幸，爱与非爱，希望与无望中活着，这些，对无生而言完全无义。而我等正因为有生，也只能为有生思考，并以此与无生对话。

　　我以我思维贪婪而自信的胃口吞下这样无生的山，正在努力消化以求得吸收些营养。我实在是在希求与一切的无生，似这山一般坚硬、庞大、冷峻、永恒的无生握手，奢望获得有生的精神所需。其实，人类，并一切生物，从未真正感到过卑微、易逝、弱小。有足够的思力的人，可以轻易地把寰宇装入自己的胸怀，也可以"力拔山兮气盖世"。没有思力的动植物，也在这个世界上各自获取自己的生活和尊严。从现在我的思想看，这鳌山在宇宙时空中算不得什么，毫无生命的珠穆朗玛峰和新疆黑色的千里大戈壁也算不得什么。它们只有在我思考的时候才生发出意义，它们本身是无义的。无义属于无生，有义属于有生。我自无生来，我会永久地消逝，不能与无生为伍，但在有生之年，我知道我与无生非同类。永恒与易逝，并不是存在价值的内容，却是存在的各自方式。

　　此时，我与一切无生和有生同在。

　　（鳌山地处山东新泰市内。2005年"五一"节假期，新泰友人毕四军约我同游，杂想丛生，为友人记于此。）

睹山川，念非常

陈子昂的《登幽州台歌》，不提幽州台；王之涣的《登鹳雀楼》诗，不提鹳雀楼。诗文与幽州台和鹳雀楼似有关，似无关。那台与楼，只不过是生发念天地之悠悠的感慨和欲穷千里目更上一层楼的意志的诱因而已。而这诱因，五洲四海，都可以找到。

找到是可以找到，但没有性通之人的感悟，台不过是台，楼不过是楼。一般人写记游之类的文字，极易写呆了。必先介绍某年某月某日，为什么到某地某处，山如何树如何水如何风云如何，见到什么样的人，古代先贤今日名人与此地何种关系，还要引用几句他们的诗或言语，再加上道听途说或抄自旅游指南中的一点故事，更有甚者抄上这里的地形地貌形成的地质学缘由，一篇啰里啰唆的游记于是完成。大多如此，动辄数千字，已成俗套。我作为编辑，见此套路，自骨子里生厌。

陈子昂诗算上标点26字，王之涣诗算上标点24字。登幽州台不见幽州台，念的是天地；登鹳雀楼写的不是鹳雀楼，抒的是豪情。如此写法，好不高明。

翻《四十二章经》，有这样一段文字：

佛言，睹天地，念非常；睹山川，念非常；睹万物形体丰炽，念非常。执心如此，得道疾矣。

读罢欣喜非常。这段文字说浅俗了就是，无论看到什么，都要想到非常，只有这样，才能迅速地得道。非常者，变异、变化、大道也。意思就是我们常讲的由小见大，由此及彼，由表及里，或透过现象看本质。但做起来却是很难的。陈子昂的歌、王之涣的诗，正是"登台楼，念非常"，念得非常精彩，直揭主旨，无一字赘言。

于是想，心中有了非常，是否万事万物就了然于心了？又想起两篇耳熟能详的文章，一个是陶渊明的《桃花源记》，一个是李白的《梦游天姥吟留别》。陈子昂和王之涣是人到此心不在此，而陶渊明和李白是人不在此心却在此。两篇文章都是虚构，但虚构得让世世代代都当了真，装在心里。

看来，心中有了这个"非常"，就可以造出天地，造出山川，造出万物的形体，造出境界，造出深远。

悬在山水间的心跳

——淋漓湖记

傍晚

山，一座挨着一座。

从两山间的峡谷望去，山外的山淡成青色的轮廓，轻得像一种幻觉，仿佛正要化去。太阳却很近，悬在西边最高的山头上。太阳又苍老又年轻，是黄色的、慈祥的，它的光和暖，都是不可替代的。

我想看清楚树木是如何覆盖山体的，就走进山林。透过叶子，我看到好多树枝和树干搭着臂、牵着手，藤蔓从这棵树缠向另一棵树。山林是一个种族的大集、大会。

悬崖处裸露着峻峭的岩石，像严峻的脸。岩石下，河水从峡谷中温婉而神秘地延伸出来，到长长的大坝前平静地止住。大山里来的水，自然是青的，泛出的天光也是青的。这里一片鱼鳞纹，那里一片鱼鳞纹，是鱼群的时隐时现？

站在索桥上看太阳，看远远近近的山、水，看丛林中的亭角，看水中梦一般的倒影。

水波把太阳光揉成一片碎金。

夜晚

山溶入了夜，水溶入了夜。夜是时间，还是空间？它在走动吗？它无边无际吗？声声凄厉的鸣叫——从一只鸟的肺腑中发出的——飞向远处。这样黑的夜，它能找到它的配偶吗？能找到它的巢穴吗？其他的鸟都睡着了，没有一声应答。叫声渐渐消失了。

"哇——哇——""呱——呱——""咕——咕——""咕——哇。咕——哇。"下面，带着水气、潮气的蛙鸣震动着空气，它们比试着强壮和精力。

"咕——呱！咕——呱！"半山腰突然响起更大的、雄浑的声音。这好像是一只壮年青蛙，叫得从容，有种镇压其他一切声音的力量，不像下边的青蛙叫得那样急躁。

石径被树枝包围着，向山下伸去，曲折、幽暗，走在小径上，不由得想发现些隐秘的事，或创造些隐秘的事。

夜风，是由草木和山水冷泡的茶。我的每一个毛孔都在饮啜。清香四溢，怡性爽心。

仰头看，只看得到两颗淡淡的星。一颗在头顶，一颗偏南。那是一双天眼，还是天国村落的两盏灯？我不知道。

夜似乎把自己的肉身都溶化了，只有一颗跳动的心脏，悬在山水和蛙鸣中。

早晨

一只鸟的叫声把我啄醒。鸟声就在耳边，懵懂中怀疑睡在鸟的家里。

天已大亮。站在窗前，看到一只彩色俊俏的鸟儿，正站在屋檐上梳理羽毛。下楼去，来到湖边，攀上附近的小山，看到阳光在水中灿烂成一片黄花。

　　山林和湖水，看起来比昨天傍晚清秀得多。

　　众多的鸟鸣来自山林。有窃窃私语谈情的，有喋喋不休议事的，有你来我往问答的，有自言自语自乐的，有高声喊叫练声的。谁也不顾谁，各发其声，各说其事，各抒其情。布谷鸟的声音最大，传得最远，"布谷、布谷"声从这个山谷滑向那个山谷。

　　口音——不同。真是百种音色，千种风情。有的像笛声，有的像箫声，有的像琴声，有的像喇叭。有的像婴儿的笑，有的像歌女的歌，有的像长者的唱。有的清脆，有的婉转，有的高亢，有的低沉，有的短促，有的悠长，有的急促，有的沉着，有的温柔，有的甜美。各种叫声汇成声音的瀑流。

　　噌地，一只鸟飞到另一根树枝上；腾地，一群鸟聚到另一棵树上；倏地，两只鸟私奔了，一前一后飞向蓝天。

　　沉稳的山，宁静的水，竟允许鸟儿们这样欢闹！

　　山林中的叶子们明亮了起来。它们正努力伸展着自己，希望得到更多的阳光，那来自东方山顶那团巨火的光。

所谓的风

今天丽日当空，无风无尘。前天却刮了一整天南风，昨天刮了一下午南风。

大风迎面时，像一面软软但有力的墙体，阻塞你前行，堵塞你呼吸。大风使地上一切可以浮动的东西，如沙土、方便袋、纸片，横行于所有空间。在楼群密集的地方，大风就乱了方向，东西南北地乱闯。任何道路、任何楼间距，都变成了风口。天暗了，广告牌倒了，电线发出尖厉的呼叫。

树木花草被风吹得大幅度摇摆，如同被一只巨大的梳子粗暴胡乱地梳理。春天刚过，芽是嫩嫩的芽，叶是嫩嫩的叶，风从所有的方向向树木花草狂袭，一片片完整的叶子、一朵朵娇美的花，被风吹蔫了，揉皱了、撕裂了、扯破了。那些枝干，已经死掉的，脆生生地被折断；一些不太牢固的，被迫离开母体；一些生得太旺盛、长得太长太大的，也被拉扯下来。悬铃木缀在枝头的去年的果实，挺过了冬天，现在却被吹成絮状，漫天飞舞。

只有那些强壮的新枝、新叶、新花，经得住风的残酷。它们不可抗拒地摇晃着，但风却不能把它们折断。即使在强风中，它们也没有停止生长。去掉那些死枝，去掉那些病叶，去掉那些根不深蒂不固的枝干，它们得到了更多的空间，更多的养分。

原来这风，是涤荡世界的洪水，是清理万物的大帚。

联想到人间的"流行"、"新潮"等，也如风般刮来刮去。陈腐观念，如枯枝败叶，自然经不住风的考验；浅见薄识，如病身弱体，也耐不住风的击打；急功近利，出过了风头，也自损其寿——只好随风远飘，蛰到哪个角落里去腐烂。风起时满世界一片喧嚣，尘沙飞扬，迷目乱心。只有有强大生命力的灵魂，洞察过古今的演变，知道世事的沉浮，明白得失的利害，才能坚守自己，风过后，发现世界依然属于自己。一如今天，丽日当空，无风无尘。死去的已死去，新生的正在茁壮，生命按自己的道路，该开花的开花，该结果的结果。

命　魂

　　有一粒种子，从一只飞鸟的喙中漏出，落在大山深处的小径上。雨水打湿了它，它就生了根，发了芽。

　　它生得认真，枝枝叶叶长得有板有眼，一丝不苟。噙着夜露，做着快意的梦，梦见忽地就长大了，山石一样强壮，峰峦一样高大，仰可看日月，俯可观群山；梦见山风摩过自己巨大的冠，梦见鸟雀们在枝梢比赛歌喉。它长得很欢快。

　　如果这粒种子不从鸟喙中落出，可能早就葬身鸟腹了；如果落在不毛之地，那也谈不到生根发芽；如果落在稍微好一点的位置，哪怕比现在的地点偏一寸，只需等待时间，它的梦便会一一实现。而这棵幼芽却毫无选择地落在这样一个点上：大山深处一条小径中央稍偏一点处——恰恰是行人落脚之处。命运像钉钉子一样地把它钉在这里。

　　这株新芽并不知道命运是什么东西，只顾与同龄的树呀草呀的比着赛着长大。终于，有人沿小路走来，只一脚，就碾碎了它的全体。

　　这是一条僻静的小路，少有人走。可怜的幼苗粉碎之后，并没有马上受到第二次践踏。它从昏死中苏醒了，忍受着巨大的痛楚，看着自己的枝叶脱落，烂去，脓水风干，伤口结痂。连它自己也搞不清楚为什么，从根部又生起新的芽，生得依然完美、茁壮。同时，梦也又生起了。

　　小径少有人走，但总有人走。在它刚刚恢复了前一次的创伤，在新芽刚刚越过了伤口的时候，又有人走来，灭顶之灾又降临了。

但在每一次灾难之后，每一次灾难之前，总有一段时间，使它能够生长出新的、完好的枝叶。

大旱中它默默地忍受着干渴，寒冬中它瑟瑟畏缩于冻土；野兔津津有味地嚼着它的枝叶，小虫孜孜不倦地从它身上开凿着巢穴……别的树有的苦难，它一点也不少。

年复一年，年复一年。山草，已换了几百茬了，一同生出的树，也已遮天蔽日了，它呢，依然被踏、受创、复生，在生长与磨难中度日。它的身躯——被磨难压迫得只有一副脊梁的身躯，庞大了。

这脊梁是由疤疤叠积而成的。在这脊梁的周围，生出了一遭新芽。这脊梁渐渐凸出小径，承受着随时可能的践踏，护卫着这些新芽们。新芽们一一成长着，依然一丝不苟的，每一株都相信能够长好，能够长成参天大树，顶天立地，摩云雾，迎风雨。下边的根并不知道上边发生了什么，几百年如一日地往深处用力地扎，吸取着营养，供给上边。

山林茂密，看不出缺少什么。高大的树们因为高大，早已去想、去做别的事了。它们与风调情，与云为友，把霞光抹在自己丰润的冠上，等待做哪里的栋梁。便有许多妖娆的藤蔓附庸上来，献上自己的身体，直起本直不起的腰身，改变了满地乱爬的命运，于是称颂树的伟大，同时炫耀自己的风光。

这副脊梁在人的脚下，树的脚下，拥抱着生养它的大地，顽强地生存着，无止无休地执着地从零处开始着自己的梦。

当一个采挖盆景树根的老人来到这里，发现它时，它刚刚被踩过，几条幼枝歪在一边，断裂处流着浆水，烂叶正在变黑，许多小虫在它身上爬进爬出……

喜爱根雕艺术的老人住在我的隔壁。其时的我正是受了点挫折就大惊小怪以为看破红尘的年龄，常去老人那里寻点解脱。那日我去，正逢他采根归来，我发现了这硕大的根，觉得太奇太异，就与老人聊起来。老人讲了采根的经过，说："这根，生生是受罪受成这个样子的。"我心为之一震。大伯又说："好盆景好根都是受罪受出来的。"

见我不忍释手，就把它送给了我。

我种好它，浇水施肥，精心看护，不敢怠慢。这根很有些意味：疥皮样的外表，铁一般的质地，局部或隆起，或凹陷，根茎交错，枝杈桀骜，有斗兽的凶猛，也有大山的威风。稀疏几条细枝几片叶子，却生得平静坦然。有时，我仿佛看到无数的脚在它身上践踏，于是觉得它真是丑极恶极，集许多肮脏于一身，但再看下去，这肮脏之中却迸发出一种更为纯粹的美的光来，咄咄逼人。

几天后，那几片平静的叶子却枯萎了，细枝也干枯了。

抱着来找大伯，讲我多么爱它，并未亏待它。大伯虎起脸，直摇头。我怏怏而返。

过了一天，大伯喊我。我忙过去，他让我看桌上，说："好啦，你看，它死不了，永远也死不了啦！"

桌上摆着一只根雕，正是那只根，洗刷修整过的：轰起的大块是筋骨，桀骜的枝是角，头低低的，与前蹄交合，前"腿"粗而短，后"腿"健而长，一条"细尾"紧夹在两股中间——这是一只准备大吼一声，冲上沙场拼个死活的斗牛形象。

这是一个不屈的，不朽的形象。这是真正的生命的灵魂。

它给了我一个回味无穷的愕然。

树

那是一棵野树。

树干上有一个硕大、腐朽而干裂的黑洞,这是曾经路过的死亡留下的齿痕,里边还存留着死亡的口臭。树的纹理和质地具有岩石一样的坚实性,这种坚实性是抗拒凛冽的暴风、土地的贫瘠以及忍受博大的空虚所必需的意志和毅力,唯此才能获得生的资格和资本。在这棵树上,汇集着上天和大地所有的信息,他张开枝条接收所有来自空间的启示,并牢牢把握着大地的心跳。当群山被黑暗悄悄地埋没,他像孩童一样天真地握住从辽阔的天空深处垂下的珠光璀璨裙裾,所有的枝叶都激动得屏气凝神,枝条上冒放出更多的新芽。每个黎明,他都坚信太阳是带着不能拒绝不可抗拒的使命,为了唤醒一种精神而升起。他接通太空和大地,允许上天穿过自己的躯体,向大地传达宇宙的暗语,也允许大地沿着自己的血脉上升,向上苍表述心声。他对生命有着混沌甚至无知的认识,却沿着明确的道路获得自身的丰富。这棵树通过他庞杂的根系,在深厚而黑暗的土层中岩缝中抓取着希望,那希望是大地亿万年累积的真理的温柔的馈赠。他把空虚定义为宁静,把生存定义为必然。他没有走动一步,却历尽沧桑。他绽放出与他的坚硬不相称的娇媚的花,结出与他的苦涩不相称的甜美的果。幸福时他就穿着一身华丽的绿衣,痛苦时就将这绿衣撕成碎片,抛给大地。他不拒绝任何动物把他作为食物,也不拒绝任何小虫在他身上筑巢安家。狂热和冷静、进击和退守被她融合冶炼,最后固定为一种刚柔相济的姿势——这就是他现在的形象；胜利与失败在他身上也只呈现为一种心态——这就是他现在的风采。他只负责播种不负责培育，以这种不负责表达着他从宇宙中学到的深爱。

他始终表达着神性，期待着点燃和助燃更多的神性。

草　地

春天。

地下太拥挤。泥土和死去的、活着的根们种子们挤在一起，各不相让，各为依托，组成了一个死寂的世界。

而活着的根们、种子们苏醒了。

死寂的世界依然死寂。而活着的发出了呐喊。

那些粗壮的老根们，那些未曾活过的种子们一并努力，一齐发出了新的须根。这些须根们向每一个孔隙延伸，在没有孔隙的地方，也扎进去，自土中，自腐烂的叶中，自死去的根中，夺取着营养与水分。终于，夺取的根与夺取的根相遇了。它们并不以为对方在生存、在活着，他们试图从对方的身上夺取着营养和水分。便互相纠缠了。

几乎同时，新的茎叶挺出了地面。

新的茎叶是干净的、纯洁的。嫩嫩的、完整的茎叶挺出，舒展。空间很大。天很高。头顶的树们也发出了新芽。草们学着树们的样子，以为世界当属于自己。他们以摩天的豪气伸展着枝叶。

当下面的根将腐烂的叶们与别的根们紧紧缠住，难分难解的时候，叶与叶们也互相搭接了。他们发现了别的叶们的阻碍，于是伸出更长、更有力的叶子，以得到更多的空间。新芽则乘势伸展上去。草地的草们于是长得很高。

长得很高的叶子互相扶持着，攀比着，终于挤在一起，互相难以喘息了。

但，狂风来临的时候，他们又组成了一个群体，共同抵挡着风的淫威。狂风过后，它们再次挺起了腰杆。一切的狂风都显得短命。

牛羊们来了。啃吃了一些草。但不久，这些草重新长起。野火烧起，烧死了一些草，但不须多久新的芽又从地底发出。

大地一批又一批地生产着这些草，从不疲劳。

秋风乍起，草们来不及思想什么，就枯黄了。根们则草草地睡去。

来年，新的草又重新生出。

这些草们。

蒲公英

之一：蒲公英

山羊，慢行如云；牧人，蹲坐如石；几棵柿子树，像是从山坡伸出的铁色龙爪；风在阳光中飘舞。

岩石之下的荆棘丛中，蒲公英悄然独立。碧空的蓝色染透了花瓣，阳光的金色镀满了花蕊。清纯如初涌的泉水，雍容如少女的脸庞。

在雍容的花腮下，风偷去春色，洒向群山。连柿子树的龙爪也透出嫩绿了，连岩石和牧羊人的脸也绯红了。

对面山上的小黄鸟，拜托山谷的回音，送来嘹亮的歌声。

春天，源自你的花腮。

在蒲公英的脸上，第一次看见你的微笑。

为你，向那里的天空致意；向那里的山峦致意；向山羊、牧羊人及岩石、柿子树致意。

我的致意像阳光一样辽阔。而阳光和风并不知道，我的心丢在哪里——

不留神落入你的花蕊，连我自己也找不见。

却突然，发现你悄悄地挪进我的心，捂着胸口，即可嗅到那个春天的芳香。

我愿站成一束荆棘，永远站在你的身边，卫护着你的神姿。

源自骨血深层的暗流。原始如天地，清澈如海洋。
两条心河婉转汇成心之海。
自我出生就为你潜藏。自我出生就为你突涌。
你的神殿出现了，脚踩着山林，头戴着云天。
在神殿里，我像寂静一样纯洁。大山，失去了重量。

之二：懒散之蛇

空空的汽车额头上，睁着一双无神的大眼。车轮，驮着铁皮、玻璃和接在一起的零件，绕着轴，飞快地画着同心圆。

骨骼般的道路造就着城市的血肉。长大的建筑踊跃地遮挡着太阳。宣传横幅被风拧成绳。街树垂死挣扎。胶的车轮、胶的鞋底，与柏油路面摩擦，磨出许多无法察觉的粉末，与痰的灰、污水的灰、建筑工地的尘，烟囱冒出的烟、人呼出的气，一同腾起。

车流滚滚，人声喧闹。
我丢失了自己的根。

之生。之死。我生。我死。
没有滋润的心在开裂。睁着眼的空虚。闭着眼的空虚。干涸的河床。漫天的长风。凄凄冬树为亡灵招魂。
总在天堂和地狱之间徘徊。长久地等待。
从大街小巷熙熙攘攘地向我走来的，仅仅是空虚。
蹲坐街头，搂住自己的空怀。过去的美酒化成现在的呕吐。
扭动的身体，懒散成一条可怜的蛇。

之三：月亮与太阳

月亮，孤独而苍白，遥远而忠诚。

爱你，爱得像月亮般孤独而苍白，遥远而忠诚。我的爱压抑成弯弓，矢尖，凝聚了全身的力，锋利而尖锐，始终等待出发。

干涸的河道，裂痕遍布，扭曲于天空之下，山谷之间。

爱你，爱得像干涸的河道。欢快之水流过。悲伤之水流过。欢乐和悲伤，雕刻成你所有的扭曲。山谷作证：所有的波涌都化作终生记忆的万花筒。

一座孤坟，无声地隆起，以一个收藏生命的形象，开始了最最真诚的诉说。

爱你，爱得像一座孤坟。永恒地拥抱你的所有，让我坟茔般地将你收藏。在每一天，都重新开始爱的表白。

太阳，永远的圆轮，永远的炽热，永远的光芒，永远的运行。

没有人敢正视。那是我全部的爱。因为拥有此爱，太阳是我，我是太阳。

猫头鹰

画家朋友送我一幅画，画的是一只猫头鹰，上题"毁誉不计，君子之风"八个草字。

这只猫头鹰，昂首竦身于古木之上，旁边有枯叶相伴，像安然宁静的炮弹，又像突兀横空的岩石。天地沉默在它的背后。

它的眼明如镜，利如刃，亮如火；似两点灵光，展示着自己的神异，同时也摄取着外面的世界。旷野长风、枯木衰草以及墨色的虚空、沉沉的死寂都化作这两点灵光的背景。

这只猫头鹰选择了暗夜，暗夜也选择了它。暗夜因它而生动。

黄昏降临以后，它想什么时候起飞就什么时候起飞，张开一双像松柏的侧枝一样的羽翼，或闪电般地扑向猎物，或畅游于靛色的太空。与繁星为伍，与云缕为伴，自在而逍遥。别的鸟们对它望而生畏，只有同类可与比肩。

当它铁铸般的爪攀住树枝或岩石时，它便把自己与树或岩石焊接成为一个整体，坚定而不可动摇。

无论猎物如何聪敏，如何迅捷，只要进入它的视野，末日就来到了。它捕猎，就像我们随手拿起一只茶杯一样不费功夫。当它安然地将猎物带回高枝，便垂下头来仔细玩赏，像我们端详饭桌上的一盘美餐。它的尖喙轻轻地啄食着猎物的皮毛，好像只尝一尝滋味，舍不得吃似的，然后叼起，张大口，连皮带骨囫囵吞下。仰起头看看左右，得意而自足。

它的爱阳光一样纯净、热切、广博。它身心颤抖着，让自己显得最美最好，以求得异性的欢心。在与异性神圣的结合中，魂魄直达极乐天地，淋畅地销魂。

它用干草和羽毛在岩石的缝隙建设美满的小巢。它以甜蜜的心境耐心忍受着生育痛苦，让像自己一样的生命降临。当它将自己的卵置于身下，便幸福地膨松开毛羽，安然地表达着海洋一样博大的温存。当新生儿破壳而出时，它的双眼变得温软明晰了，它为它们啄去身上的草屑，不时将踽跚得较远的儿女叮回到自己的身边。它嘴对嘴地喂它们食物，让他们初步品尝生活的滋味，就像当初父母待自己一样。

闲暇时它清理自己的羽毛，呼扇呼扇翅膀，摆一摆尾巴，舒一舒筋骨，养一养清神。它像彗星一样习惯于孤独，只运行于自己的时空，只按自己的生活逻辑与天命的安排纯粹地生存，从不依附，也不留连。与漫漫清冷的长夜做伴，它享受到孤独的自在与安详。

它安居、翱翔，捕猎着那些人类称之为害虫的东西。它在自己的幸福与灾难、生育与死亡、富足与贫穷中生存。尽管人们咒骂，驱赶，击打它们，尽管领地日益缩小，也不改自己的生存方式。它将以此方式一直存在到它的末日。

千百年来，猫头鹰被人赋予了人格特征。人们称它为恶鸟，视其为凶兆；它世世代代承受着世世代代的人们的最恶意的诅咒。而人们忘了：它并不与人类为伍。

聪明而嫉俗的画家反世人之道而行之，为猫头鹰昭雪，赠予它"毁誉不计"的品格，戴上了"君子"的桂冠。

不过，既然它毁誉不计了，赠以任何桂冠也就无意义了。

影 子

我们靠什么认识自己的面目呢？

镜子。

当我们面对镜子时，我们确凿无疑地相信镜中的影像就是自己；但是同时我们也知道，镜中出现的影像，与自己毫无关系——它仅仅是影像而已——我们离开镜子，破坏镜子，失去这影像，自己丝毫不会受损——因为它并非自己。

影子与我们既有关又无关。影子亦真亦幻。我们靠这似是而非的影子认识自己的面目。

别人靠什么认识我的形象呢？

与镜子的道理一样，依旧是影子。

眼，其实就是摄取影子的镜子。形象通过视觉被认知。所以，与镜子一样，别人眼中的我，是真我，却又不是真我。一万个别人，在不同的时间、不同的地点、不同的角度摄取着我，对我便有一万种印象。

（也许为了摆脱影子的不真实，为了获得更真实的对方或把真实的自己交付给对方，人们需要肉体的接触。）

记忆是什么？

记忆不过是对影子的储存。我们记忆许许多多的形象，认为是真的，却只不过是些影子而已。

电影、电视、照片，只不过也是镜子的不同形态，记录的不过是影子而已。

血脉意味着什么呢？

人之存在，历经了从生命初始到现在的一切偶然的选择。无疑，对每个人而言，祖先是不可或缺的，因为没有祖先就没有当前的人，当前的人的血脉源自祖先，或者讲当前的人具有延续祖先生命的意义。而从另一方面讲，祖先又是没有意义的。我既未曾谋面，也没有聆听过他们的教导，甚至不知道他们姓甚名谁；我不是我祖先，祖先也不是我。

所以，祖先于我是必要的，却是虚幻的；所有的祖先只具有影子的意义。所谓血脉就是影子。祖先是我们的影子，我是祖先的影子，后人又是祖先和我的影子。

在路的身上，我们看到了什么？

鲁迅在《呐喊》中语：其实地上本没有路，走的人多了，也便成了路。

创造这路的众多的人，我们无法看到；尽管他们曾经实实在在地走着，创造着。我们看到的只是路。

其实，我们看到了路，也就"看到"了他们。我们可以说，路，就是他们行走的影子。路是一切行走者的影子的总和。

一座古塔给我们最多的感受是什么呢？

是它的高度，它的结构，它的材料，它的占地吗？不是。

我们感受的最多的是它所凝聚着的建造者的意志、智慧、辛劳。看到古塔，浓烈的人气直入我们的内心，越久远烈味越重。

建造者以自己的意志构思出塔的图形。建造者辛苦挖土造基。建造者正在雕刻石板。建造者正在架木搭梁。所有建造者的苦思和劳作，化为一双大手，正是这双大手，给无意义的建筑材料注入了丰富的人的气息。这种气息，正是所有与塔有关的人的影子。

我们没有见过那些建造者。我们见到的就是这座塔。这座塔是建造者们的影子。我站在塔前，建造者的影子便向我逼真地走来。

裸露在天光下的古废墟，考古出来的宫殿、炉灶、瓦罐、铜盆，无不是古城郭的居民生活的影子。

是先民们的影子在顽强地抗衡着时间。

一部书，一幅画，一尊雕塑，一首古老的歌意味着什么？

崇高与卑劣、广博与狭隘、深厚与浅薄、疯狂与宁静、欢笑与泪水、仇恨与感恩……创作者们的血性、智慧、审美，一一充盈其中。但作品就是作者本身吗？不是作者本身吗？

——无不是作者的影子。

影子是真实的，它是原人原物的；影子是虚幻的，因为它不是原人原物本身。

我们为世界献上我们的影子。世界也在接受着我们的影子。同时，我们认知着世界的影子。

活着的人很大程度上通过自己的影子存在。

所谓真实，其实多是指影子，而不是指原物。

一切人为之物，皆已经或将要成为影子。

人们都在创造着影子。

人与物，都将消逝。而影子，却可以长久地存留下来。

是影子，在与时间抗衡。

我们对永恒的概念，就是影子战胜时间的概念。

一只鸟

一只鸟在寻找天空。

这只鸟不是求偶的鸟,也不是觅食的鸟,也不是寻找巢穴的鸟,也不是躲避寒冷的鸟。

它是一只寻找天空的鸟。

有一天,它听到一个小孩说:"小鸟在天上飞。"

我在天上飞?于是,它就想知道天是什么样子。

它紧闭着尖利的喙,它圆睁着乌黑的眼,它的翅膀击打着气流,迅疾地飞着。

它在问:天在哪里?天是什么样子?

它在问:我在哪里?我是什么样子?

它在问:真实的生存和真实的存在是什么样子?

它在问:我的前辈,我的后代,究竟想要成为什么样子?

它在迅疾地飞翔。

它问空气:天在哪里?

空气说:天在这里。

它问树梢:天在我的什么方向?

树梢说:天就在你的方向。

它问阳光:天是什么?

阳光说,天就是天。

它问星斗:天从哪里来?

星斗说，天从天来。

它不明白。它一定要找到真实的天。它认为天在山的那一边。于是它飞过了重重高山。它一无所见。它以为天在海的那一边。于是它飞过万顷波涛。它也一无所见。

有时，它仿佛找到了天，但瞬息间天便消失得无影无踪。有时，它仿佛找到了答案，但它很快把答案推翻。有时，它觉得它知道了许多，但马上又觉得自己一无所知。

……

最后，它飞不动了。它跌落在大地上。它悲哀地求助于大地。大地无所不容，无所不见，无所不知。而大地无语。

最后，在它即将死去的时候，它突然感到它看到了天。

这时，另一只急于找天的鸟飞过来，真诚地问它：你见过天吗？你能帮助我找到天吗？

它已经说不出话来了。即使能说，它也不想说。

它在无语中死去。

询问的鸟失望地飞走了。

飞 翔

它是一只用过的、普通的方便袋。

它皱皱巴巴地伏卧在墙角。旁边有一团污秽的纸、一小块废塑料布、一条破布头、几片枯干的残叶，还有一些极细碎的颗粒以及黑灰色的尘埃。几颗石子镶嵌在干硬的地面上。

小风吹来……

方便袋颤动了一下身体，一端往下沉了沉，一端翘起来，一处边缘发出了轻微的瑟瑟声。整个身子晃了几晃，之后，倏然起飞。但一头撞在墙上。它与墙摩擦，似乎在争吵、厮打，又像是寻找一点点地方稳住身体。它失败了，垂头丧气地滑下，又畏缩在墙根。

但它很快鼓胀起来，鼓胀得像一只球。之后，身下似乎生出无数只脚，螃蟹般地急急顺着墙根爬了一段路，停下，往左滚了几滚，往右滚了几滚。自个儿旋转了四五圈。之后离开墙，离开地面，与地面呈四十五度角，嗖地向上飞去，恰似飞机驶离跑道，又像鸟儿雄心勃勃地腾飞。那些污物们低着头打着旋儿，一片树叶还跟着它跃了几跃，送行似的。方便袋蓬勃迅疾地起飞。一棵树轻轻摇晃着树梢，迎接它的到来。突然，它像是被枪击中的鸟儿，浑身一阵颤动，全身变形，从半空中直插地面，跌成薄片，并被一只无形的手在地上拖了很远。一辆停靠在路边的汽车挡住了它。

方便袋兜住车轮，静了一会儿。离开车轮，从车底爬出，身体再次鼓胀。打着旋儿，边前行边回顾。之后，昂扬走向宽阔的大街，在车流人流间穿行。一个小孩子发现了它，抡着树枝追打它。有几次，它险些被碾压在车轮下，也险些被孩子击中。它轻轻地一跃，就置身于车流人流之上了。它在上空画了一个大圈，然后优雅地摆动着身躯，像游鱼一样划出S形轨迹。电车线却勒住了它。它拼命地往前挣。成功了。身体又飞向空中。在空中打了几个滚，又轻轻落地。向前趟了几步，向左滚几滚，向右滚几滚，再爬出一条C形路线，再次腾起。在空中滞留了四五秒钟，呈螺旋形向上空钻去。飞到树冠那样高，左右摆了几摆，停下，四下张望，之后，似在和着一首歌结尾的音调，舒展着身体，温柔地回落。

然而，还没有落到地面，全身突然变形，英武似将士，神勇似天神，潇洒似飞天，迅疾地，不可阻拦地转身向天空杀去，像腾空的火箭一样，以一个优美的弧形直刺蔚蓝的天空。瞬间便超过了山的高度，一会儿就踏上虹桥。阳光洒在它的身上，它一直进入了云的宫殿。它亲吻了云脚，之后在云的峰谷里旋转，沿着云丰腴的脊背，攀上了云的头顶。它发现了云上的天空，纵身向更高处飞去。它弹拨着阳光，它狂饮着清风。它在倾诉衷肠，它在高歌自由。白雪皑皑的山巅被它路过，波浪滔滔的大海成为它的衬托。在它的眼里，山林剧烈地扭动着身体，挣扎着要离开大山；海浪咆哮着，想跃得更高，更高。它走出无数条优美的曲线，它变幻出无数优美的造形。苍鹰向它问好，它理也不理；嫦娥向他敞开大门，它连看也不看，直奔星的闹市。连风儿也只好跟在它的后面奔跑。

大地上，晚霞照例染红了天空，明月越来越亮，猫头鹰起飞了，蟋蟀开始了婆婆妈妈的鸣叫。

第二天一早，当阳光将大地镀满金色的时候，在世界另一处的墙角，这只方便袋静卧着。整个身体比昨天显得有些憔悴，身上破了几个洞。身边有一团污秽的纸、一小块废塑料布、一条破布头、几片枯干的残叶，还有一些极细碎的颗粒以及黑灰色的尘埃。几颗石子镶嵌在干硬的地面上。

有微风吹来，方便袋又动了动身。

青檀树及其他

人总热衷从某些植物身上发现某种卓越的人格的精神。比如我们随口就可以吟出的"出淤泥而不染,濯清涟而不妖","没有花香,没有树高,我是一棵无人知道的小草",云云。

按人格精神的思路去看青檀树,我就被震惊了。

枣庄市的峄山有个青檀寺,青檀寺周围长满青檀树。那些青檀树,千年以上树龄的就有 30 余棵,千年以下的不计其数。青檀树干似榆,枝似柳,叶似扶桑,并不特别,特别的是它的根。那根多扎在岩石的缝隙,整个树身由石上长出。巨石老根,难解难分,更有甚者,有的根,生硬硬地撑裂了山岩。

见到青檀树就想起了郑板桥的《竹石》诗。诗中赞美竹子曰:"咬定青山不放松,立根原在破岩中。千磨万击还坚劲,任尔东西南北风。"其实诗中所赞美的"精神"更应属于青檀。因为竹多数还是生在湿润的沃土中的,存活年数也不长,更难有撑裂岩石的壮举,故其悲壮卓越,远远比不上青檀树。

所以,1991 年的夏天,我第一次见青檀树时,就像找到了榜样和楷模,几乎要对它顶礼膜拜了,断定它是一种伟大的树,一种无与伦比的树。

2002 年再游青檀寺,抚着树干,仰望枝条,依旧感慨不已。枣庄的一位好友,少有的耿介爽直的一条汉子,人品文品俱佳。他在岩壁乱草中这里扒扒,那里探探,想寻找青檀树的小苗带回家种养。另一位当地的朋友劝他："别费劲了，我种过，种不活。这种树，离了这种石头，这个地方，活不了。"

……我对青檀树的"人格"精神产生了怀疑。

过去我也喜欢漫山遍野地寻些野花树根带回家，种养在花盆中，但无一存活。当时我就奇怪：在花盆中，无暑无寒，无风无雨，无涝无旱，且有我的关爱，对那些历尽风寒旱涝的植物来讲，不等于进了天堂吗？难道不应该更好地活吗？不活而死，对于我们这些从本性上追求荣华富贵的人们来说，是难以理解的。

抛开环境的优劣不说，即在一种环境中坚韧不拔，在另一种环境中却连苟延残喘都不能，只能死，这总不能为人之楷模吧。

假定岩石为忧患，沃土或花盆为安乐，那么，至少这些野物的"品格"中有为人所厚非的"生于忧患，死于安乐"的成分。

其实花木无心无知，只按自然命定的命运生长。"个性"苛刻而单一，并不值得人仿效。在不同的环境，在不同的际遇中，坚守自己的信仰，完美自己的人格，不改自己的追求，植物做不到，动物做不到，一般的人做不到，只有精神卓越的人才能做到。

在人格精神方面，人完全不必向自然界的动植物学什么。

在大海中游泳

在大海中游泳，满目只有波浪、云天和细细的海平线，偶尔可看见远处的船影。上下没有支撑，前后没有羁绊。可以伏，可以仰，可以侧，可以立，可以快，可以慢，可以沉，可以浮——像鸟，像鱼，像豹。身体自由了，心也自由了。从逻辑上推论，海水通向任何大洋或大陆，去不去，由你的选择和能耐所决定。

我喜欢在海里游泳。

惬意的一次是在烟台。那天天气晴好，无云无风，海天一色，水平如镜，一尘不染。游了很远，还看得清阳光的金线在海底沙石上摆动。偶有彩色的鱼相遇，互不惊扰。头上的海鸥飞来飞去，不时俯冲，击起涟漪。远处有绿色的山浮在细波上，像在飘动似的。天澄碧似玉，海澄碧似玉。身体在这澄碧的玉中，仿佛也透明了。被我拨动的水纹，漾向很远的地方。

在日照的那次游泳，却令我后怕。那日阳光虽好，风却大。海水好似正在厮杀的乱军。我见一道波浪袭来，就埋下头，慢慢呼气，待感觉身体被波浪托到高处，才双臂压水，让头浮出水面，正好波浪过去，我好吸气。从容应对，不慌不乱，倒也好玩。忽地，眼前突起一道水墙，像一辆乱闯的战车，将我撞翻，将我旋转，将我压入深水。一时竟不知哪是上，哪是下，向哪个方向发力。手忙脚乱探出头来，四周巨浪耸涌，一浪高过一浪，哪里能看见岸！急，急不得；怕，怕不得；悔，悔不得——冷静、求生。轻轻踩水，转着圈地张望，待身子被送上浪峰，才看到了岸。

汕头的海滨总在沸腾汹涌着。海浪像是大群大群的猛犬，狠狠地扑向岸边。只往海水里走几步，就会被浪打倒。几个人紧携着手，才能勉强立住。有勇敢地抓着缆绳，走到较深处，随浪起伏。有艺高胆大的，见浪扑来，纵身一跃，穿浪而过。我尝试此法，一个大浪城墙般地颤颤抖抖地压来，我还没等跳起，身子就完全失控，想抓缆绳已来不及，身体和沙石混在一起，被推向沙滩。

海洋生物是否欢迎人类，是很难说的事，因为人毕竟是海洋生物的"外族"。那日，在黄岛金沙滩，嫌岸边人多拥挤，下水就向拦鲨网游去。周围已难见人影，暗绿的海水泛着破碎的银光。正起劲地游着，突然自头到胸，被黏黏的丝丝缕缕罩住，像是撞进罗网，心中一悸，急忙挣扎，丝丝缕缕似粘在身上一般，所触之处又痛又痒。一时狼狈不堪，仓皇逃回。向小摊贩问起，说是撞上海蜇了，没被狠蜇算是侥幸。

如果被海面的温柔迷惑，游泳时也要吃亏的。北戴河的阳光，要比别处的纯净、灿烂；北戴河的海景，也要比别处的明媚、文静。那就下海撒欢吧。正轻松地游着，忽见身下黑黝黝的，马上躲避，还是一脚踹上尖利的礁石。忍痛再游，又是黑黝黝的，不知是草是石。往回游，立身上岸，没走几步就被水下礁石绊倒。上岸来，双脚已鲜血淋漓了。有位精壮的小伙，自称某市的游泳第二名，精神抖擞地下了水，一会就一瘸一拐地上了岸，坐在我身边抱着脚哎哟。他的脚鲜血淋漓，惨不忍睹。

进入海水，与波浪游戏，是全身心的快意。把自己渺小的身躯，置于海洋，也就置入了浩瀚、深邃、无限、奥秘。每次游罢，在岸边站起，身上的海水哗啦啦地滑落，心中就洋溢起满载的喜悦，感觉十分壮美。那是大海的馈赠。

冬　泳

几场冷风过后，盛开的秋菊败落了，雨中开始杂有雪粒，树木亮出铸铁般的骨骼。像往年一样，游泳池边，每天中午12点左右，汇聚来三四十名冬泳者。他们丝丝哈哈地吐着白汽，脱下厚重温暖的冬衣，裸露出比常人略黑一些、更坚实一些的肌体，望着池水，伸胳膊动腿。

对一般的人来说，极冷的感觉，一般来自于口中的冷饮或面部的寒风，但那不过是极少部分感官的感觉。而冬泳者却要让肌肤所有的毛孔去吮吸那冰点的滋味。

站在池边，清凌凌的已经不再是水，而是一池刀片，一池凶险的图谋。大的行动的痛苦总是集中体现在抉择阶段。冬泳者也一样，最受磨难的并不是他的肉体，而是他的精神。

下，还是不下？冰冷的池水向每一个人发问。

人的一生中，切肤之痛并不总是经常出现的。所以在切肤之痛来临之前的翻江倒海似的思想斗争也是并不多见的。面对即将要承受的切肤之冷，冬泳者全身每一个细胞都在发出最强烈的抗议，都在呼唤着被搁置一边的棉衣，都在倒戈溃散。细胞的抗议和溃散无疑来自于贪图享受的肉体的本能。来自本能的力量强大得如咆哮之海，直欲将意志的堤坝冲垮。正因如此，冬泳者此时的大脑其实是一个决战战场。战争是异常激烈异常残酷的，因为必须决出胜者。有的人，这场战争在前一天的晚上或今天的早上就打响了。他们需要把一切有关人生有关奋斗有关不怕牺牲有关战胜厄运的人生哲理都搬出来，不断增援自己的意志。尽管冬泳者的脑中斗争的过程有长有短，但程序大体类似。他们凭借意志，也只凭借意志，向本能和怯懦发起一次又一次的总攻。十次、二十次，也可能上百次。最后，在冬泳者跃入水的那一刻，本能方无条件投降。

也有冬泳者每日下水都十分泰然。然而并非他们脑海中没有斗争，只不过他们意志强大如巨人，面对各式的进攻和抗议，只是轻轻一挥手，就将对方城池拔下。这种人肯定是身经百战的冬泳老将。而似我者，今年首次参战，又担心意志失败，又不愿交战耗时过多，只好这样想："就当是有人把我推下去了。"于是省略了不少战争的痛苦和磨难，虽然有点投机因素，但兵不厌诈，以成败论，似也应列入取胜的智谋大全中。

清澈平静的水被搅得碧波耸动。待水淋淋地上岸时，全身已红艳如花，并且热气腾腾了。上岸后的心境就大不一样了。意志胜利者的快乐像阳光一样灿烂。

但谁都知道，这种快乐是暂时的。因为冬季毕竟是由一天一天组成的。而且冬季很长。

其实，冬泳不过是冬泳者完全自愿的运动游戏而已。只不过这种游戏的内容，是血肉之躯与冰水的对抗，是真正的严峻和酷烈。冬泳者们有意将这真正的严峻和酷烈游戏化，其意义及对自身的影响，或许就早已超越了游戏、超越了自己对自己的范围，而进入人生正剧的范畴了。

看太阳

那座横跨铁路的高架桥终于开通了。早上七点多，我骑着自行车来到桥上。身在高处，下边那些再熟悉不过的、我经常穿行的道路和住宅，都变得十分陌生了。猛然看见左前方远处，比桥略高一点的地方，悬着个圆圆的、红红的东西，那种红，有些柔软、有点潮湿，因为罩着一层烟尘，所以有些陈旧，像是张旧年画。那是太阳。

太阳的方向是繁华的市区，十来栋高楼耸立着，像柱形坐标图一样分割着天空，远处依稀的山，都低矮得达不到楼的半腰。这太阳，就被夹在高楼之间，随着我的行走，时而被高楼挡住，时而从缝隙中走出。哦，久违的日出，现在的你，居然是这样的。

看日出，有两次很深的记忆。一次是小时候去农村，早上走很远的路去赶集。一路看到的，只有土地、树行和土墙土房，还有远处的地平线。忽然发现一轮太阳，像大大的红灯笼似地悬在一排树的后面，好似比远处的村庄还近，好似走过那排树就可以摸到它。那种红，很鲜、很嫩、很柔，像一张大大的笑脸，有着熟透的果实般的香甜和鲜美。当时我就觉得，生活在农村，天天和这样的太阳相伴，是很幸福的事。另一次是在泰山的日观峰，黎明时分，黑天黑地中，东方隐现一缕暗红，不久，那暗红就变成通红，渐渐红透了半个天空，红透了整片云海。太阳呢，先是冒出水灵灵、红艳艳的额头，然后一跳、一跳。云海不安地涌动，云霞炉火般明亮。不一会，太阳就全身跃出，顿时霞光万道，云海辉煌，峰峦妩媚，天地大明。

因常年生活在城市，极少能够见到日出，所以十分兴奋。晚上讲给上初中的女儿听。女儿从没有见过日出，叫着也要看。

星期天的早上，把女儿摇醒，一起蹬着自行车来到桥上。天不晴，也不阴，漫天的不知是雾是霾，天空和城市都灰蒙蒙的，那些高楼也都像模糊的黑白照片。桥的东边，是火车站，西边是机务段和车辆段，都是我熟悉的。车辆段里静卧着几列客车车底；机务段里有几名身着黄色工作服的工人围着一辆机车忙碌。有机车低声鸣叫着，缓缓开出车库。我告诉女儿：机务段是管火车头的，火车头又叫单机，外地开来的火车，一般要在车站更换车头；车辆段是负责车厢维修保养的。机务段的火车头，挂上车辆段的客车车厢，开到车站，才正式开始一趟旅行。车站负责售票和组织旅客进站上车；车上的服务工作，归客运段。又讲我的一些朋友，谁谁谁是哪个段的。冒着寒气讲了半天，女儿并不感兴趣，我也懒得讲了。一辆红色的客车沿铁轨自西向东开来，缓缓驶过桥下。车窗里，有早起的旅客，穿着内衣站在车窗后向外张望。女儿趴在桥栏上看着。我们没有看到日出。

下个星期天，又叫醒女儿，来到高架桥上。高楼的后边，东南边的山上，有一抹红。我说，等会太阳就会出来。天很冷，嗖嗖的凉风让我们不得不裹紧衣服。我和女儿徘徊着，女儿依旧看下边的火车、铁轨。我告诉她，向南，比如去泰山、南京、广州；向西，比如去郑州、西安、乌鲁木齐的火车，都从济南站向西开，从这座桥下经过；向北，比如去北京、呼和浩特、沈阳、哈尔滨，向东，比如去青岛、烟台的火车，都要从济南站向东开，路过那边的天桥。此时，一列货车隆隆开来，从桥下通过。车上拉的是原木、煤炭、钢管、油罐，还有小轿车。我告诉女儿，货车车厢分几种：平板的叫板车，上边敞着口的叫敞车，封闭的盒子状的叫棚车，圆筒的是油罐车，各有不同的用途。女儿不太愿意听，我也讲得没劲，不过打发时间而已。等了半个多小时，东南边的那抹红却变成淡黄，淡黄又变成灰色。我们只好返回。

第三个星期天，还去。有轻雾。我说，有雾的天一般是晴天，今天一定能看到太阳。几天前下过雪，到处是冰，寒风凛凛。我问女儿，如果没有太阳，地球会怎样？女儿说，就没有光明。我说，不只没有光明。你想，所谓冬天，不过是太阳光稍稍斜射了一点，地球就这样寒冷。如果没有太阳，地球会冷成什么样？女儿说：一个漆黑的大冰蛋。女儿问：地球为什么会这么冷呢？是啊，地球自己为什么会这么冷呢？我想了想，回答：那应该是宇宙的温度。我看太阳的渴望更强烈了。

  A字形桥塔的尖端被雾锁住了。远处灰茫茫一片，近处的济南站也变成虚幻的影子。雾越来越大。我不想让女儿失望，还是守在桥上。桥下不时有客车和货车通过，通过时震得桥有些发颤。我们跑着、跳着，做着各种运动，抵抗着寒冷。等到八点半，冷得坚持不住，只好返回。

  快到家时，突然发现一栋楼的上半截要比别处明亮，仔细一辨，是阳光。仰头看天，天晴晴的。可惜太阳被楼群挡住了，看不到。

灭蚊记

秋冬之交，树木的叶子有的斑斓，有的枯朽，但都已开始纷纷落了。刮过了几天寒风，又是几天的艳阳高照，这一照，把天地照得暖暖的，连树叶也不愿意掉落了。

夜沉得很静。安然入睡，忽然，嘶噌——嘶噌——，那声音，像火车在远处林中的悠长鸣笛，像来自潮湿阴暗地下垂死的抗议，像一团乱麻在耳鼓撩拨，像万千箭矢雨一样乱飞。这声音，不知从什么地方开始，渐渐加大，穿行于深沉博大的黑夜，把这黑夜划开一条裂缝。这声音寻我而来，盘旋一番后，携风带雨般地在我耳边突然加大。

是蚊子！

声音突然中止。似有小小的柳絮轻落脸颊。我知道，这蚊子，已将它的针喙刺入我的皮肤，像那油田的抽油机一样吸取我的血液。挥掌打去，脸上挨了一掌，却什么也没打到。

正在困乏当中，懒得理它。往脖下拉拉被子，想再入甜梦。

嘶噌——嘶噌——

我的世界因它而不得安宁。勃然大怒，顿起杀心。打开灯。莫讲一只区区小虫，就是一员战将，我也要将它斩于马下！

并不见它的影。细细察看。在窗帘的褶皱处，安卧着一只大蚊。它文细、弱小，像个瘦骨伶仃的教授正在倾心读书。我兴奋且大怒，小心靠近，将手掌高高抬起，以最快的速度挥去，攥住。

张开手，却什么也没有。

一小斑点掠过我眼前，挥手去抓，哪里抓得到。这时的蚊子，远不像夏天的那样，飞得从容，像有一定的航道似的。这只蚊子，像一架失败了的战机，又像一个急坏了的孩子，毫无方向地急速乱飞一通，又不见了。

夜凉已浸透我的皮肤。到处找也没有找到。悻悻地钻进被窝，恨这只虫扰了我的睡眠。

右臂上一阵瘙痒。用左手去挠，左手指上也痒，脸颊上也痒。让那只虫得手了！我一边挠着，一边打开灯。愤怒超过了刚才。仔细在墙壁、屋顶、橱门、窗帘上查找。原来正卧在床头上。此时的它，鼓着快要胀裂的肚子，体大如蝇。挥手拍去，鲜血四溅。被拍扁的躯壳和长长的腿脚，嵌在血中。这情形，才略解我心头之恨。

挠着痒处，安心睡去。不想，还未睡着，嘶噌——嘶噌——

打开灯，见一个黑点正在乱飞。只得找到好久不用的电蚊拍，持着它，像手持一把大刀。四处寻觅不见。终于，在抽屉把手上发现了它。将电蚊拍靠近，一阵噼啪之声，蚊拍上冒出一股青烟，散出一股烤肉味道。

我终于坦然了。

想这小虫，必是被外边的寒冷逼进室内。却又无处觅食，只好拿我的血果腹。避寒果腹，天性使然，本无过错。只是扰了我的睡眠，侵了我的肢体，也只能死于我的手下了。

叩　问

是夜。上有明月，下有蛙鸣。我的思绪们却不能平静，叩问着未知。

问山峰：为谁布景？问大海：为谁演说？问星空，那不断变幻的光影，为谁跳舞？问历史，那些战争，那些巨变，在为谁说书？

你的黑暗的后面是什么，你的寂静的后面是什么？

你无言而言的又是什么？

你就这样关闭了自己黑暗而寂静的大门。从此，阳光只能照亮门板，而不是你的脸；门上甚至没有一丝可以透入花香的缝隙。

也没有任何雷霆，可以使门有轻微的颤动。

这是黑暗的门。这是寂静的门。你走进黑暗的后面，走进寂静的后面，把所有的行囊，丢弃在门口。你的血脉、肺腑、心肝、骨肉，瞬间被风带走。你的山海星空，重归于无。

在虚空中，我看到你的门变软了。软得可以触摸、可以穿透。

背叛你的大门！我收起我所有的思绪，扛起与你同样的行囊。我看见，山海星空，还有阳光、花团，向我走来。

我没有张开我的怀抱，甚至没有不安。我只有一种意志：与你同行。

天　光

（根据读到的一则故事改写）

有天晚上，一名书生举着火炬，行进在大山里。一名高大强壮的劫匪窜出来，要抢夺他的财物。书生逃进山洞，劫匪追进山洞。山洞不知有多深，不知有多大。书生打着火炬乱跑，最后还是被劫匪捉住了。钱财和火炬都被抢走。

这是一个非常深的山洞，洞中有洞，纵横交错。不要说没有光，就是有光，也难以找到来时的路。

书生的眼前只有黑暗。他平静了一下心情，侥幸自己还活着。接下来就盘算着怎么逃出这个山洞。他想，现在是晚上，只有等到天亮，有天光进入洞内，才有可能走出。这样一想，他反而不急了。他闭眼睡了过去。一觉醒来，觉得时间未到，又睡了一觉。觉得应该是黎明时分了，开始摸索着爬行，去寻找光。

致命的是，他完全不知道眼前是什么，要往什么方向行进，一切，包括碎石块、路、绝壁、钟乳石、暗河，都藏在黑暗中。不知碰了多少次头，不知摔了多少跤。他只能用手上上下下摸索一番后，才能往前挪动一寸。而下一寸是什么，他全然不知；向着什么方向前进，更是不知。他就这样一寸一寸地摸索着。累了就睡，睡醒了就摸着走，摸着爬。

只有光是他生命的出口。哪怕见到细微得像蛛丝一样的一点光，也是最大的幸事了。此时，他最恨那个劫匪的，并不是抢了他的钱财，而是抢了他的火炬；他最感绝望的，并不是一路的跌跌碰碰坎坎坷坷，而是找不到一丝一毫的光。双眼如同两个漏斗，无边无际的黑暗通过这两个漏斗灌入他的灵魂，随时可将他窒息。

睁开眼和闭上眼是一样的。他试图用鼻子、用耳朵、用嘴、用全身的毛孔，捕捉光的痕迹。黑暗把他的希望一点点地碾碎。

不知过了多久。他听到了水声。他感到口渴。他向水边摸去。水声越来越大。没等到水边，脚下一滑，就跌入水中。全身冰凉，他感到水的强大力量把他冲出很远，感到自己被冲到一块大石头上。他喝饱了水，全身冷得直打哆嗦。他想，即使在地狱，也比在这里幸福多了，因为哪怕是地狱，也应该有一点影子，有一点光，能够看见妖魔鬼怪的面目。而这里，甚至连可怕的东西都看不见，这比可怕更可怕。

似乎，有什么微弱地一闪。他聚神凝视，又什么也看不到了。他屏住呼吸，让自己平静下来，搜索着。他发现了那微弱的闪动。那是上游冲下来的激流，砸在岩石上飞溅的水珠上的一点点闪动。有闪动就有光！他用不长时间就判断出光源，他向那个方向爬去。

像一只毛毛虫似地，一点一点地向前移动。前方，出现了比绝对的黑暗要淡一点的深灰，那深灰在他的眼里，已经是非常壮丽的光明了！但他碰到了一面石壁，无法逾越。他记住了那深灰的方向，迂回前进。绕过了石墙，爬上了陡坡，前方的深灰变浅了。拐过几个弯道，真正意义上的光出现了。他可以站起身来走路了，四壁的一切可以看清了。沿着光的指引，他走出了山洞。此时，是他被劫两天后的早晨。

后来，他从别人那里得知，那个抢夺他财物和火炬的劫匪，手持火炬背着财物迷失在洞中，死了。他沉思许久，说：如果我有火炬，也会只看见眼前的路，而发现不了那微弱的天光，也会迷失方向，死在洞中的。

聪明的猴子的故事

有一则故事,说是有一群动物在海上航行,船出了故障,必须有部分动物跳海,减轻船的重量,才能保证其他动物的安全。自然谁也不愿意跳。这时,聪明的猴子出了个主意,建议:"谁能讲出令所有动物捧腹大笑的故事,谁就可以不跳。但是,只要有一个不笑的,讲故事的就必须跳下去。"似乎也没有更好的办法了,大家一致通过了这个建议。在谁先讲谁后讲的问题上,猴子提议用抓阄来决定。大家觉得很合理。猴子抓了个第一。于是,猴子绞尽脑汁,讲了一个绝妙好听的笑话,动物们笑得前仰后合。但是,只有猪在那里板着脸。按照约定,猴子只好跳海。

之后轮到山羊。山羊也讲了一个故事,引得大家大笑。可是猪的脸上仍然一点表情也没有。山羊无奈,按照规定,也只好跳下去了。

第三个讲故事的是大象。大象战战兢兢地开始了讲述。只见猪忽然爆发出大笑,直笑得在甲板上打滚。大家莫名其妙,便围上去询问,只听猪说:"太可笑了,太可笑了。猴子刚才讲的故事真是太可笑了。"

故事中,猴子的形象是这样的。一,它是危难之时一项文明、公平、合理的法规的创立者。(当然,猴子是有私心的,因为他有这样的自信,即他是最聪明的,他能够让大家笑从而保全自己的生命。但是让我们原谅猴子的私心吧,因为当时别的动物实在是没有足够的智慧和能力规划出比这更文明、更公平合理,没有强权,没有野蛮暴力的法律。事实也证明，他的法规受到了全体的拥戴。）二，猴子居然在抽签中抽了第一。这是它命运的大不幸。（这一命运的不幸其实也应该在猴子的预料之中，但这是无可奈何的不幸。）三，现实虽然残酷，出乎猴子的预料，但猴子还是履行自己制定的并且大家通过的法律，他没有运用自己的聪明进行狡辩，也没有耍其他的什么花招，而是毅然决然地跳下了大海。这举动体现了猴子有一种非常伟大的护法意识和以身殉法的勇气，应封其英雄。

而猪的角色是这样的。一，它是猴子的法规的拥戴者。（如果当初它拒不接受猴子的意见，也可能不会导致猴子的死亡。）二，它是愚蠢的，它的愚蠢直接葬送了猴子甚至羊。三，它又是诚实可爱的，当它品味出猴子故事的可笑时，它并没有隐藏自己的笑声，也没有任何伪装。猪虽愚笨，但在葬送猴子这件事上，主观上是无辜的。

智慧而正直者往往葬送于愚蠢的无辜者之手。翻翻历史，看看现实，猴子和猪的故事层出不穷。

永远也讲不完的故事

"从前有座山啊，山上有个庙，庙里有个和尚，讲故事。讲的什么呢？讲的是从前有座山啊，山上有个庙，庙里有个和尚，讲故事。讲的什么呢？讲的是从前有座山啊，山上有个庙，庙里有个和尚，讲故事。讲的什么呢？讲的是……"

"到底讲的什么故事呢？"

"你们听啊，讲的是从前有座山啊，山上……"

"不听啦不听啦！换一个。"

小时听的故事无数，但唯一记得一字不差，如此完全的故事，只有这一个。

这个故事常被人告知，是最长最长的一个故事。

如今回味起来，这确实是一个非常诱人的，有着无限丰富性和无限可能性的故事。这也许是唯一具备这些神奇性状的故事。

我们来分句分析一下：

"从前有座山。"什么样的山？世上有什么样的山，就有人们什么样的推测，即使是没有的，我们也能想象出来。洋洋大千，林林总总，无法穷尽。

"山上有个庙。"拆解开来看。"山上"，是指在山顶，还是在山腰，还是在山脚？是在悬崖峭壁旁，还是在溪流边，还是在丛林中？那又是什么样的悬崖峭壁，什么样的溪流，什么样的丛林？是否还有云雾缭绕，鸟语花香，鸡鸣狗吠？"有个庙"，是什么样的庙呢？是堂堂大殿，还是青砖瓦舍？是金碧辉煌，还是倾倒坍塌？抑或就是藏有一尊佛像一盏青灯的一间土屋？

"庙里有个和尚。"是什么和尚呢？是法力无边的菩萨还是修得正觉的罗汉？是皓首穷经的法师还是饱经沧桑的长老？是六根清净的高僧还是出家不久的比丘？

"讲故事。"讲的什么故事呢？是地上的还是天上的？是过去的还是现在的？是人的还是神的？是现实的还是虚幻的？是朴实无华的还是暗藏玄机的？

以上每一个句子，都生发出无限的谜团。谜团与谜团相连，构成了一个庞大的迷阵，一个穷尽我们想象也想象不尽的迷阵。

"讲的什么呢？"呵，这个句子，是上个故事的延续，下个故事的开始。种种谜团一个未解，就开启了下一个故事。就像路过山门，满山的风景还没看，就直奔下一个风景。我们可以期待在下一个故事中对种种谜团有所突破，而下一个故事却是由上一个故事生发另一个迷阵——我们不能说下一个迷阵与上一个是一样的，除非我们没有丝毫的想象力。

故事就无限地延续下去。

这不像是俄罗斯套娃，一个套一个，形态完全一样，可终究一个比一个小，最终可以找出最小的那一个。也不像那个鸡叨米的故事。那个故事讲，一只鸡发现了一个谷仓，于是去吃谷粒，叨一了粒，又叨了一粒，又叨了一粒……没完没了地重复下去。但无论怎样重复，从理论上讲，谷仓中的谷粒被鸡吃一粒就少一粒，终有一天，会被鸡吃完。

而这个故事，是永远也讲不完的。它由一个迷阵派生出另一个迷阵，永远派生下去，每个迷阵大小繁简，都在于你的想象了。

这是一个只有开头没有结尾的故事。我怀疑这是唯一永恒的故事。

它貌似什么也没讲，但我似猜测到它道出的宇宙的玄机：它讲的是永无止息的时间和无边无际的空间。视其为生存启示录，也不应为过。

我觉得只有这个故事能如此清晰明了地讲述着这种玄机。

一个个日出日落……

一个个春夏秋冬……

一代代生老病死……

一样的故事，不一样的内容，就这样延续下去，无论我们听还是不听，一直延续下去，沿着时间的隧道，延续进我们的未知……

骑自行车去黄河入海口

一

我的小说《无目的旅行》，有几个主要情节来自我的一次旅行。

1985年，我们办了一个名叫"天火"的文学社，十一二个人。一次聚会，有人提议骑自行车出去旅行。这是个有些冒险但十分富有诱惑力的建议。大家非常赞同，说笑中，定下几条路线，又为每条路线的优劣争执了一番，最后确定去黄河入海口。我马上着手准备。把自行车拆了重新组装了一下，购买地图，研究路线，准备衣物、水壶、照相机、手电筒、常用的药品、防身的短刀、修车的工具等等，向工长请好假。

没想日期将近，大家一个一个地退出了。一个我十分认真对待的行动，对他们却只是临时说笑的话题。都讲出了十分实在的理由，有说家里不让去的，有说那天要见女朋友的，有说那天家里要买蜂窝煤的。甚至有人来劝我别去了，担心一路怎么吃，怎么住，车坏了怎么办，被汽车撞了怎么办，遇上坏人怎么办，迷路了怎么办等等。的确，对我们这些在城市长大的人来说，都是挑战。而我却觉得此行的目的就是奔着这些挑战而去的。我说，你说的我全想过了，而且比你想得细。但是，哪怕只剩下我一人，我也要去。

最后，只有本单位的 Y 说要去，但工区要加班，不知工长准不准假。我极力说服他去。

当时刚发了新款的铁路制服，深青色、西服领、还有大盖帽。为安全起见，我和 Y 商定，就穿这身路服、戴着大盖帽去，因为那大盖帽与警察或工商税务的帽子类似，穿戴上有安全感。星期天一早，我出发了，去找 Y。Y 还没起床，给我开门后，又钻进被窝躺了一会才起身穿衣。因为只有他一个伴了，我不敢惹他不高兴。我问他请假没有，他说昨天工长去开会了，没见着，今天早上到工地去找他请假。我问要是工长不同意怎么办？他笑着说，不同意就只好不去了。他对任何事总是一副无所谓的样子，而此时我却急不得火不得。陪同他到工地找他工长。他工长答应了，我大喜。高高兴兴地上路了。

没高兴几分钟，一声爆响，我的自行车的后轮胎爆了，肉红色内胎自开裂的外胎处暴露出来。不由想，是否天意不许我们去？但执意要去，天意也是拦不住的。推车一直走到解放桥附近，才找到一个修车的摊位，把内外带全换了。车子在市里坏，总比坏在荒郊野坡好得多。

二

出了市区，过了黄河公路大桥，已是中午。找了一个小饭店吃饭，拿出地图研究确定了行程。我说，我们的钱不多，合在一起花吧，这样能省点。我们各拿了 25 块钱，放在一起，由我掌握。（当时，我们的月工资是 24 元，加 5 元的自行车补助，每月总共才挣 29 元。）饭后沿黄河奔济阳。沿黄河边的一条不宽的林荫路走，开始时后车架上的行李包总是东倒西歪，反复用绳勒了多次，才稳当了。下午 3 点多到济阳。在济阳的黄河边看了一会风景，没敢多停留就上路了。

过济阳，柏油路平坦宽广，几乎没有汽车。我们狂欢似地撒着欢，拼命地蹬着车。地图上那些死板的地名，一一成为我们眼中的乡村风景。狂奔的目的也是为了赶路。我们确定当晚的目标是滨州。天渐渐黑了，到达一个叫里则的地方。这里距滨州只有20公里左右。前边正在修路，松软的土高高地铺在路中间，只有旁边一尺来宽的小路可行。问当地人去滨州还有没有其他的路，人说这条路最近，另外可以绕道，但那就太远。我们决定就走这路。

路越来越难走。坑坑洼洼，另一边就是水沟。可怕的是，天完全黑下来，什么也看不见。我们打开手电筒，一前一后，借着微光向前一点一点地行进，连话都不敢说。我不时地停下来，等待十分沉着慢行的Y。一道高坎把我的车颠起来，我突然发现自己正在一座桥上，桥没有栏杆，桥下还有水声。大声呼叫让后边的Y注意，自己下车踩着软土小心地推过桥去。过了桥直后怕：万一掉下去……而且马上恐惧起来：不知前边有多少这样的桥。乡村的夜色中，只有我们两人胆战心惊地一点一点地向前挪动。

夜里十点多，终于走出这段极难走极惊险的路，看到了滨州的灯火。

三

第二天一早，从滨州的一个宾馆里起床时，发现腿不听使唤了。硬动，腿石头一样沉，又酸又疼。坚持着起身，结账，住宿费每人3元。捆扎了行李，上路。上车骑了一会，酸疼减轻了。

找个小店吃早餐，无外是油条豆浆。吃完后把水壶灌满。第一次体会自助旅行生活，觉得很有意思。

在田野中走了不久，看到路边出现了一种奇怪的大机器，钢铁架子上，横着长长的臂膀，那臂膀不断地上下运动着。我们猜测，这一定是油田的打井机。越往前走，这种机器越多。在离公里近的打井机边，可看到四周有些黑油，印证了我们的猜测。这意味着快到胜利油田了。路越来越窄，油罐车越来越多。笨重高大的油罐车跑得飞快，一辆接一辆，在身边兜起阵阵强风。我们只好小心翼翼地沿着路边走。中午，到达了垦利县城。

吃午饭时，Y要了两瓶啤酒。我不太高兴，责备了他两句。他嘲笑我说：就两瓶酒，你看你。我说，一路上还不知道发生什么情况，就这么点钱，得省着花。他说，以后不要了就是了。

我们在地图上找到位于黄河入海口处的两个小黑点，一个标着"建林"，一个标着"友林"。就问旁边吃饭的人，哪里离黄河入海口更近。人说友林更近。问路好不好走。说路还可以。问那里的治安好不好。说不太好。那里有个劳改农场，当地不少人是劳改释放后留下的。我们就有些紧张。但想想，也没有什么可怕的。

晚上必须到达友林。

黄河大坝的坝面就是柏油路，没有行人和车辆，坝两侧坡下，是密密的树林。天有些暗时，我们已骑得十分疲累。远远的前方有一骑自行车的人。为了提精神，我对Y说，咱们去追他。那人回头看见我们两个戴大盖帽的追上来，也加快了速度。我们来了精神，伏下身，把车蹬得飞快。那人不断地回头，也不断地加速。我们是想游戏一把，赶在天黑前到达友林。于是咬紧那人，逼近。突然那人骑车向坝下冲去。大坝有二十几米高，坡很陡，只冲了不到一半，他就人车分离了。他从草丛中爬起，向林中几间土屋跑去。想一定是被我们吓怕了。我们大笑。笑后却怕有当地人来找我们打架，于是再次加快了速度。

天黑之前，到达友林。

四

一条窄窄的柏油路通进村子，村子里都是低矮的房子。村口有一个饭店，店门口站着蹲着七八个小伙子，眼神直直地看着我们。我们若无其事地进了饭店。所谓饭店，就是一大间麦秸顶、露着粗大房梁的土房，地面油黑发亮、坑坑洼洼，随便摆着几张木板钉的桌子和条凳。那些人随后进来，把我们包围在当中。其中一个斜眼、跛腿、穿蓝条背心的人发问：你们是干什么的？来这里干什么？

我们来……玩玩。我们有些紧张地回答，急于摆脱他们。

玩玩？他们的表情紧张起来，满脸怀疑，满眼猜测。包围我们的圈子似乎更紧了。

Y动动鼻子，说：哼！就是玩玩。没什么事。

我突然想到，在这人烟稀少的地方，对这些当地人说来玩，肯定不能让他们相信。就赶紧编瞎话说：是这样。我们是铁路上的。你们看，我们穿的是铁路制服。我们来看看这里的情况，能不能修铁路。

这里要修铁路？

我们只是来看看，考察考察。

哦！——斜眼跛腿的人深深地点了点头。其他的人窃窃私语。有人问：修铁路，什么时候修？

我说：那得看情况。修不修还不能确定。

斜眼跛腿的人突然问：为什么不去找村里？

这话差点问住我。我胡乱编着瞎话：天晚了，不找他们了。对了，村委会离这里远吗？我们明天去。

不远不远。有人就比画，为我们指路。

那伙人散了。只有一个穿圆领白背心的人不断地回头看我们，满眼不信任。

问店伙计有什么吃的，他说有面条，还有油条。我们要了六两面条，一斤油条。小伙计进厨房了，一会端出一个大白瓷盆，满满一盆清水面条。又端出一个筐子，筐子里是油条。拿一根一咬，硬得像柴火。见小伙计面善，我们一边吃一边问他哪里有住的地方。他说后边的院子就能住，一个人一晚上两块钱。我们问这里乱不乱，他说不乱。

吃完饭，小伙计领我们到后院，打开一扇木板钉成的门。房间很大，只在靠里头摆了两张床，被褥都是新的，雪白。睡前，我找了一根木棒，把门顶住。睡时，把随身带的一把刀压在了枕头下。

五

一夜睡得很死。第二天一大早起来，腰身沉重如铁，关节处断裂般疼痛。高兴的是一夜无事，天气很好。

匆匆吃了早饭，带足中午的饭和水，一直向东骑。大坝已很低矮，像一道土墙。不久就到了大坝的尽头。黄河到了下游，已成为地上河，被两边的拦河坝约束在河道之中。我猜测，这拦河坝，可能是除了长城之外，可居第二位的大工程。到了这里，黄河终于可以撒欢儿了。

大地非常平坦，生着一簇一簇的草，地面很平、很硬，车轮滚上去很舒服。有些顶风，不时有鸟儿在草丛中飞起。东边的天际，泛着暗青色。我们想，暗青色的下边就应该是大海。我们幻想着到海边，看河水与海水交融的壮观景象，不由得迎风扯着嗓子大声歌唱。发现了一条大河，黄水滔滔，便以为是黄河，十分兴奋，顺着河向前走。走着走着河道分了叉。顺着叉开的这条河走，没走多远竟然到了尽头，变成一条深沟，深沟里汪着死水。继续前行，遇低洼处，土就像胶皮一样松软。只好寻着干路走。突然，一条滚滚的大河横在眼前，这河不知从哪里来，也不知向哪里去。顺河走，前边又出现一条河，与这条河交汇，拦住我们的去路。

河边有一条船。四下看去，有一人正在一辆载满草的马车边忙碌。

这是我们行了半日遇到的第一个人。

"师傅，请问去海边怎么走？"

那人又黑又瘦，眼神有些凶。他看着我们，生硬地反问："你们是干什么的？"

Y说："啊？来玩玩。"

那人扭头就走。我只好拿出《青年报》的通讯员证，追上他给他看，说："我们是来采访的。"

那人不满地说："来采访就采访呗，不跟我说实话不行。走吧。我送你们过河。"到马车边拿来一副桨，就往河边走。

我问："我们过了河，怎么回来呢？"

他说："那我就不管了，你们要过，就送你们过。"

茫茫草甸，四野无人。

我问："黄河入海口到底在哪里？"

他说："这就是黄河入海口。"

我说："怎么见不到海？"

他说："见海？海边都是烂泥巴地，见什么海？你们过不过河？"

我说："那……我们就不过了。"把我们撂在河的那边，怎么回来？我胆怯了。

他说："不过就不过了呗。"扭身走了。

我和 Y 席地而坐。吸着烟，看着天，看着草。我们明白了，黄河，还有其他的河，在这里分成无数的岔流，这些岔流毫无规律地纵横着。谁能知道哪一条岔流能把我们引向海边？谁知道我们会不会迷失在沼泽里？

我问 Y："怎么办？"

Y 说："来了一趟，没见着海。"

我也有些失望，对 Y 说："见是没见到，但是，咱们到了黄河入海口了。"

六

返程是顺风，车骑得很轻松。我们决定走另一条路回济南。晚上，到达东营市。

找了个旅店，每人三元。像厂房一样很大的房子，铺盖都铺在地上，一个挨着一个。中间有个大炉子。一伙人闹闹嚷嚷地围着炉子做饭。那炉子与别的不一样，中间只有一根管子，管子头上呼呼地喷着大火。我们猜想烧的一定是天然气。东营市是靠胜利油田发展起来的新城市。因为听说这里治安不好,我们也不敢多说话。

这是我们出行的第三天。

第四天起程,直奔淄博市。进入淄博,已是晚上。街道人不多,旅馆也不好找。绕了几条路,才找到一家。吃饭时想起,蒲松龄故居大约在淄博附近,就决定明天绕道去看看。

第五天早五点就起床,打听着路,到了蒲家庄,一个并不起眼的小村庄。蒲松龄故居就位于蒲家庄的一个胡同里。走了几个院子,读了郭沫若撰的"写鬼写妖高人一等,刺贪刺虐入木三分"的楹联,看了柳泉,然后返程。沿济王公路,晚十点到家。

这天行程一百多公里。

五天总行程约五百公里。

尽管没有大的惊险,但一路的经历,也算为平淡乏味的生活创造了一点亮色,储存了一点带有野味的精神财物。所以,虽然过了二十多年,至今还记得清楚。

逐 日

序

这里是终点、是归宿、是垃圾场,是处女地。
滞留的乌云,如升起的坟群,万千重重,生机蓬勃。
瓦砾遍地,锈铁累累;尸骸横陈,恰似筑路的下脚料。
晦暗的田园,没有一株彩色的草,只有菌类在生长。
黑蓝色横亘于天际,几缕黑烟在游移,几点火星在蹦跳。

这里的种子不能发芽,这里的树拒绝春天。
而蛀虫,仍在蚕食空气那透明的翅膀,太空的裙裾。末日的蚊蝇,如创世之初一样健壮,饱餐和遗矢。
最后一只野兽,不知病卧于何处,发出带有溃疡味的长嚎。

你去哪里?

看哪:
椰子树高大的身躯,自始至终都在抽打着台风;
礁石张开满口的犀利,啮噬着滚沸的巨浪;

擂鼓者的身影时隐时现，它的鼓槌一起一落。他的声音像星光一样沉静，也像星光一样永恒。

当十二级台风把海水吹破，组织起伟大的暴动；当海浪撞破云层，第一百亿次地把海底的问题以问号的形式送上天空。
穹庐的壳开裂了。
大海不会止息。大海不会沉默。总有一天，它挥起的手掌，会狠狠打在天际的腮上。大海不会罢休，大海不会屈服，总有一日，它会掀翻太阳的坐骑，推出自己的主义。

听吧，雪原、林莽、冰山、暖流，以及你们的荆棘，只要这个世界上还有生命的存在，行进的利刃就不会生锈。

早晨血色的风告诉我：
远古的天同现在的一样高，一样阔；
远古的血同现在的一样浓，一样热；
而早晨，还是刚刚蜕去胎衣的处子，赤裸无邪。

在地平线的那一边，童声在合唱：属于我们的黎明，一定要新鲜……（歌声依稀，很快就被噪音埋没）；
在那遥远的地方，在初民中，有童声的回音，有我肝胆相照的朋友……

（朋友啊，你……）

晚霞的额头皱纹纵横，满布尘垢。
一只头骨大张着嘴巴，流星一样横穿白昼和夜晚，未曾降落就化为尘埃。
时间隧道的洞口大开，直视亘古不变的晨昏。
古木上的猫头鹰，在黄昏降临的时候，开始把世界装入它明澈的眼睛。

在高处，没有故乡的风筝，抖着长长的诗行，穿行于凝固的空气之上，在飞，还在飞。

一

夸父来到世间，父说：
去掂量骨灰的分量，去参观亡灵，去漫游古壁残垣。
在我们降生之时，末日就等候在时间的那边（像一个黑色的杀手），
寿终正寝者，病亡者，凶器之下毙命者，洪水、地震、车祸中的丧生者，
生命常如风口的烛光，常如轮前的小草。

父说：
向日葵疯狂地打开纯金色的衣裳，千百只黑眼睛随之洞开。
松柏提取了大地和岩石的力量，横空出世，傲立沧桑。
风不死，水不死；地不老，天不荒。
大海吞噬着万千江河，畅饮着倾盆大雨，不住地喊："渴！渴！渴！"
山巅的冰雪永世不化。而山总是长，总是长，把冷静而纯粹的头颅伸向星座的胸怀。
沸腾的地核是你的心，纯净的雪峰是你的脑，飞瀑是你的血，穹苍是你的家。
在生命的烛火里，大海在澎湃；在生命的小草里，群山在生长。

父说：
你要晓得——
亿万年愿望的实现者，
智慧的始作俑者，

叛逆元素的输入者,
美的滥觞,
不死的灵魂,
空间的心跳,
时间的脉搏。

父说:
去领悟种子的意图和江河源头的愿望吧,
参天,
或者一泻千里。

父把自己的语言做成拐杖,交给夸父。
夸父挺起脊梁。

二

所有的集市,没有自己的需要;
众说纷纭,没有同心之言;
车水马龙,没有同行者。

有人追逐萤火虫的光亮,永远消逝于悬崖。
有人在铁屋里徘徊,以为这样便是经历沧桑。
有人把白天挣的钱晚上扔到酒店里,以清醒换取不清醒。
有人不酒而醉,沉浸于"好"的状态。
有人以"蚊子主义"把头脑武装得坚不可摧,一生总愤愤于得不到或得的太少。
有高官和学者相貌堂堂,衣冠楚楚,文明礼貌,出口成章,却每每夜不成寐,觊觎着强奸犯的快乐和乞丐的废铜烂铁。
有人踩在别人的头颅上,不断鞭打所有向上的视线,直到把别人的脊梁压成不可回复的弓。

有人以橡皮筋做国界，驱策别人在上面大跳忠诚之舞，直跳得鲜血流尽，骨骼零散，然后以血和泥，以骨作砖，修建不堪风化的城墙。

一场厮杀过后，无数人便永远消失了。他们的妻擦干眼泪，为准备下一场厮杀，把儿子们养得又白又胖，体格健壮。

阴暗的心脏生出粗壮的手臂互相屠戮，慈善家手中的一点药品不知给谁最好；木质的头颅互相攻讦，满世界骂街打闹，哲人无处悬挂智慧之灯。

一点星光的碎屑落入一位画家的渴望，画家的笔头便发出异样的光芒。

他为这点光明引导，在夜晚的墙壁上，试图画出一个光明的世界，不料一小颗沙粒随风而来，就迷住眼睛，灵感全无。他啜着泪水，仰天长啸。于是在白云上画了一本眼泪的解剖图。有一天，他把他的画册凑向火边，想验证其中金子的含量。画册只冒出臭烘烘的浓烟，竟没有发出一点可与星辰媲美的光。

一个渊博者愤怒于芸芸众生的庸碌无为，自己却用渊博的学问和真知灼见设计晋见君王的路途，从而要求一盘残羹的赏赐（哪怕用同类的骨肉煮成的汤也好），得不到便在真情之砚上用泪水和涎水磨出墨汁，用最美的韵律构成佳句（这句子因此带有玄奥的哲理和鱼肆的臭味，被"食腥族"千古流传）。

在某个大市场，宣传标语如下：

城池就是生命
权力就是生命
金钱就是生命
妄想就是生命
美女就是生命

仇恨就是生命

生命：一般等价物。

生命的意义：被别的生命当货币使用，

换取没有生命的东西，为生命服务。

买卖公平

恪守公德

那时候，人们的眼睛还没有发亮。吃饱睡足之后，便去盲人占卜家那里，询问大脑的用途，寻找梦的材料。梦呓销路大开。占梦俱乐部应运而生，关于升仙及富贵的废话价格暴涨，多少人为此万里跋涉，倾家荡产，得到者无不将其安置在梦殿的最中央。

到处是占卜的崇仰者，到处是梦呓的读者。

——我是梦之云的内核，呵，梦之云是我的衣裳。

白日梦蝗灾一样流行，野草一般疯长。

太阳路过时，把他多余的一点光一勺一勺地喂给无神的眼们，

万民匍匐，感恩涕零。

眼皮的后面，景象兴旺：蛆虫滋生，毒草出类拔萃，恶花争奇斗妍。蟒蛇吐信，搜索着脑髓、瞳孔、耳膜、心、肝、肺。

"美呀！美呀！"众多的声音说，湮灭了灵魂最后的火星。

羲和赶着华丽的车子，载着太阳在这里漫步。很好，嗯，很好，不是吗？太阳说。

三

在精卫的身旁，夸父帮助她把石块送进海涛。

这只倔强的鸟儿，以比海还大的志愿，发誓大海不死，她的心就不死；大海不平，她的复仇就永远不止。

在愚公的家门前，夸父帮助这衰老的汉子推土。

这个平凡的老头儿，以比山还高出许多的决心，执意要开出山一般宽阔的大路，让世世代代的愿望畅通无阻。

高加索山的悬岩绝壁上，夸父目睹那位窃火者的胸膛被雷电撕开，秃鹫叼啄着他的肝脏。夸父顿悟，大呼：你，才是真正的光明！

在那长满荒谬与罪恶的坡地上，西绪弗斯坚韧地推动那块巨石爬行。夸父叹息：苦啊，你这无奈者，你是灵魂的心脏！

夸父对他们一一唱了赞歌，然后把目光投向太阳：

——你是光明吗？光明是你吗？

人们以大把大把的生命去抢购权势、富贵、虚荣、苟安，或疯狂，或奸诈，或冥顽。你为偷窃者照明了道路，你为杀手们袒露了无辜者致命的部位。你给梦涂上貌似神圣的金边，你给恶戴上虚假而美艳的花环。

你把沸腾的灵魂挤入阴沟，你把滚烫的血液泼入冰窟，你让鲜花放出毒气，你使美玉陷入泥沼。好强者成为独夫，智慧者变为奸佞；善良者偷生，温存者谄媚，乞丐腰缠万贯，圣者一文不名。这就是你的世界吗？人世将永远这样下去吗？

闭嘴吧，你，关于唯一光明的谎言，还我一个纯净而肥沃的夜晚。

我将点燃人类自己的光明。让所有的生命自己生长。

烈日以光之剑抵住夸父的胸膛。

夸父大笑：

你这个圆头圆脑的家伙，你这个O，在后羿的眼里，你不过是箭靶；在鲁阳那里，你仅仅是一盏灯。你何尝不是我的猎物？

征服你者，舍我其谁？

夸父劈手捉住太阳的金色龙袍。

四

太阳丢掉华盖,落荒而逃。

夸父追去。这个太阳的对手,光明的使者,把地平线踩得雷一样响。

洪荒为之惊愕。

无论是青草还是鲜花,蝴蝶还是蝼蚁,都一一踩在脚下。乱石岗、沼泽、墓地、道路、沟渠、山野动摇并苏醒了,显出伤筋动骨般巨痛的模样,恰似牲口被屠夫扳倒时的模样。

太阳遁入山林,
夸父追入山林。
太阳逃进大海,
夸父追进大海。
太阳窜入星际,
夸父一跃而起,伸手挡住星空的大门。

大地在震颤。华丽的屋宇,严整的秩序,神圣的权力,冠冕的文明,丰富的财宝,一时间犹如明日黄花,在碎裂声中老化颓败。

还有掌声与欢呼——

那些摘野果种庄稼的手;扼住猎物喉管的手;开挖泉源、整治沟渠的手,计算时日和数量的手,创造文字并书写诗篇的手;在岩石上作画,在沙地上谱曲的手;持兵器盾牌的手;给国王拍屁股梳头的手;乞讨和掠夺的手;创造价值和废物的手;给别人建造华屋,业余时间给自己修补草棚的手;鲜血和泪水浸过的手;抚摸异性躯体的手;捧起婴儿笑脸的手;接生和掩埋尸体的手;自戕和手淫的手;给问路者指方向的手;以手作模特儿画手的手;等等,为目睹这场世纪性的伟大壮举而颤抖、挥舞、鼓掌。一双双手张开、合闭,像幼鸟待哺的喙。

夸父明白这些手的信息。但是没有一双手可以帮助他堵截太阳。夸父把欢呼声也垫在脚下,继续迅跑。

五

——来吧,你们:

母腹中足月的婴儿;腰板坚韧的灵魂;冰雪满怀的人;在哀声中窃笑,在狂欢中忧郁的人;万人长跑比赛中停下脚步决定改变方向的人;泪水流过眼睛就不再蒙尘的人;在银河中荡舟饮酒的人;与骷髅谈思想之有无的人;与植物有同类秉性的人;研究遗传学、试图使人长出翅膀的人;结绳记录星球变化的人;用自己的脊背给别人当桥梁的人;踩着一个个平庸的头颅迅跑的人;打时间耳光的人;在石砚里兑上江水和海水,提笔画风的人;从垃圾场挑拣真理的人;为观看江河源头而抛妻别子的人;研究给心脏增力,给血液加温的人;在枯枝般僵化的神经丛中培育新芽的人;能分辨不同的原子味道的人;白天睡觉,晚上研制光明的人;开路人;新视角的发现人;历经坎坷仍研究剑术的人,等等。

——另外,还有扑倒驯兽员,冲出马戏场、奔向原始森林的狮子;锻炼翅膀准备高飞与鹰搏斗为祖祖辈辈复仇的鸡;用尖角刺破狼的上颚的羊;打通地球的蚯蚓;站立行走的猴子;独自于万顷荒野中几屹立了十万年变成化石依旧生出新牙的树;雪被下保存着生机的古莲子;在践踏中依旧生长的草以及一切不甘捆绑和渴望新生的生命,

——你们都是我的同谋。

——放出光来吧,我们,

在我所追求的光明中,眼前的一切都是灰暗的。

让我来大声宣布太阳的死灭和人间大光明的诞生。

六

——力量啊,你无处不在。无形之中,你主宰了一切。

在钻石的缝隙,在大山的重心,在海水的底,在飓风的中央,在头颅,在血液,在肌肉,在喉咙。

当你苏醒时,战斗就开始了。

你娶时间为妻,你的儿子叫永恒。

力量啊,永驻我体内吧,让我放光吧;永驻所有人的体内吧,让所有的人放光吧。

七

海洋的深处游动着没有家的鲸鱼,表情冷漠,它在寻觅着什么?

高山顶上戴着雪的石头,面向八方的苍茫,它在观看着什么?

大鸟飞向太空,独自而去,独自而返,它在搜索着什么?

巨蟒在草尖上匆匆掠过,奔向一个并无美味的地方,它在追赶什么?

恐龙在原地踟蹰,看看天看看地,它在忧虑什么?

猛虎张开血盆大口,向风张开刀剑般的利齿,然后四下顾望,它在思忖什么?

最古的树上最高的梢头,无尽地向穹苍伸去,它在希冀着什么?

行星步履匆匆,它在跟随着什么?

银河若明若暗,它在思想什么?

波浪频频踮起脚跟,它在顾盼什么?

——请接受我最高的敬礼,孤独,

一切自你而始。

大海是孤独的、天空是孤独的、地球是孤独的，

孤独啊，你是我每一天的起跑线，是我力量生长的沃土，是我飞奔的轴心。

八

在夸父的身后，

蝴蝶们、蝼蚁们折肢断腿，呼天喊地。他们对天请愿，誓不与夸父共戴天。

他们组成无数的法庭，一致判处夸父的死刑。

蜘蛛们纷纷修补夸父撞破的网。

它们从世界的眼里、耳里、嘴里爬出，耐心地把满腹的阴谋变成丝，结成网，试图网住所有的企图。

它们把世界作为自己的猎物。

它们将所有过路的希望吞下，消化分泌成阴谋和网的原料，它们愤怒于夸父的力量，聚集起来，研究技艺，结成更有效的网，等待着夸父的追随者。

天涯海角为它们据为己有，连时间都得从它们的缝隙流过。

它们瞄准了星际的霸权。

它们迅速繁衍。

太阳遁入沙漠。

沙砾飞扬，迷住了夸父的视线。沙漠也囤积了水，把浩瀚的湖泊掩藏于身下，表层不留一丝水迹。

——可怜的沙砾们，夸父说，你们貌似种子，但你们却没有种子的灵魂。你们拒绝苏醒，拒绝所有的生命。你们保持的纯净，只是死亡。但你们比一切生命存在的都长久。你们从哪里来？又去哪里？你们的不朽意味着什么？

沙砾们听不见夸父的话。他们争相把不多的太阳光抹在自己的脸上。于是便以为拥有了光明，自己便是太阳。

一只鸟英勇地昂着头，试图闯过沙丘，不幸被风折断了翅膀。
几块苍老的岩石看看太阳，看看沙漠，看看夸父，询问世界究竟属于谁。

沙漠跳起死亡之舞。
沙砾在空中疾飞，捕捉每一个不是沙砾的目标。
这是为了那更大的沙砾——太阳的行动，太阳是它们的君主。
昏天暗地。沙暴直冲霄汉，覆盖了原野。沙山的步子移动了。
夸父咬破血管，饮自己的血解渴。
夸父的手挡不住沙暴。
沙漠之神从沙底走来，把一部论述生命荒谬的书送给他。这部书由沙砾写成。
痛苦在他的腹内大摆筵席，割取他的肝脏下酒。他在一派欢乐中忍受着痛苦。
在沙漠的边缘，人们躺在摇椅里，晃着蒲扇，等待观赏他同太阳的最后一搏。
太阳躲在沙底，指挥着沙砾的行动。
银河紧张地倾斜了。

——父呵，我喝尽了所有的江河，我跑尽了所有的路程，我竭尽了所有的力量；
所有的江河都干涸了，我的血管也干涸了，我的心已被痛苦切成碎片。
我再不得蹒跚一步。
再见，生命。
感谢你，太阳，是你让我成为我自己。
愿光明与人类同在。

夸父将手杖插入沙丘，直插至深处的水源。随之倒下。
看客们纷纷指责夸父的无能，尔后回到老婆孩子身边。
沙山扑到夸父的尸体上。
喧声如沉船渐渐消失。太阳参加晚宴去了。
天下欢庆胜利。

只有手杖，迅速植根繁衍，化做一片桃林。

九

铅云垂地，沙暴弥天。
大风和洪水冲刷着夸父的脚印，地球的记忆。
数万个春秋的尘土，把夸父的足迹深埋于旧石器时代的泥土之下。
被埋葬的还有誓言，还有呐喊，还有力量，以及太阳的敌人，夸父的兄弟。
昊天之下，俨然烈日的帝国。
沙漠继续扩展领地。蛛网日复一日地联结，严密而牢固。
占卜家的生意依旧兴隆。诗人依旧蘸着泪水写诗。
在人间，无人再提及太阳的去留。
在庆贺太阳生日的大典上，太阳慷慨地把酒和梦奖励给他的顺民们。
……　……

唯有那桃林叛逆如初。
年年岁岁，爆裂的桃花声声震山川，贞洁、艳丽、庄严、热烈，有如夸父的灵魂。
年年岁岁，金属色的桃干上便渗出不合时宜的清泪，宛如液状的琥珀。

年年岁岁，乳房状丰满的桃实企图哺育夸父的灵魂，夸父的追随者。

但无人破译桃核上有关夸父的文字。

沙漠深处，夸父的头骨化石中积满了沙子。

夸父的游魂渗入地心，时常与岩浆一道喷出，展示人间最伟大的光与力。

于是，火山不断喷发，万颗流星撞向云层。

于无声处，海底终于上升，高原终于沉降，大陆终于漂移，即使没有辉煌的瞬间，一切也不可阻挡。

尾声

高楼之下，车流之边，电网之中，

老人们搜索着记忆的片断，讲述着神与魔鬼的斗争，是什么来着？

听故事的孩子早跑了。

在熙熙攘攘、广告缤纷、霓虹争艳的闹市，

忙碌的人们常常两眼发黑，四肢乏力，失去方向⋯⋯

童声仍在合唱：属于我们的黎明，一定要新鲜⋯⋯

伐木者何时醒来

"文革"是一场悲剧，对于多数知识分子和"知识青年"来说，更是一场回想起来就动容的重大劫难。"文革"过后，许多知识分子拿起了笔，写下了一篇篇惊世骇俗的文字。正像荒芜老先生所言"只有我们身历其境的人才有资格和责任写。而且只要我们老老实实照样写下来，不必加添一枝一叶，它就会、也一定会成为震撼千千万万人心的划时代作品。"

近读舒芜先生的《伐木者日记》。《伐木者日记》像许多类似的文章和曾风靡一时如今意犹未尽的知青文学一样，读来依旧感动人心。然而舒芜先生的文章却勾起了我对所熟知的"知青文学"的一些反思。知青文学，或类似的当时受过难的知识分子写下的回忆作品，多是这样的模式：一些知识分子（知识青年）因受不公正的打击或因狂热盲目的自觉，来到偏远穷困之地，而这地方一定是酷寒、饥饿、劳苦，这些人一定是在贫困、生死线上过着牛马般的非人生活。而这些知识分子（知识青年）们或多或少地都有一些才气、抱负、理想，他们过去的生活一定很温暖，准小康。在山乡残酷的环境中，一定是好人受屈，坏人逞凶。而他们中的大多数人必有良知，有生存的意志，顽强的追求，斗争的精神。最后，悲壮地（或讲胜利地）回城。

我承认，这种模式多多少少反映了那段生活的原貌。但是，如果我们换一个角度，就可以发现，这类作品无不表露出这样的意思：我们本是生活在较为优越环境中的城里人，我们应该享有城市安逸的生活，我们不该吃那份苦，不该受那份罪。既然我们受了，那么我们就要鸣冤，就要控诉！当然，一两个作家这样，无可厚非。但我觉得，作为一个作家群体来说，不应该仅仅这样！

"我们"回城以后，"我们"曾经受过难的土地和那土地上的人们就被抛弃在莽莽森林茫茫田野中了。那是"我们"噩梦的发生地，是给"我们"精神以及肉体种种折磨的地方。那里不堪回首。现在，那里已经成为我们作家写"我们"自己的背景。但是，"我们"意识到没有，曾经与"我们"患难与共的、祖祖辈辈生于彼长于彼的人们，却仍然在那里继续着自己的人生。他们应该遭那份苦受那份罪？

那些真正的农民，那些真正的伐木者，那些渔民、矿工、开山铺路者，以自己微弱的血肉之躯，承担着各种痛苦的命运，在生死线上，在天灾人祸中，祖祖辈辈，日日月月，面对的难道不是人间的苦难和不幸？那是无穷无尽的苦难和不幸！他们连我们城市人所认为的安适生活一天也未曾有过，甚至未曾听说过。他们像那些生于旷野扎根于旷野的植物一样，无条件地接受了他们的命运。他们在我们认为不堪忍受的生活中生儿育女，找寻自己的乐趣，抗拒着各种磨难，完成着自己的人生。他们没有我们那些贵族式的焦虑，没有贵族式的痛苦的感觉，没有对新生活本质性改变的渴望。我这里说的没有，并不是说他们从没有理想和渴望，而是铁板一块的生活早就将他们这些渴望扼杀于萌芽状态。他们不是人吗？他们没有和我们一样的血肉之躯吗？他们不能享有人的尊严吗？他们没有权利改变自己的命运，得到较为幸福安逸的生活吗？然而，他们没有文化，没有启蒙，他们不会写。他们也没有那么大的反差感，也没有那么多的敏感。一切对他们而讲都是自然而然的。

我觉得我们的这些知识分子（此处专指那些搞写作的知识分子、知识青年）像是盆中的花木，一旦把他们放置在旷野之中，枝也折了，干也扭了，花也残了，果也瘪了。一朝回到城市的温室中，因为他们在狂风暴雨中曾有那么一点苦难，就自以为把握了苍松古木的命运和真谛，就以为自己在斗争中取得了胜利，就认为完善了人生，就有了对生死命运人生真谛的发言权。而他们短暂的那段经历，与那些生于斯长于斯的祖祖辈辈们来说，是多么的微不足道！那是盆景对于旷野古木的微不足道。可惜的是，谁来做那苍松古木的代言人呢？谁来打开他们的生活，替他们呐喊呢？谁又能够从他们身上汲取那古老的、坚韧的、不屈的而又无穷无尽的生命力，来注入自己的作品呢？我们的艺术家难道没有这种责任吗？我们缺少的是这种胸怀，缺少的是我们今天喝着咖啡住着高楼衣食无忧时所津津乐道的生命精神与人文精神。我们太善于玩赏盆花，而对真正的树木森林却视而不见。

当我们回到我们曾经梦寐以求的生活中，得到了我们曾渴望得到的，又因新的没有得到的东西而愁烦的时候，在那些穷乡僻壤，历史按自己的轨道仍在继续，下一代甚至下几代都走着前辈的老路。当我们舐够了我们的伤口，当我们不幸染上了焦虑等等贵族病的时候，矫情地唱着《小芳》的时候，小芳和她村里的人们仍然在生死线与贫困线上挣扎斗争。如果有过那一段经历的人们不对此进行反思，我以为也或多或少地糟践了那段经历，从而使自己陷入另一种悲剧中，这是生命精神萎缩的悲剧，而这种悲剧同那些穷乡僻壤的人们的悲剧加在一起，就可以明显地看到我们文化的悲哀和人的悲哀。八十高龄还离家出走的托尔斯泰，参加过战争并乐于冒险的海明威，把自己的困苦置之度外的凡高，一生扎根于农村的柳青们可不是这样的。舒芜先生说荒芜先生只写出了十篇，莫名其妙地再也不写下去了，我猜测他老人家是不是想得更多更远，无法按其模式写下去了？

真正的伐木者更需要他们的代言人。他们的命运需要艺术家们去揭示。果能实现，是伐木者们的幸运，也是曾经磨难的知识分子的幸运，更是中国作家们的幸运。

废墟：为了遗忘的存在

一千年前的一天，一出家人走在山谷中。忽儿清风徐来，满谷飘香，肺腑为之一爽。顺风看去，但见悬崖高耸，光柱斑斓，林木竞秀，白雾盘桓。磅礴中藏玲珑，宁静中含深邃。不由得扯着青藤，攀着岩石，来到一凹处。这里，三面巨岩，青藤倒悬，花木参差，泉水淙淙。抬首西望，天高云淡，青山满目，鸟雀应答，空谷回音。好一个清幽峻雅天地！出家人大喜，引来了一队造像能工，木瓦巧匠，在此开岩凿像，挖土砌砖，不长时间，大小神佛就位，庙宇楼台落成，名之曰开元寺。自此数百年里，寺中丁香遍栽，碧水长流；经声佛号，红烛紫烟。更有那佛门弟子来来往往，传经送宝，与世无涉。外边虽总是争争斗斗，纷纷乱乱，改朝换代，这里自固守其清幽，不盛不衰。常有文人墨客造访，喜其高雅，题诗作画，共享大脱俗之乐。自此，济南城南郊的开元寺如一粒明珠，与千佛山、黄石崖、大佛头东西呼应，上下托衬。外看是群山，其实却是佛门净土。

而如今的开元寺，却是一片完全的废墟。我多次来到这里。我在断墙残壁中流连，在少身无头的佛像前瞻仰，在空空如也的洞中穿行。那些庙殿楼台、龟蛇石雕、小桥泉池悉数被压在乱石荒草之间了。我读着岩壁还算完整的文字，它们依然固执地传播着佛家精神，展览着精美的书法艺术，只是无法自圆其说了。

这片废墟如此地吸引着我。我从零星的史料中，从几个古稀老人的记忆里，终于得到了有关开元寺败落的零碎经过。

明朝，也就是建寺五百年后，朱元璋的儿子朱棣率兵攻打济南，兵驻开元寺一带。连日攻打，屡攻不下，朱棣竟疑济南为开元寺神佛护佑，一怒之下，将寺中最大的大佛的头砍下。二十世纪四十年代，也就是距朱棣砍掉大佛的头颅后又五百余年，驻济国民党王耀武部为防解放军攻打，在济南南部山区大修战略工事，将开元寺大肆拆卸，木料砖石运往山上修建工事。兵败，一把火点燃了寺院，至此，开元寺面目全非。又二十余年，一群与"封资修"势不两立的红卫兵小将携斧、凿、大锤上山，遇佛就砍，见像就砸，大革其命，开元寺于是惨不忍睹，呜呼哀哉了。

开元寺废墟多么像一张可怖的脸啊，这张脸在青山绿木之中，在天地日月之下，在我们的历史之间，冷笑、呻吟、诉说。所有的不幸都写在这张脸上，它在逼视着、诘问着每一个来到这里的人的心。在这张脸上，我没有看到善（只能想象曾经的善），没有看到美（只能想象曾经的美），只看到了一个活生生的真，不容回避的真，真山，真石，真天，真日外的另一种真——历史与命运的真。我仿佛进入了历史的隧道，我仿佛真真切切地看到了一双手——既有圣洁神性又有残暴魔性的手，是它精心塑造了美妙的开元寺，又是它将其打碎残杀。

有人早就不忍目睹如此惨相，呼吁重修开元寺。平心而论，谁也不忍看到这里是这个样子。但是我想，我们曾有过许多的废墟，现大都重修改建了。我们总是在有意无意之中将过去的丑陋一笔勾销，让人看不出一丝前人劣迹的影子，以美妙的外形让时人游乐观赏，并给人一种安乐祥和的幻觉，给人以文明之光长明不熄的假相。其实，废墟也是一件作品，是最朴素最自然未加修饰没有伪装的作品，是历史之手为我们创造的作品，是一幅浓缩了的历史的画卷，它保留的和残缺的，无不敞开历史的真谛的另一半，揭示人间之"道"的另一半。我们已经伪装打扮不少了。我们所缺少的正是这残酷的真的一半，这不忍正视却在历史中总是存在的真的一半。既是真，就并非与我们的时代、与我们每一个人无关；它需要我们去正视，去深思，去发现。

废墟属于历史，而历史是曾经的现实。活着的人属于未来，而未来即是后人的现实。为了后人的现实，我们不得不思考过去的现实。那么，就干脆让破败的开元寺躺在那里，展览前人所做过的一切吧。它给人的教益，肯定会大大地高于一般装修完好的名胜古迹的。

历史英雄

一百五十多座小山似的大冢耸立于临淄平坦的田野上，那是春秋战国时留下的墓葬群。在临淄的大地上，我觉得时间的距离消失了，两千多年的史事因为这些古迹的存在，仿佛就发生在刚才和现在。在这些大冢中，晏子衣冠冢、二王墓、三士墓、管仲墓最是著名，它们像书籍一样内含着一个个至今依然鲜活的故事。至于别的冢们，可以想见的只能是坟主的权势与金钱，（否则怎能有如此厚葬？）除此，可以说是一座豪冢，"满丘清风"了。

我每次去临淄故城，都要去晏婴衣冠冢。晏婴的名字，读过点文史的人都是熟知的。他曾事齐灵公、桓公、景公，政绩卓著，品性刚直，机智诙谐，是个出色的政治家；他"乘弊车驾驽马"，"食不重肉妾不衣帛"，官居高位却清贫一生，放在现在，一定是廉政建设的榜样人物。不仅如此，与景公的"同"与"和"之争又使他跻身于思想家的行列，更有《晏子春秋》一书使其得以流芳。墓以矮墙环绕，长满野草和灌木，前边立着几块石碑。虽然草木无知，黄土无言，而因为晏婴，我觉得这草木这黄土比别处的多出许多的神性，虽历经沧桑而不减。晏婴的衣冠冢并不比别的坟头大，但正因为有它的存在，其他的无名之墓们才不显得那么毫无意义。否则，那些生前除了名利权势之外一无所有的人们兀然立着个大墓，占那么大块土地，而且居然存在两千多年，就显得历史没正事儿了。

古墓群中有一个著名的殉马坑，在考古学界很有影响，也是去临淄旅游不可不走一遭的地方。幽暗的展室内，一长方形的大坑内排列着两排褐色的马骨，很是气派，据推算，此葬主当时全部的殉马当不下六百匹。六百匹精壮的马匹竟派上这种用场，真可让后人为之一哭。六百匹壮马值多少钱？此翁之富有就是放在现在，也一定是超级大款级的人物。此翁及其家属也许没想到，两千年后有人翻出他的家底，而翻出的却只是一堆马骨。如无这些马骨，他死去万事皆空，倒也罢了。而现在因为这堆马骨想起了他，想的却是他的价值远远比不上这些马骨的价值，此公也可让后人为之一哭了。用历史的眼光来看，与简朴的晏子相比，真正穷困的无疑是此翁。而他的穷却不是晏子那种光荣的穷，而是可笑可鄙的穷。看着这些马骨我笑了。我感到历史也不免要常常施一些诡计，来捉弄那些富极一时红极一世除此却一无所有的人们。

当年的大齐国的都城有不少的故事。这些故事使这片土地给人以其他土地所不能给予的特殊富饶感，这是历史和文化的富饶，是人的精神的富饶。最令我震惊最令我不能忘的是齐太史四兄弟（《史记》载为三兄弟，此文以当地记载为准）的故事。公元前五四七年，崔杼搞政变，杀了齐庄公后立庄公异母弟，为景公，凡有异议者，当即砍杀，连晏婴也险些丢命。这时，偏偏站出来了齐太史四兄弟。太史即史官，负责史志的。老大毅然在竹简上写下：崔杼弑庄公。崔杼大怒，杀了他，让老二来写。老二依然写：崔杼弑庄公。崔杼气坏了，又杀了他，让老三来写。老三写得同他两个哥哥一样，于是格杀勿论。只剩下一个老四了。面对崔杼的淫威和三个兄长的尸首，老四说：据事直书，史氏之职也。失职而生，不如以身殉职！四兄弟的凛然正气令崔杼黔驴技穷，只好任他去写。而这时，竟有一位"南史氏"捧简前来，说：听说太史四兄弟因直书世事都被崔杼杀了，我就来了。如无人写崔杼弑君之事，我来写。五条男子汉，"岂徒史家之模范，实全社会人所与趋也。"（梁启超语）

这轰轰烈烈五条汉子，是最应该树碑造坟，立于他们尽职尽责之处，奉为"万代师表"的。可惜的是，我们连他们的姓名也无从得知，更不知他们的尸骨衣冠沦落何处了。尽管如此，在我的心中，他们的碑比谁的都高，他们的形象比谁的都大。因为他们的存在，我觉得古意葱茏的临淄大地上，原来回荡着浩浩英雄之气，这片土地因此令人类肃然起敬。

百年祭奠：凭吊一八九九

一百年前的一八九九年，死寂、恐怖、骚动、震荡，全部融汇于这个晚清大厦将倾的前夜。

上年，光绪帝在102天下达的200道变法谕旨成为废纸，"我自横刀向天笑，去留肝胆两昆仑"的谭嗣同们的血迹压得胆怯者昏迷，明智者绝望，豪情者沉默。最高权力持有者，64岁的慈禧于1月28日开始，连日召见溥字辈幼童十余人，物色取光绪而代之的人物。康有为、梁启超亡命在外，其政治追随者受到清洗。康有为先后赴英国、加拿大，成立"保皇会"以抗那拉氏。10月28日，慈禧命臣吏探访康氏所经过国家，相机购拿；10月31日，慈禧谕粤督设法严拿康有为，张之洞电请日本当局查禁《清议报》。整年慈禧都以杀康梁为心头快事，到了年底更是咬牙切齿地宣布，如能设法致康梁于死地者，重赏。

改革的先驱总是以性命和鲜血作代价的。这不仅是一场政治的较量，更是思想的交锋。但无论是政治的还是思想的对抗，解决的手段却是追获人的生命。血腥冲天，杀心膨胀，革命从来如此。

中国是座梁衰栋朽的老房子，（李鸿章语）但李鸿章、张之洞们还在做着"裱糊匠"的工作，商务、铁路、矿山、工厂仍在兴办。11月，电报公司添设电话，广州、天津、北京筹设电话。当年，清政府用于工矿业的外债为268万两，进口总额2.647亿两。

最保守、最腐败的人也感觉到，中国不对外开放、发展不行了。

他们本想为中国开一剂强身的良药，没想却给清王朝乃至整个封建王朝挖掘了坟墓。但客观来看，应该说他们是有功的。他们无意中向着封建帝国打开了潘多拉的盒子。

1月6日，袁世凯以军事改革领导者的身份及镇压六君子的功劳而获得在西苑门内骑马的资格，慈禧的宠爱表露无遗。"义和拳"和"红灯照"的血污更亨通了他的官运，他掌握着中国最新式的陆军并开始在政治上举足轻重。是年可视为他12年后登上"中华民国"总统的宝座的起点。

以袁世凯的政治手腕，对付老太婆是没问题的。如果他有开明的精神和先进的思想，健康的人格，可能能成为千秋功臣。可惜他只是匹中山狼，被封建的腐土喂肥的中山狼。历史经常选错人物，错得让千古扼腕。

2月2日，在总理各国事务衙门行走的裕庚因见洋人行洋礼，受到圣旨的批评。后裕庚的两个女儿师从"现代舞之母"邓肯学舞3年，回国后成为慈禧御前女官，向慈禧表演西洋舞。

裕庚的两个女儿的事迹尚未见有较多的记载。她们应该是中国现代舞之母。可惜关在宫墙内，被慈禧垄断了。看来慈禧也喜看西洋舞。艺术没有违墙，先锋的艺术总比先锋的思想更容易渗透、更容易被接受。我记得我国改革开放之初最明显的迹象是邓丽君和来自香港的歌声。

8月至10月，列强的"门户开放"政策使中国这块肥肉更馋人。列强俨然成为中国的主宰。

这就是封闭落后的恶果。

也有可喜的事。北京的王懿荣、端方以每字白银二两和二两一钱的高价收购了河南安阳县小屯村出土的有字甲骨，这种过去被当成"龙骨"卖给药房的东西首次成为文物。之后有了甲骨学。7月2日，道人王某发现了敦煌宝藏。中外学界为之震惊。之后有了敦煌学。

古老的文明的历史，灿烂的文化，偏偏选择这个时机面世，想必当时的国人没有空闲时间也没有心情品味应属于自己的一份自豪。每一个有良心的国人都会感到愧对祖先。

老托尔斯泰发表了他的巨著《复活》，自此一个忏悔为主题的故事世代相传，爱书人的书架上无不有《复活》。维也纳人约翰. 施特劳斯逝世，享年74岁。《蓝色的多瑙河》永远属于春天和阳光。

如今我国长篇小说年产数百部，"名作家"们的钞票远比他们思想感情的厚得多。"文革"中有那么多的血手，如今却鲜见有忏悔者。流行歌手们追随者如云，情呀爱呀，悲呀怜呀的，总像在地沟里发出的声音，孱弱、病态，见不得阳光。老约翰的曲子在醉鬼们的脚下被踩踏得不像样子。

1899年1月27日，山西太原举人刘大鹏在日记中发泄了他对当时社会风气的不满："风气之贪日甚一日，人皆惘然不知也。"

忧国忧民。"风气之贪"固然可怕，更可怕的是"人皆惘然不知"。

回首百年前，眺望百年后，确实是件很有意思的事。

闲话历史

当代人对某人某事实在无可奈何了，就爱说：某某将接受历史的审判；千秋功过，自有历史评说，云云。这实在是最无用的说法。

历史有过审判吗？对殷纣王般的暴君，秦桧般的卖国贼，慈禧般的腐败君主，希特勒般的法西斯等历史罪人，历史是如何审判的？盖棺论定，揭露恶行，千万遍地骂，也就算做"历史的审判"和"历史的评说"了。纵有一些论著、演义，令他们身败名裂，也奈何不了他们本身，奈何不了已发生过的事情。如果这也算是审判的话，那这审判实在无法与对活人的审判同日而语。一个活人，犯下罪行，审判与惩处的目的是让他的身心为他的所作所为付出一定的代价，这样人们才觉得公允，审判因此也才有意义，社会也体现出一些公正。如果对一个活着的罪人，只给一个坏蛋的名义，被人骂上几句，这样的审判是没有人会同意的。活人们对死去的罪人有掘坟鞭尸的，有塑像供人唾骂的，有编造其在地狱中受刑的故事的，其实那只是活人想象着死人受罪，自己找些心理平衡罢了，与审判并不类同。活人可判极刑且立即执行，死人你却连一天的有期徒刑也无法判。人有脸，树有皮，那是对活人活树而言。对死人死树，脸或皮要不要都是无所谓的。历史是无奈的。

又如秦始皇、拿破仑者流，得其益者颂，受其害者骂，与己无关的学者对他们进行四六开、五五开的评头论足，指指划划。更是与对活人不一样。

所谓"历史审判",不过如此。

至于后人给冤死的英雄树个碑立个传,不许出版的书给予出版,当时封杀什么的给予开禁,这种现象有人称为是"历史的公正"。但我却特别怀疑这"历史的公正"。历史是公正的吗?比如孔子,生前穷困潦倒,死后好像比生前还好了点,有一些追随其思想的,但到秦始皇那里,信徒却给活埋了一批,连《论语》也险些灭种;之后又被"独尊"起来,身价倍增,几与当朝皇帝身价相同,更进入神明的行列;到了公元二十世纪七十年代,又狗屎不如,被十亿人民骂得人不是人鬼不是鬼;如今有人提倡儒教兴国,有人大肆捧之,有人并不理睬,但总的看来不愠不火,不知算不算公正。即使现在对孔子是公正的,这也只是时下的公正,并不等于历史的公正。从孔子死后漫长的两千年看,不是大荣就是大辱。两千年是历史,时下只是一个阶段。有谁知道将来对他公正不公正呢?那么,如今这个还孔丘以公正的阶段算不算是最公正的历史阶段,所做的一切都体现着历史的公正呢?也未必。其一,就算时下对孔子公正了,那么,也不能说对所有历史人物都公正了。谁也不好说这是一个对整个历史公正的时代。绝大多数历史人物、历史事件并没有人去关心去评价,是也罢非也罢,早已为人忘却,偶提起来也引不起太大的波动,这里体现更多的是遗忘的特质,说公正就太大。其二,如今一会这走红一会那热闹,会哼喊两嗓子的小生都成了"大天王",有几个破钱的痞子有点权的流氓都可显赫一时,为人敬仰为人吹捧,谁知这些人物将来是什么玩意?多少人能够以历史的公正的眼去看它们呢?历史公正的眼又体现在哪里呢?像所有的时代一样,这个时代的人们多数正被自己时代的热点狂热着、遮蔽着,因而偏颇着。可见当代人的眼光不可以说是历史公正的眼光。

细究起来我们可以看到,历史的特质是偏颇和遗忘,而非公正。它不会去审判谁,也不会对谁那么公正。寄希望于历史,就如同希望死后进天堂一样,那实在是无妄之举,典型的阿Q。退好多步讲,如果那所谓的历史的审判与评说、历史的公正能够奈何得了什么人什么事,我们就可以不要国法,任其所为,之后交由历史去审判便是,省了人间许多机构许多麻烦。今人蚕食良田、乱伐森林、破坏矿藏、污染空气等种种恶行，昏庸无能、欺压百姓、陷害无辜等种种恶人，将来受到责骂是无疑的，但现在如果不动刑法处置，待这些人富得流油为所欲为安然死去再由历史评说，就太便宜他们了，更重要的是显得当代人太没正事了。

最重要的是现实的、当代的审判。不可把一切留给历史。历史是个筐，什么都可以往里装的。现实奈何不了过去，未来也奈何不了现在。历史上我们看到的一些公正，如逼纣王自焚，处秦桧极刑，迫希特勒自杀，那都是当时现实的公正，并非事后的历史的公正。秦始皇坑杀儒生，儒生的亲属后代们要做的应该是像荆轲一样前去刺杀或投靠陈胜、吴广的义军，将秦王朝干掉。如果某被坑杀的儒生的儿子说："秦始皇的罪过自有历史评说。我爹将被历史平反昭雪。"那他一定是可怜的懦夫。人们心目中的包龙图该判即判，该杀即杀，公正光明，让人敬仰。《秋菊打官司》中的秋菊不把希望寄予历史和未来，百折不挠地争那口气，因而才活得像个人样，大家都赞赏她。

千年以后：可怕的可能

记得童年时，一场大雨过后，河沟、池塘里涨满的雨水，都是清凌凌的，小鱼小虾清晰可见。而现在，乘着火车走南闯北，也难见一条像样的河。

一条条有名的河干涸了。河床堆满垃圾，仅有的几汪水，也说不上是泥汤还是臭水，绿藻恶生，蚊蝇群舞。就连伟大的黄河，那么多诗人誉为"中华民族的母亲河"的黄河，下游也常常断流。断流时，河道像一条死蛇一样，对着苍天裂开伤口。

没有干涸的河怎么样？旅途中，一一入目的多是些污臭、黏稠、发黑，流淌的不知是些什么液体的河。

在苏州的运河乘船，大运河水竟像石油一样黑，像下水道的水一样臭。一次在长江乘船，大船在葛洲坝闸内等着通过时，水面布满了杂物和油污。

城市中的河——城市中人人熟悉，不说也罢。真不愿再用那些令人作呕的文字来描写那些令人作呕的河了。

哪里能萌发"问君能有几多愁，恰似一江春水向东流"的感慨？哪里可见"江流婉转绕芳甸，月照花林皆似霰"的美景？哪里能体会"明月松间照，清泉石上流"的境界？哪里能产生"杨柳岸，晓风残月"的抒情？

从地图上看，一条条的河就像是大地的筋脉。是河养育了人类，支撑着人类。没有河就没有村庄，没有村庄就没有城镇。养育了人类的河，滋润着城乡的河，现在竟成为排污道，垃圾场。人们何以如此糟践恩德无量的河？

我以当代人的名义，经常对前人充满感激。他们只选择山林里的枯枝烧火取暖。他们的衣着被褥来自自然的棉麻桑蚕。他们行走多靠脚板和马匹。他们的冶炼只用来制造锄头、镰刀、钉子和枪头，矿藏开采得极少极少。火药只用来娱乐，没有谁用它来劈山开岭。他们不知道脚下有石油，更不知道有电，有化学，有核。不管他们有多少是是非非，功功过过，他们为人类保存了最为珍贵的东西：一个完整的、富有的、本色的地球。

我们常讲，人类在茹毛饮血时代如何野蛮，在科技不发达时代如何愚昧。我们为物质的富足而自豪，我们为层出不穷的新产品骄傲。

我们也经常宣称，我们征服自然改造自然的能力如何如何。建拦河大坝蓄水发电，筑拦海大堤挡潮养殖；原始的耕地和山不见了，工厂遍布城乡，优美的水湾消失了，住宅楼到处蔓延。讲这些的时候我们更加豪迈，似乎我们已然是自然的主人。

科技的进步固然无法否定，但，科技的进步和物质的丰富就完全是好的吗？如今人间的核武器可以将地球毁灭多次，新鲜空气与大中城市无缘，喝洁净的水需要花钱买，每天通过蔬菜水果大量的农药进入腹内，我相信这样的事实无法使任何人对科技的高速发展无条件地欢呼。

古时的人们固然落后，但那时的人们与自然相处得却相当和谐。他们的生死听凭自然法则的支配，连他们的战争也类似于动物为占据地盘的争王争霸。也许正是那落后，他们才从没有大规模地伤害过地球，地球按造物的法则保持着生态的平衡。所以，他们可以从容地吟出"关关雎鸠，在河之洲"，可以优美地唱出"碧云天，黄叶地，秋色连波，波上寒烟翠。"神话中常常有动物"修炼成精"的说法，成精的都是可怕的、魔力的、对人有害的妖魔。换一个角度来看科技的发展过程，是不是也是人"修炼成精"的过程？动物一旦成精，本领大了，但也就质变得不再是那种动物；人成精呢？还是人吗？

我常想，人与自然的关系，类似于男女之间的关系。古人和自然，更类似于热恋中的情人，自然是人的情人，人在自然中处处会发现诗情画意，人们无保留地对自然表达着无尽的敬畏和赞美。而当今人和自然的关系，早已蜕变为单一的性关系。自然只是满足人们欲望的工具。人们对其所做的多是征服、蹂躏、泄欲，在自然面前，人们经常呈现出得意扬扬的满足感。得意的同时，却不知失却了最美的诗意。

如今，除了小功小利和物欲的满足，我们何处"诗意地栖居"？人们可以奢望并得到精美的食品，可以奢望并得到最华美的住宅，但"春秋多佳日，登高赋新诗"这样的情趣，谁还敢想一想？

有年春天，我想给盆花换换土。骑车带着盒子、铲子，满城市找土。到处水泥柏油，哪见土的踪迹？大墙的角落有炉灰沙灰样的颗粒，不能用；街树下小方块里是干硬干硬的东西，绝非原质的土。直找了两个多小时，找得筋疲力尽，到了城外一条污水河边，才在垃圾堆旁勉强取了点看似像土的东西。

同妻子一起到沧州给岳母上坟，我想从楼下取点土撒在坟上。楼前地下全是砖头碎石，只有表面浮着些黑色沙粒。当我把这些沙粒撒在岳母坟上时，感到它们污染了那黄色的坟土。

一次带女儿乘火车旅游，女儿看到了田野，看到褐色的松软的土，兴奋地在车窗里拍着手喊："哦哦，可以玩土了。"

问题十分严重。土，大自然的土，肥沃的土，从城里人脚下被剥夺了。我们脚下没土，我们视野里没有土。城市就是一座土的坟墓。

离开了土的人们，衣冠楚楚，打扮得潇洒靓丽，但，城里人还算得上自然的人吗？

我怀疑不过是人造的人罢了。

同样以当代人的名义，想到千年之后，我就浑身发抖。请看我们时代做下的事：臭氧层黑洞不断扩大，气候逐渐变暖，土地大面积荒漠化，酸雨现象正在加剧。亚马孙、东南亚、中非的热带雨林为我们地球提供一半的氧气和三分之二的物种，但它们正以每年十多万平方公里的速度遭受破坏，全世界每天有 10 至 100 个物种在消失……

如果我们能够摄下现代地球人活动的影像，用快镜头播放，那么我们看到的只有一个动作：对地球疯狂的掠夺和榨取。

如此下去千年，可以想象，没有一方的天是蓝色的，没有一丝风是清新的，没有一块土是原色的，没有一滴水没有经过化学处理。所有的煤炭、石油、金属被开采一空。大地到处塌陷，满目乱石和沙土。群山秃顶，野兽灭种，只有蚊子、苍蝇和老鼠与人类做伴。耕地完全被化学物污染，连一棵野草也不长。种植业、养殖业只能在车间里进行。电脑指挥着一切，一切全按固定的程序行事；机器人比活人要多，替代了人类的一切劳作。许多公司专门生产活人，贴着各种商标的人造人满街都是。人的生活只限于饮食男女。

无疑，那时的人间将是真正的地狱。而这一切都是"成精"的人造成的。面对这样的发展，我们还能有什么自豪可言呢？我们到底有什么文明可言？对人类来说，最好的到底是什么？

我听到了来自未来的谩骂与诅咒。我想如果那时还有史学，那么，保护或糟蹋自然的程度可能会成为评判前人前世功过的唯一标准。（而不像我们现在这样以是否推动历史的发展、是否推动了文明的进步为标准）他们也许对世界大战并不感兴趣，对各种伟大的科学发明不感兴趣；对我们当下所熟知、所敬仰的政治家、科学家，对我们津津乐道的繁荣时代，他们也许会做出与我们完全不同的评价。他们会痛心地、愤怒地研究着二十世纪以后的人们糟践地球的步伐。他们会怒火万丈地写道：二十世纪以后的人类，掠夺光了地球能够提供给人类的所有宝藏，毁掉了人类美好的也是唯一的家园，留给我们的只是一个怪模怪样的穷光蛋！

保护环境，如今成为人类的共识。这是面对我们亲手制造的灾难的一种反省。而如今我们保护环境的意识，还仅仅停留在控制空气污染、禁止乱采滥伐上。君不见，各种对人类、地球造成更致命伤害的武器或产品还在不断研制产出。发达国家一路领先，发展中国家不甘落后。实际上，所谓的人类文明，已成为谁也无法控制的猛兽，正向着深渊疾奔。也许，千年以后，留给我们后人一个完整的穷光蛋样的地球，还是最好的结果。更可怕的结果是，到那时，地球的所有物种，包括人，完全被人毁灭，地球成为一个脏乱不堪的死球。

  但愿这是危言耸听！但愿！

孔丘的冷笑

1. 有个机会可以免费看曲阜"三孔",就上路了。公路很平坦。这是春日的一个好天气,太阳以年轻的光芒强劲而热情地照耀着,田野或小城镇无声无息地从车窗外闪过。车开了好久,听说还要开好久才能到,便产生了倦意。倦意上来,就更觉得此行未必有多么大的意义。心里总摆脱不了凑热闹的感觉,而我是极不愿意凑热闹的。

过去,我曾郑重其事地想,去一处古迹,目的应该是接受原汁原味的历史的浸润,获取一种特殊的感觉。但去过几个地方,兴趣索然。原因是那些地方都被今人不同程度地"开发"了:一切都被浓妆艳抹所粉饰,重点文物被铁栏杆或铁丝网包围着,所有重点场所都票价不菲,所有行为都被管理人员监视着。我最讨厌的铁扶手、水泥路、标语牌、流行歌曲到处可见可闻。看不到历史的本真不算,自己更像是误入别人单位的闲人或商场的消费者。

2. 其实,所谓历史的感觉,是随地可以寻到的。随便抓一把泥土,拾一块石头,都足以读出历史感:你可从一块石头或一把土壤中体味从开天辟地到昨天今天到地老天荒的所有的历史进程,可以想象作为天体存在的地球的意义和宇宙的实质,可以从物理、历史、生物、文化、社会等许许多多的角度思索存在的所有要义,可以感知世世代代前人的足迹及后世无数代人的足迹。一把泥土一块石头以其长久得难以想象的存在储存着无以计数的信息。它经历过目睹过历史的一切进程，最为隐秘的阴谋也逃不过它们的眼睛。每一抔土都富含有前人的足迹、血汗、骨灰。如果地球上还有什么永恒物，首当其冲的便是泥土和石头。

3. 打了几个很累的盹之后仍是不变的田野，年轻的天空。汽车拉着我们这些人，在充满历史感的大地上开得很执着，很有力，像是要开出时空一样。

思索此行的意义，除了更加深入地了解孔丘及儒家精神之外，似乎没有其他的必要。

深入地了解孔丘及儒家精神？

提起孔子，我们这个年龄的人是应该汗颜的。孔子是"疾没世而名不称焉（《论语·卫灵公篇第十五》）"的人，其志向是"老者安之，朋友信之，少者怀之。（《论语·公冶长篇第五》）"而在"文革"中其声名却惨遭"革命的铁拳"粉碎。我知道孔子其人时，不足十岁。报纸广播大字报天天都批"孔老二"，与林彪放在一起批，名曰"批林批孔"。起初我以为他是试图篡党夺权的大人物，后来才知道他在坟中躺了两千多年之久了。漫画把他画成瘦削、单薄、穿着长衫的人不人鬼不鬼歇斯底里的老头子形象，或惊恐于比他身体要大十余倍的红色的铁拳之下，或逃窜在比他身体大二十余倍的大扫帚之前，活像一只蜥蜴。我们最初学写的作文即是"批林批孔"的批判稿，图画课也学着画丑化他的漫画。既然老师让批，全社会都批，那就批吧。那时周围所有的人并没有孔丘"众恶之，必察焉；众好之，必察焉（《论语·卫灵公篇第十五》）"的修养，我们小孩子懂个什么！批"学而优则仕"，批"克己复礼"，批"反动嘴脸"。找到报纸，抄上一些有理有据的论述和一些最刻薄最难听的骂人的话，稿子就成了。有时抄起来还真动感情，将他视为世界上最坏的人物，真想打他几记耳光踩上几脚。批来批去，时代变了，"孔老二"又成为孔子，戴上了哲学家、教育家、圣人等高帽，而我们却为考文凭，为工作，为结婚生孩子要房子等生计大事而不停地忙碌着。过去的一切说否定就否定了，现实却以一个好心的旁观者的样子出现：唉唉，啧啧，你看你们，没赶上好时候，谁让你们当初不好好学习来着，现在什么都耽误了。于是又有人引用孔丘的话"知之为知之不知为不知是知也"，"学而不思则罔，思而不学则殆"等教训起我们来。这个时期我读了《论语》，只觉得孔子不过说了些朴实的大实话、大真话，只觉得孔子其人把为世为君为民看得高于一己，只觉得孔子"精神世界"非常富有，有智慧，看问题广阔、尖锐、深远，见地高人一头。缺点是总是向后看，总认为昨是今非；过于讲究和相信"礼"和"仁"，有些迂腐。于是又读了一些对他的评论，什么伟大的这家那家什么的，桂冠一顶一顶地戴了个满头，比一般人又"圣"了许多，"圣"得不可逾越了。与前段时间把人家骂得狗血喷头对照着想，忽然间就看到了孔先生冷冷的笑。这冷笑让我出了一身冷汗，而且凭感觉，我意识到这笑已经冷了两千多年了。

然而，那个年代如火如荼地批孔的人们，那些字里行间言之凿凿地告诉人们不批倒孔子共产主义就不能实现人民就要重受二茬苦重吃二遍罪的人们不知哪里去了，教我写批判稿的那些老师依然在教着小学生们或退休在家养闲，写批判搞时所供抄袭用的大报刊小杂志摇身一变改了另一副面孔，笔杆子们笔头一转，把一切的谬误全推到"四人帮"身上，然后谁也不去对那段历史负责了。（而创造那段历史或为那段历史所造就的人们为此付出了多少生命年华！）

4 渐渐才明白，所谓的"历史"，是信不得的。它是一个粗鲁的地痞，今天为张三骂街，明天替李四打架，后天六亲不认，满街地撒泼，乱骂乱打，大后天又成了痴子呆子，这个不知那个不问，转眼又化作正人君子，给这个排位给那个定论。"历史"又是一面哈哈镜，时常把某些人夸张得吓人，歪曲得怕人，缩小得微不足道。又是一条神奇的变色龙，自己没有恒定的颜色，还会让所有的人失去自己，跟着它变来变去，然后又公然以公正的样子严厉地出现，指责你的错误，把一切恶果让你自己承担。

在此，你不得不佩服孔子。他能够披着那本小薄册子，超越历史，超越一切纷纷攘攘，超越一切铺天盖地的叫骂，依然故我地存在。仅这一点，就足以成为"万世师表"了。难怪子贡说："仲尼不可毁也。他人之贤者，丘陵也，犹可踰也；仲尼，日月也，无得而踰焉。人虽欲自绝，其何伤于日月乎？多见其不知量也。（《子张篇第十九》）"子贡对历史和后世的嘲笑早设在那里了。

惭愧呀！难道对死人我们就可以想骂便骂，想捧便捧，想要就耍吗？孔子说："乡愿，德之贼也。《论语·阳货篇第十七》"孟子解释"乡愿"为："……言不顾行，行不顾言，阉然媚于世也者。（《孟子·尽心下》）"又说："非之无举也，刺之无刺也。同乎流俗，合乎污世。居之似忠信，行之似廉洁。众皆悦之，自以为是，而不可与人尧舜之道。故曰'德之贼'也。（同上）"

我们这些"乡愿"，我们这些无仁无义无礼无智无信无耻的"德之贼"，此时却拿出一本正经的心态，去曲阜，去寻什么感觉和文化。我如果是孔子，见了似我一般的人，一定会恶心、呕吐。

5. 待我渴望一张床睡上一大觉的时候，汽车停下。一群车夫挤在门口，那架势似乎要将所有下车的人抬起来放到他们的车上。下车走了好远，几个车夫还蚂蟥似地叮在身边，一步不落，一副非拉不行的架势。曲阜给了我们这样的见面礼。

旅游景点嘛，虽在礼仪诗书之乡，这种对利的非礼的贪图也是可以理解的。他们是劳动人民，只管挣钱谋生，哪管得了那么多的孔孟之道。至少，他们的这种做法本真、坦率，不像我们在虚无的是非中摇摆着，伪装着。

在小摊贩的叫卖声中，在熙熙攘攘的人流中购买了价格不菲的门票，终于逛了孔府孔庙孔林。既然来了，私下里便想找一些感觉，以便回去附庸风雅地写点游记之类的文章。但感觉却迟钝得要命，像是愚顽不化的小学生，费尽心神，执意不肯开窍。在大殿院落胡同里"仰观俯察"了一番，翻来覆去除了"历史悠久""富丽堂皇"之类的陈词滥调之外，脑子里没出现半个新词语。

这里一切都以森然的建筑群和众多的文字和繁杂的人群把一切都说明了。众多的游人告诉你这里是一个因一个人的业绩和名声而非同寻常的所在，这个人不仅在历史上了不起而且在今天仍旧了不起（因为人们都来看他的家乡而不是看别人的家乡），所以他的功名用不着我来光大传播；金碧辉煌的建筑和广大的占地面积告诉你他历史地位的显赫，也用不着我去宣扬他如何尊贵如何伟大；刻字的石碑连如何评价或颂扬这位先师都告诉人们了，而且用的是方块字中最为出色最为极端的文字，之所以刻在石碑上，是因为那些文字不允许争议，不允许怀疑，同时力图让你相信这些评价会像这些石碑一样不朽，压根也用不着我去搜肠刮肚地去找评价的词语了；坟墓告诉你他的确死去了并葬在这里而且"怀子抱孙"；比比的坟茔告诉你他的后人已死了不少，这些人因为他而葬于此享受着他的荣光。如此而已。

游人的众多让我觉得这里更像城里的超市农村的大集。各种小吃摊、电脑画像点及旅游品商店挤占了路边所有的空间，再加上录音机里播放的流行乐曲更加深了这种感觉。到处是车夫，到处是叫卖声。在这里，不仅不觉得与孔老夫子近了，反而觉得更远了。遍地忙碌者，不是诗书人。这些是渔利者。还有渔名者。孔林里有多少坟墓，谁能数得清？因为他们是孔子的后代，所以就葬在此，据说还非常有讲究，有血缘关系的不是直系的不得入，是直系的获罪于当世的也不得入，等等。一样的生命，一样的头脑，却一定靠近孔丘作葬身之地。无碑者无人去想，有碑者又有谁人去看？在距孔坟不远处，我们遇到了一位耄耋老人。白发长髯，穿着破得没法再破脏得没法再脏的大褂，坐在路边，前边放一张纸，上写他是孔子正宗七十几代孙。起初我们还不明白他的用意。活泼的朋友便有上去同他合影的了，合完影才知他是要收费的——每拍照一人要一块钱。原来他是专门在这里作为与孔子有血缘关系的代表来挣钱谋生的。在曲阜城，孔子的商业价值是第一位的。孔子的名声每天都营销来大量的效益。

《论语》中讲，叔孙武叔在朝上对大夫们说，子贡比孔丘要贤德。子贡听后说，好比那宫墙，我的墙跟肩一样高，里边什么都看得到。而孔子的墙却有数仞之高，"不得其门而入，不见宗庙之美，百官之富。得其门者或寡矣。（《论语·子张篇第十九》）"而如今，这些堂堂皇皇的建筑，却正是堵堵高墙，让人看不到孔子的真面目，找不到其精神之门。谁要以此来感悟孔子的思想或领略孔子当年的生活，即使来时不是昏头的话，来后也肯定昏了头。在这里找孔夫子精神的蛛丝马迹，如同从孔府家酒孔府宴酒中喝出仁义道德来一样难。

6. 想开去，那些所谓的专家、学者们又怎么样呢？他们之所以称得上是什么专家、学者，就因为他们脑子里装了"圣贤书"或写过几本书。但是，有几人不是"天下文章一大抄"，抄来抄去，赚得个学位的呢？又有几人不是挂羊头卖狗肉，拉大旗作虎皮的呢？古代孔子、苏格拉底等哲学家们，是"述而不作"的。他们用自身的智慧和行为，活出一种哲学，而不是作出哲学，更不是抄袭哲学、贩卖哲学。如今什么什么的专家、教授、权威，多如银河星数，各立门户，宗派林立，打着前人的牌子，为着自己的名利，真知灼见罕见，吵闹之声连天。在学术界，这些人，同曲阜门前摆摊谋利者，又有什么区别？与葬于孔林中那些无名无臭者，又有何不同？

《论语·子路篇第十三》中记载，孔子和冉有到了卫国，孔子惊叹："人真多呀！"冉有就问："人多了应该怎么办呢？"孔子说："使他们富起来。"冉有问："那么富起来以后呢？"孔子说："教育他们。"孔子没想到的是，他的学说养活了这么多与他的精神没有丝毫关系或完全相悖的人们。他如有在天之灵，不知会对他的子子孙孙们的所作所为有何感想。但这一点也足以把他比得如山一样伟大了，因为只有大山，才能养活得起众多的禽禽兽兽，草草木木。

7. 喧闹中，我执着地寻找着这里的意义。最后，几个画面浮入脑际。

那是我小时读的一本关于孔子的连环画的最后几页：孔子之死。凄风苦雨、落叶满天，在被风吹破的破茅草棚里，穷困潦倒的孔子死了。

实际上，就算孔子死时不那么凄惨，他生前想也不敢想他死后会有"三孔"这样的荣华富贵的。在曲阜，我们看到的其实只是高高凌驾于我等百姓之上，早已被历代帝王包装得失去了原本面目的孔子。在曲阜，并不是孔子在告诉我们什么，而是后世的那些为他包装打扮的人在告诉我们什么。他们在说：孔子的仁与义不好吗？好。看，我也认为好，所以我耗如此的黄金白银为他建府修庙。谁最知其价值？谁最崇拜他？我也。孔子是谁的？我的。仁义何在？在我手中。听我的就是听孔的，尊孔就得尊我。这些宫殿，其实也不过是广告、招牌。只是不是为了学术，而是为了政治。不是为孔子本人，而是为当朝天子。于是，历史上就出现这种情况：真正的人格和精神如孔子者，大多在封建帝王的手中被整得死去活来，颠沛流离，命运与孔子一样，最终潦倒完蛋。

正是在这里，曲阜，孔子的思想、人格、精神被歪曲糟践得最为严重。如果谁想在此寻找儒家文化的根、孔子的精神、孔子的人格，那真是南辕而北辙了。而权势的霸道、官宦的奢华、文化的陈腐、官僚的昏庸、民众的盲目，却一一展现在这高墙深院内外。而这是另一个大课题，偏离了孔子精神的大课题，应该加以深入研究，就像可以研究这里的建筑风格和技巧，研究孔林中丰富的植物一样。

"三孔"的辉煌展现的是政治中最大的阴谋、文化中最大的丑陋和文明中最大的尴尬。

8. 孔子如同一粒非常奇怪的种子。它长出的干、枝、叶、花，与它的本质截然不同。种的是豆，长出的却是歪枝怪叶，结出的可能是涩果，可能是黄金，可能是交椅，可能是美人，可能是"牛鬼蛇神"。谁知道它经过了多少次的嫁接、砍伐、修删、造型、虫蛀呢？早就面目全非了。也许有豆，但是少得可怜，干瘪瘪惨兮兮地，再被播种，结果生出的往往又不是豆。

但看看人间的这主义那学派，原初是挺好的，但一发展，一流传，就一定要走样。

在曲阜的大街上我昏头胀脑。突然觉得十分不自在。我又发现一张大大的冷笑的脸，悬在天上，覆盖着这方热闹嘈杂的土地和金碧辉煌，那是孔丘的脸。我觉得那是心死的冷笑，是令人不寒而栗的冷笑。

9. 能够提一提精神，觉得还有些诗意还可驻足观赏引发深思的是曲阜的古树。曲阜是颇有些古树的，以古柏为多。它们那旋转的纹路像是被历史巨大的魔力拧成的，又像是自身痛苦挣扎无可逃避的苦态，那些已枯死的枝杈或仅带有一点绿叶的枝杈，像是抗议呐喊的手势。千百年他们一贯如此，而且还要这样下去，生死就这个姿势了。他们之所以还会呐喊，是因为历史遗迹中，只有它们是活的，是有生命的。

10. 回来的路上，我们太累了。车座里大家东倒西歪，昏昏欲睡。窗外的田野虽单调，却健康而轻松，不致为其难过，也不致为其激动。这时，孔老夫子的冷笑又出现在田野之上，天空之下，像白日里一轮无光的月亮似的追随着我。我想，今后我是绝不会再来受这份罪了。倘若一定要陪同外地的朋友来，那一定去看看尼山，那是孔丘的父母创造孔子的地方，我希望那里保持着原始的样子，让我们在那里沉思一个伟人平凡的诞生。那一定比看别的好受得多，也轻松得多，受益得多。人的诞生毕竟是令人兴奋的事情。一个初生的婴儿，无论什么朝代怎样心地的人，心灵都会被净化的，何况那里出生的是一个能够对着历史发出冷笑的人呢。

梦　秦

　　梦见自己是个乞丐。流浪到一处荒地，前边不知是水是雾，后边不知是山是林，天上不知是日是月。我把讨要来的馒头、火腿肠、肉骨头和几瓶剩酒从包里掏出，正准备享用，忽然有个人坐在我面前。这人穿着华丽却陈旧的袍子，窄高鼻，细长眼，高耸着鸡胸，灰眉土脸，像是从土里钻出的。他伸手拿过一个馒头、一截火腿肠，往嘴里塞。

　　我说：这是我的。

　　他说：以前是别人的，在你手里是你的，现在拿在我手，就是我的。你的我的，还不就是个名？计较啥呀？

　　我很不高兴，说：那你也不能抢呀！

　　他笑笑说：习惯了，不好改。你也可以抢我的呀。明天我多讨几根油条，你也来抢好了。

　　我说：一言为定。

　　他说：本来，这天下都是我的呢。

　　他糊涂里有智慧，智慧里有糊涂，颇可解闷。我把一瓶剩酒递给他，问：你从哪儿来？

　　他美美地喝了一大口，说：从秦朝来。

　　原来他是鬼。我问：秦朝？你该知道秦始皇呀。

　　他指指身上的袍子，说：在下就是。

　　那旧袍果然是皇袍。我觉得有趣，说：你就是始皇帝？幸会幸会。

他说：始皇帝也不过是个名罢了。一个人，壮年的他就不是童年的他了，老年的他也不是少年的他了。当了鬼的我，自然也不是当年的始皇帝了。

我说：你做了鬼也不一样吧。一般的人死了，埋了、烧了就算了。可是你却建了豪华的皇陵。听说你13岁当上秦王的时候就开始给自己修墓，前前后后用了上百万劳工，用了38年才建成。你的墓南依骊山，北临渭水，相当于78个故宫那么大。顶上镶嵌着各种珠宝当日月星辰，下边用水银灌成江河湖海，造了各种宫殿，还有百官的位次，还用金银打造了各种动物，好多后宫姬妾给你陪葬。墓里设置了种种机关，进去的人就会被杀死。这哪是陵墓啊，这是再造一个世界啊。

他吞下一口馒头，哈哈大笑，说：我死了以后才知道，建陵墓是多么傻的事。用现在的话说，就是太"二"了。我七月份死在东巡返回的路上，一个叫沙丘平台的地方，离长安还有差不多两千里路哩。李斯他们怕人知道我死在路上，天下乱了，瞒着不让别人知道。你想想，七月天有多热？不几天我就臭了，肿胀、变绿、流脓。唉，我的肉一臭啊，我才知道，我也不过是个凡人，跟死猪都没什么区别。李斯他们想了个主意，在每辆车上放上一石鲍鱼，鲍鱼那个臭啊，还真瞒住了别人。唉，平民百姓，死后都能擦擦身子，换上干净的衣服入葬，我堂堂始皇帝，却和鲍鱼一起腐烂发臭！哪里有什么尊严啊。等赶回长安，九月份才下葬，两个月，我都烂成肉酱了。想想那样子，当了鬼都恶心。不说了，再说就吃不下东西了。那墓修得是好，可是我得到啥了？唉唉唉。

我说：你活着的时候可不是这样想的。

他说：我不聪明威武吗？杀人如麻，攻城略地，一统天下，雄才大略，谁比得了？三皇五帝都差得远呢。所以我自称皇帝。我就是皇天，我就是大帝。可是我聪明威武吗？墓修得那样奢华，死得那样惨，谁比我更蠢？活着的时候能想到死的人，才是聪明人。至于威武不威武，现在看来，真是弱智人的欲望。

我说：大智和大愚，不好分。

他说：我控制了能够控制的东西，还想控制控制不了的东西。对我一切的欲望，无所约束，这是我的大错。

我说：你统一天下后，在大殿上还说，"朕为始皇帝。后世以计数，二世三世至于万世，传之无穷"。你还记得吗？

他使劲晃着脑袋，拿酒瓶子和我的酒瓶子碰了一下，咕嘟咕嘟喝了一大口，说：当时那么想，就那么说了。聪明人不应该说自己死了以后的事，说得越绝对，自己越难看。叱咤了一辈子，结局还真不如普通老百姓。你看我的那些后代，别说继承皇位了，个个都死无葬身之地。大儿子扶苏被骗自杀了。二儿子胡亥，被赵高李斯他们撮弄着当了皇帝，其实还不是赵高的玩偶？赵高那小子，也就是个给我端尿壶提鞋的奴才，却玩弄起我家祖祖辈辈费尽心血才打下的天下，这也太荒唐了。胡亥这个皇帝当得可怜啊。后来赵高派阎乐去杀胡亥，胡亥可怜巴巴地对阎乐说，我可以见丞相一面吗？阎乐说不能。儿子说，那就算了，我不当皇帝了，让我当个郡王吧。阎乐说不行。儿子哀求说，当个万户侯，总算可以了吧？阎乐还是说不行。儿子听了，哭得那个惨啊，说，那就让我和妻子儿女当平常百姓吧。阎乐说：我受丞相命令，替天下人杀死你，你真啰唆。在我的天下，我的儿子当个百姓都当不成！你们平民百姓，哪知道我的这种痛苦。我辛苦一生为了啥？子婴这孩子倒聪明，设计把赵高杀了，但败局已定，他只好用绳子把自己捆绑起来，带着玉玺和兵符向刘邦投降。可是项羽那小子真不是东西，断了我的子，绝了我的孙，让我血脉无传，还烧了我的都城和阿房宫。谁的后代像我的后代这么惨呢？项羽这小子也太毒了！

我说：你也别骂项羽，比起你来，他也坏不到哪去，不过和你一样有野心、没人道而已。你怪他乱杀人，你什么时候又有过仁慈之心？战争时期你杀人也就罢了，夺得了天下你还杀人。我听说，有一回，天上掉下一块陨石，有人在上面写了"始皇死亡，土地分割"几个字，你把居住在石头附近的人通通杀了。还有一回，你想当什么真人，隐居起来不想让人知道你的踪迹。有人走漏了消息，你把咸阳宫里的随侍全杀了。至于坑杀儒生方士，唉，不说了。你说说你都干了些什么？人家杀你的家人你觉得残忍，你杀人家怎么连眼都不眨？

他说：我没把别人当成人，也没把自己当成人。这是我的悲哀。再给我一块骨头吧。

我说：自己拿吧。我还没问你，你是鬼，怎么跑到这儿来了？

他拾起一块骨头，说：在阴界，那帮鬼们不停地拿我取笑，我实在待不下去了。我没法和他们在一起。

我问：原来你就是个孤魂野鬼呀。他们笑你什么呀？

他撕咬着骨头上的一根肉筋，脸通红，说：不说了不说了，说了丢死人了。

我说：不行，你不说，就不给你骨头吃了。我正好闲着，说给我听听。

他说：唉，他们嘲笑我到处立碑。说，你这小子昏了头了，走到哪里就在哪里刻石碑，显摆你的功名。上边刻着什么"人迹所至，无不臣者。功盖五帝，泽及牛马。莫不受德，各安其宇"。说，连牛马都受你的恩泽，你真能吹。别人傻过去就算了，你还把你的傻刻在碑上，让千秋万代的人笑话。真是天下第一傻。

我说：笑得好。活该。还有什么？说出来，我把剩下的火腿肠都给你。

他说：他们还笑话我到处寻找仙人，寻找长生不老药。笑我花了那么多金银，让徐福带领成千的童男童女乘大船去寻仙山。徐福和卢生这些方士，都是骗子。他明知道找不到什么仙山，就骗我说因为有大鲛挡路，没法航行。我傻了吧唧的还亲自率人去海边射杀大鲛。杀了一条大鱼，徐福带着童男童女们出航了，其实是不知跑到哪里建自己的王国去了。

我哈哈大笑。

他伸出食指指着我，说：笑什么笑？笑你自己吧！只要是人，谁没私欲？谁不想多活几年，何况我这始皇帝。只不过我有条件去实现我的私欲罢了。我后边的皇帝们，你挨个数数，谁没做过傻事？就是你当了皇帝，就敢保证比我聪明？说不定更傻！

我说：也是，一般人没有能力干出你这等大事，也没有条件干出你这等傻事。世界上最幽默的是时间，时间最会开玩笑。好好好。你还有什么倒霉的事，说出来让我高兴高兴。

他说：本来躲出来想图个清静，又被你捉弄一番，真倒霉。我吃饱了，我走了。

我说：我还没听够呢。你别走啊。

他喝醉了，指着前边的浓雾说：看，这就是我的兵士，我就靠他们统一的帝国。指着后边的山林说：看，这就是我的都城，里边有我的臣民、美女。我要走了。

我伸手拉他，他挣脱逃去，我手中只剩下他破旧的皇袍，皇袍上还有一股尸臭。

我把皇袍丢在地上，继续去讨饭，却没讨到东西。饿着肚子回来，却见丢下皇袍的地方，建起一大片宫殿，全部仿照阿房宫的样子，覆压三百余里，隔离天日，五步一楼，十步一阁，廊腰缦回，檐牙高啄，矗不知其几千万落，外边大牌匾上写的是"秦皇行宫"。秦始皇站在外边，有十几米高，右臂伸直，指着前方，气派非凡。我说：你又在这里干什么傻事？你欠我的油条呢？拿来我吃。去抓他，才知那是一尊塑像。

长城，被一个村妇的泪水冲塌

接近济南长清大峰山山顶，先是见到许多散落的片石，再就是片石堆起的石垛，这就是古齐长城的遗迹。近山顶处，有一段保留完整的城墙，有城门，有箭垛。这长城与其他地方的长城不一样，既不是砖砌的，也不是土夯的，而是用石头码起的，没有任何黏合物。沿着长城，有许多片石堆起的方的、圆的房屋样的东西，多数坍塌了，里外长满了灌木和草，这是当时的兵营。山沉寂着。山上多柏树，柏树枝叶紧凑，即使强风吹过，也没有声响。山下是旷野，旷野中散落着几个小乡村。

这段长城始建于公元前约6—5世纪，距今2500多年，是当时齐国为防御鲁、楚及中原各国的军事入侵兴建的，比秦长城还早490余年，是中国建筑年代最早、规模宏大、保留完好的一段古城墙。

出于思维定式，睹物总要思人。在如此荒郊大山上，一群人一块一块地搬运石头，垒起这座城墙，日日夜夜地守护着这段城墙，想想都觉得悲壮。当年有无战事？将士们如何生活？山自然知道，而山无心；石自然知道，而石无意。当年发生的事情，连影子都找不到了。却意外找到了一个女人的故事。这个女人竟然是孟姜女。

城边立一石，上刻"孟姜女哭长城处"。另一处立一石，上刻"孟姜女问路处"。

孟姜女故事，经许多专家学者的考证，断定源头在齐国。最早见于《左传》，记录的是一位叫杞梁的将领阵亡了，他的妻子哭着要求齐庄王到家里去吊唁。这事本与长城没太有关系也不大。我感兴趣的是，这个故事怎样演绎成孟姜女哭长城的故事，而且与秦长城的大名并存。

大凡故事，多是按人们的心理需要出现、成熟、定型的，往往与实际无关。所以，有没有孟姜女这个人，孟姜女哭没哭长城，并不重要，重要的是有孟姜女这个故事。

细数中国古代有名的妇女形象，孟姜女无论如何是不能忽略的。

心灵自有心灵的市场，有它的长销品和畅销品。世世代代的人们都在这个市场上选择自己的所需。人对功名的追逐不限于活着，总幻想着死后也能够名扬天下，如同在市场上占一席之地。像"流芳千古"之类的热词，无非就是想长期占有心灵市场的广告，表达的就是想把自己的名声打造成名牌、在后世的心灵市场上长销的欲望。事实是，在当代心灵市场上炒作一番，博得个畅销，还容易；若在历史的心灵市场上长销，确实不易。千百年来流传下来的故事，就是心灵市场的长销品。

按说，千万为了国家安全做出牺牲的筑城者和守城者，远比一个村妇有价值得多，但他们没有被记录、被传扬。我曾在一个冬天去过嘉峪关长城，在堕指裂肤的寒天里，联想当年祁连山下守军的生活艰苦，生出许多猜想和感动。那里也有对当年驻军情况的简单记录，但我没有记住。八达岭和居庸关长城，山海关长城，我也去过，也记不住有什么故事。因此知道，并不是缺少惊天动地的、艰苦卓绝的事，而是这些事没有被心灵市场看好，发生后就烟消云散。孟姜女的故事一直在历史中泪水涟涟地立着，自然是心灵市场需求的结果。

中国古代妇女品牌，各色各样，满足着心灵市场的不同需要，长期被"消费"着。妈祖、泰山老奶奶、西王母等神仙，神通不亚于任何男性神仙，一直是被人们的宗教情怀、敬畏情结供奉着。西施、杨贵妃，美丽绝伦，却又与国家的衰亡联系在一起，生不逢时，人们以既艳羡又同情的心态来作为长久的谈资。潘金莲当是淫欲的象征，她的色让男性垂涎，她的恶让男性痛恨，让很多男人既羡又恋又怕又恨，是男性世界不衰的品读尤物。花木兰，既英勇又妩媚，既成熟又天真，那是把孝与忠、刚与柔和谐地集于一身的最完美的形象，对家庭来讲，谁不想有这样的女儿、姐妹？于国家来讲，哪个帝王不希望有这样的女战士？所以千百年来作为正面的形象被德育消费着。

孟姜女与上述女子完全不同。不管后来神话成怎样的美女，本质上都是一个普通农妇。与所有农妇一样，上有公婆，下有姑弟；家里也应该有那么一块耕地，院里也应该养着鸡鸭牛羊。她应该操持着农耕、织布缝衣。她作为女人，需要男人的肌肤之爱，做一些生理上快乐的事；作为妻子，需要自己的丈夫在身边支撑起一个家。她向往丈夫砍柴或打猎归来，大口吞咽着自己送上的饭菜；她向往丈夫在田地里挥汗如雨，抱起自己送上的水罐痛饮解渴。她想与丈夫多生几个子女，甘心情愿地为这些子女付出，倾尽天生的母爱。下雨的时候，她要看着丈夫爬上屋顶修补漏洞，雨停的时候重砌倒塌的围墙。她需要丈夫抡起胳膊，打走欺辱她和她的子女的小流氓。她也向往回娘家的时候，丈夫扶她骑上毛驴，自己背着礼物，走进自己过去的村庄，让乡邻们看着眼热。她是一个最普通不过的农妇，不解国家大事，更不知功名利禄。她也不求丈夫当什么英雄将帅，她只要求自己和丈夫，像公鸡母鸡、公狗母狗一样天天厮混在一起。天黑的时候，自己家的灯温柔地点亮，在灯下一边缝补衣裳一边和丈夫闲谈。早上太阳升起的时候，在充满怪异体味的屋子里，盘算着一天的生计，打开门窗，精神饱满地开始从事劳动。她是最接近大地最接近生活的那种女人。丈夫在她心中的位置，高于帝王将相，甚至可能高于国家。所有的普通妇女，都能从孟姜女身上找到自己的影子。当丈夫为国而死，她的心痛，也是所有普通妇女的心痛。因此，人们的心理，需要一个普通女子，站在国家的对面，倾诉自己的悲伤。孟姜女站在长城上痛哭的形象，是儿女情怀与残酷战争的对峙，是小农意识与国家大业的对峙，是有情与无情的对峙——总之，是私情与国情的对峙。在这种对峙中，谁强谁弱，谁胜谁负，不言自明。百姓们固然要在现实中服从于权势和大局，在心里却不认账，于是，让孟姜女的泪水，把长城哭塌——唯有如此，人们才找到了一种心理平衡。一个村妇的泪水不可能松动一块石头，但世世代代所有的村妇的泪水汇集起来，就波涛汹涌，什么样的城墙都挡不住了。

于是，坚固的长城，经不住孟姜女泪水的冲击，经不住孟姜女的哭号的震动，哗啦啦倒塌，出现了一个大缺口。缺口处，站着瘦弱的孟姜女。这个缺口，是一个具有讽刺意味的微笑，这个微笑，代表着民间心理上的胜利。孟姜女的故事，深藏的是国家和百姓共同的悲剧，里边有着不可调和的矛盾。国家和百姓都在此纠结，这也许才是孟姜女故事的生命力所在。

奔向邃古无人的寂静的土地

　　文明人有生以来就被两股力量牵扯着，如同身上绑着两条逆向用力的绳索。两股力量中的一股叫作文明（或理性），一股力量叫欲望（或本能）。相对文明而言，放任人的本能的欲望，无论对人还是对社会，都是毁灭性的，所以文明的重要任务是去约束、压抑欲望；相对于欲望而言，文明妨碍了自由与快乐，扭曲了天性，压抑了为所欲为，无疑是欲望要突围的敌对势力。

　　文明对欲望的包围有两重。一重包围是人自身的。文明人的标志就是他做事不是率性而为的，而是深谋远虑的，即把当前的所作所为与未来的结果结合在一起。比如，农民耕作是为了四季衣食无忧；年轻人刻苦攻读是为了好一些的前程；商人疲惫经商是为了富有；仕途之人不断修正自己是为了能够平步青云……套用一句俗话说，就是人人都在为理想、信念或未来而活着。为将来而活着，代价多多：他不得不压抑或牺牲掉自己当前的种种欲望和享乐，大量地做一些本不愿意做的事情。从某种意义上说，为未来而活着的人或多或少地被未来奴役着，这种奴役有被动的成分，而更多的却是主动的。另一重包围是来自社会的。在一个社会，不管是为了政权的需要还是为了这个社会的安定和秩序，都必须有法律、习俗、道德、宗教等约束，社会的约束对每一个人来说首先是强加于他的。对一个社会来说，个体的愿望和需求是需要管理和约束的，是需要服从大局的。城市的大街上不允许任何内急的人随地大小便，饿得发疯的人也不能偷盗他人的食品，任何人也无权对自己的仇人实施人身攻击。所以，在维护政权或社会稳定或进步的同时，社会往往无情地惩罚那些一意孤行的人，无情地为人们丰富而自由的精神套上冰冷的枷锁。

然而人毕竟是人。尽管有文明的双重约束，但人的动物性还是存在的。率性而为，自由自在，及时行乐，是人的动物性要求。在来自自身和社会的压抑和束缚下，人不可能得到完全意义上的幸福。人是讲实用的，但人更是讲快乐的；理性能使人过得安稳，但非理性却能让人过得真实。于是，在压抑和束缚中，本能便要求反抗，要求一种真实。"审慎对热情的冲突是一场贯穿着全部历史的冲突。在这场冲突中，我们不应完全偏袒任何一方。"罗素如此准确又辩证地揭示出人类的这种矛盾。这里他所讲的审慎指的是文明人的深谋远虑，这里讲的热情我理解应是对快乐的追求。

自由自在，对文明人而言先天就不可能。因为人出生后的成长期相对动物而言是如此漫长，没有文明的教化，人不可能成为人；完全被动地接受压抑和束缚，作为动物的人也是不可能的，与其他动物一样的天性决定了这一点。文明和本能，或讲理智和欲望的冲突，是人精神世界中最根本的冲突。以此观点来看历史中的人物，我们就不难理解为什么有的人衣食无忧却悲观厌世，有的人一旦拥有点权利就会极尽奢华，有的非常有理性有成就有才华的人却往往在财与色上犯一些看起来十分低级的错误。

让我们还是把目光放在伟大的古希腊，放在那人类率真的童年时代里，去深入了解人的自我交战状态及他们为自己探索的出路吧。

古希腊人不仅创造了粲然卓越的文学艺术，还首创了数学、科学和哲学，直到如今，人们还惊叹并神秘地谈论着古希腊的天才。但如果认为古希腊人是静穆的、庄严的、理性的，那就过于片面了。

古希腊人崇拜的神中，有一位名叫巴库斯。他原是保护丰收之神。当古希腊人造出了麦酒，酣醉状态使他们觉得妙不可言，便认为这是巴库斯的功劳。继而，当他们大量地酿造起葡萄酒的时候，巴库斯就成为给人们带来癫狂快乐的神了。古希腊人毫无保留地向巴库斯献上自己的崇拜。爱留希斯的神话构成了雅典国教的最神圣部分，在爱留希斯，有一首颂歌唱道：

> 你的酒杯高高举起，
>
> 你欢乐欲狂
>
> 万岁啊！你，巴库斯，潘恩。你来至
>
> 爱留希斯万紫千红的山谷。

巴库斯在文明高度发达的古希腊确立了受崇拜的地位，可以说是古希腊人对文明的一种反叛或反抗，是人追求快乐本性的体现。后来的人难以理解的是，当时在对巴库斯的崇拜中包含着许多粗野的成分，比如把野兽撕成碎片，全部生吃下去，比如有身份的主妇们和少女们成群结队地在荒山上整夜欢舞欲狂。幼利披底的《酒神》反映了这样的场景：酒神的侍女们庆贺肢解野兽的快乐，当场把它生吃了下去。她们欢唱道：

> 啊，欢乐啊，欢乐在高山顶上，
>
> 竞舞得筋疲力尽使人神醉魂销，
>
> 只剩下来了神圣的鹿皮
>
> 而其余一切都一扫精光，
>
> 这种红水奔流的快乐，
>
> 撕裂了的山羊鲜血淋漓，
>
> 拿过野兽来狼吞虎咽的光荣，
>
> 这时候山顶上已天光破晓，
>
> 向着弗里吉亚、吕底亚的高山走去，
>
> 那是布罗米欧在引着我们上路。（注：布罗米欧是巴库斯的许多名字之一）

饮酒、虐食、欢舞，女人们如此放纵。倘不是有对巴库斯的崇拜，想必男人们绝对不会袖手旁观。同样，女人如此放肆，男人们会约束自己？在诗中我们似乎可以感受到，古希腊人似乎以此极端的行为，在苦恼和烦忧的现实中搭起直抵快乐天堂的云梯。智慧而自由的古希腊人是不会亏待自己的。

但切不要以为古希腊人对幸福和至高境界的追求如此俗浅,如果那样,希腊人就没有智慧、思想可言了。在他们的内心深处,有着更深的追求。她们唱道:

> 它们会再来,再度地来临吗?
> 那些漫长、漫长的歌舞,
> 彻夜歌舞直到微弱的星光消逝。
> 我的歌喉将受清露的滋润,
> 我的头发将受清风的沐浴?我们的白足
> 将在迷蒙的太空中闪着光辉?
> 啊,绿原上奔驰着的麋鹿的脚
> 在青草中是那样的孤独而可爱
> 被猎的动物逃出了陷阱和罗网,
> 欢欣跳跃再也不感到恐怖。
> 然而远方仍然有一个声音在呼唤
> 有声音,有恐怖,更有一群猎狗
> 搜寻得多凶猛,啊,奔驰得多狂悍
> 沿着河流和峡谷不断向前——
> 是欢乐呢还是恐惧?你疾如狂飙的足踵啊,
> 你奔向着可爱的邃古无人的寂静的土地,
> 那儿万籁俱寂,在那绿荫深处,
> 林中的小生命生活得无忧无虑。

在上面的歌中,他们津津乐道地歌颂"孤独而可爱"的麋鹿、"逃出陷阱和罗网"的动物、"疾如狂飙"前进的猎狗,林中"无忧无虑"的小生命。在此我们看出,他们的狂欢,只不过是对现实逃避的第一步。在他们的快乐理念中,回归自然,像动物一样生存才是最高的愿望:"你奔向着可爱的邃古无人的寂静的土地"。

在这里要多说几句。人类一方面无情地捕杀动物,控制动物,以动物为食，作动物的主宰，但另一方面，却也对动物有着一种根深蒂固的敬畏。动物有一种特殊的美，动物群内有一种特殊的秩序，动物与自然有一种先天的和谐，这些都是人类所不能有却渴望有的。从个体来讲，鱼儿生下来就会捕食，鸟儿天生会筑巢，兽类不受教育就会慈悲地繁育培养后代，个体的动物都生存得自然、充分、快乐、无拘束，除了少数动物以他们的天性会储存些食粮外，多数动物只求当时饱腹，并不为未来和其他事情烦愁。这些是人类所不能及的。从群体来讲，我们知道，再大的牛群、羊群、蜂群、蚁群，都有一种天然的秩序在其中。整个群体被一种无形的力量十分文明地团聚着，共同生活（如羊、牛），共同做事（如蜜蜂），宁静而和睦。这种力量最可贵之处，不是强加于大家身上的，而是大家的天性决定了每个个体都自然遵守的一种原则。每一个个体在这个群体中按本能自由地行事。有些好斗的动物也争王争霸，但它们的行为绝不会对属于自己的群体有大的破坏作用。它们的野心仅限于一个地域或一个山头。这一点也是人类望尘莫及的，因为，人类总是通过暴力、强制，经常是以大批地屠戮同类的生命剥夺同类的自由等残酷粗暴的手段来管理制约人群；某一个或几个人的野心会导致无数的人牺牲生命和年华；某几个人的病态会导致整个社会的病态；且人类的征服欲是无止境的。从动物们与自然的关系看，一种美妙的生态平衡法则制约着它们。看似弱肉强食，实则是自然法则的作用。虎豹要吃羊与鹿，虎豹吃掉一定数量的羊与鹿，才能保证草木不会被无限繁殖的羊与鹿吃光，所以虎豹在残害羊与鹿的同时也在保护着这个种类的存在，同时也在保护自己。因为如果草木被羊与鹿吃光了，羊与鹿势必绝种，（从某种意义上讲羊与鹿要感谢虎与豹）那么虎也没得可吃了。在盛开着鲜花的草原上，在静静肃立的树木中，一种很微妙的法则存在着。而那种法则是最高级的法则，正因为它的伟大的存在，才使自然成为自然。而人却是动物中唯一破坏自然法则的动物。他们不按自然的法则而是按自己的利益行事，绝大部分行为都导致了对自然的破坏。

所以，于自然而言，于个体而言，动物有一种卓越的美，有一种与自然合一的快乐，而万物之灵的人类却没有这种美和快乐。"林中的小生命生活得无忧无虑。"吟出了人心底的向往，吟得多么惭愧！有理性的人们对于没有理性的动物，只有羡慕的份儿了。原因是，他不可能没有理性，而他又是动物。话转回去，我们就可以对古希腊人如此热爱巴库斯有更深的了解了。有了巴库斯，他们的"胡作非为"就似乎有了宗教意义上的合法的理由，他们就可以明目张胆地放纵自己。巴库斯确是文明与欲望之间的桥梁和纽带。

  正是由于一方面理智地创造了哲学、文学、艺术、科学，一方面又纵酒狂欢反对理智向往自然，两种的结合，使得古希腊人创造了真正的人的文化，这种文化伟大而光彩，崇高而永恒。正因此，我们就不难理解，他们创造的最高最神圣的神不是万神之主宙斯，而是普罗米修斯。普罗米修斯盗取了天火，却因此忍受着永恒的苦难。

长夜中的一束光

一

譬如长夜中的一束光，我们可以看见光源，却看不到光的尽头。神话在人类精神史中就是如此：轻盈地跨越着时间，把神奇的灵光射入一代又一代人的双目深处，而且有始无终。

极目神话的滥觞，肃然慨叹，敬畏油然而生。

古时，一定有那么一类有闲人，历尽坎坷而不息，身处乱世而不惊，在山间、在水畔，心似止水，神思与天地相接，感官与风云相和；吸纳自然浩气，总揽万物精粹；近赏一株小草的神态，远观整个苍穹的浩瀚——思维的大翼就拥抱了时空——伟大的神话就这样孕育了。

"天地浑沌如鸡子。盘古生在其中。万八千岁。天地开辟。阳清为天。阴浊为地。盘古在其中。一日九变。神于天。圣于地。天日高一丈。地日厚一丈。盘古日长一丈。如此万八千岁。天数极高。地数极深。盘古极长。故天去地九万里。后乃有三皇。"（出自三国时徐整的《五运历年纪》）

我没有见过比这个神话更伟大的想象。我们存在的世界所自从来，人所自从来，就被这样"解答"了。

天地何以像一个鸡蛋？这个鸡蛋有多么大？但不管多大，它一定是椭圆形的，圆而完美。在它神秘的、坚硬的壳里，清浊不分，黑暗而混沌，就像母腹，也像种子。这是一个生命的孕育器，它注定要孕育一个人，这个人的名字叫盘古。孕育的过程是漫长的，一万八千个春秋，这一定是当时的人脑可以想象得到的极其深远壮观的时间旅程。盘古以什么样的动作开辟天地的？徐整没讲，倒是明朝的一位叫周游的人打了圆场，在《开辟衍绎通俗志传》第一回里补叙了开辟的过程：

"盘古将身一伸，天即渐高，地便坠下。而天地更有相连者，左手执凿，右手持斧，或用斧劈，或以凿开。自是神力，久而天地乃分。二气升降，清者上为天，浊者下为地，自是混沌开矣。"

开辟混沌之后，盘古顶天立地。天每天长高一丈，地每天增厚一丈，盘古一日九变，日长一丈。天地就这样奉陪着盘古一同增长，一直增长到各自的极致，分享了各自的时空。

盘古，一定毛发粗长，乱麻般地披在肩背；一定隆着紫檀样的肌肉，整个人铜铸的一般；一定大口大口地呼吸，气流像飓风一样出入他的胸腔；他的目光一定纯净如水，如两泓清潭，绝无一丝杂质。他没有过多的情感向虚空表达，所以没有言笑，表情木讷；他没有过多的杂念旁顾左右，他必须一心一意地完成自己的伟业。他不会有标致或英俊的外形，但一定有着比常人粗壮很多的腿，宽厚许多的肩，坚实许多的肌肉，粗糙许多的皮肤……

古人的神思，无所不用其极。这是囊括万物，总览宇宙的神思。这是比天地本身都要宏阔许多的神思。事物之在，奇伟之处全在于极致。这个神话达到了三个极：其一，始极，这是一个关于世界的开端和人之初始的故事；其二，大极，这是一个关于天地——所有物的存在场的故事；其三，全极，盘古把一个完美、成熟的世界交给了人类，这个世界一直延续至今，像无穷的大宴一般养育着人类的肉体和精神。

我相信，造物早就给人设置了一种应该称为神性的机能。如果不是这样，何以出现如此的神思？人世的一切的大美、大善、大威、大力，当全由神性而出。由于这神性，原始的人们才把自己从自然中分离出来，自然才不仅仅是人肉身的存在场，而且也成为人精神的田园，人才可以建造出独属于人的精神世界。

既然天和地是盘古创造的，那么，天大地大，盘古更大。

二

这是一个普普通通的下午。山耸立在我的周围，植被成片成簇地点缀着山体，山崖城墙一样耸立。不远处有个大湖，微风吹来，水面瑟瑟地抖着细细的鱼鳞纹。湖水冲上岩石，前边的水将自己粉碎，后边的水又冲上来。各色的野草葳葳蕤蕤着。

我舒服地躺在草地上，枕着双手，叉开双腿，感受着身下坚实的大地，望着无际的天空。最为丰富而纯净的信息漫过我的全身，潜入我的细胞。

（每每在这样的场景中，我都感受到亡去的惬意：全部的身心与泥土、与自然万物相接，把自己交给永久，与造化共沉浮，与时间同奔走……）

现在，我想，我，何以经常放弃自身，而热衷于自然的化育呢？这，难道就是人们所讲的"忘我"？

……然而，"我"，于绝对值上来讲，是无法忘却的。往往在这样的时候，一个最为基本的问题便浮现出来，那就是——

我从何来……

这是最幼稚的问题，但这又是关于本源的问题。我相信世世代代的人都曾有过这样的发问。

而这也是最艰深的问题。自童年以来，随着我思维的逐步繁杂，这样的发问越来越强烈，执着而强烈地诱引着我的思维。

这一定是发自人的本能的叩问。我深信，一定是这样的问，拉动人们的神思跨越时间，跨越空间，也引领着人走出一般动物的类属。

……我，自然从祖先来；然而，祖先从何来……人从何来？

人一定从另外一种存在而来，那么，人之外是天地万物，那么，只好问天地万物。

天地万物从不作答。

接着的问题是，天地万物从何而来！？

大约在150亿年前，宇宙脱胎于一个极端高温、高密的状态。随着宇宙的膨胀和冷却，逐渐行成了星系、恒星、行星和生命。地球从一大团炽热的气体开始其一生，于46亿年前开始冷却并收缩，于是有了高山、河流、沧海桑田。一切的生命来自海洋。

…………

人是由类人猿进化来的。

经过数千年坎坎坷坷的认识历程，人类终于形成了这样的关于自然和自己起源的真理性的解释。

伟大的科学自从从蒙昧中冲杀出来，就一路批判着人们的幻想和无稽之说，让人的思维越来越多地走近物的"真相"。但是，当得知月球仅仅是一颗冰冷的石球时，我们再难对其产生琼楼玉宇、嫦娥吴刚的畅想；当了解了生理学、解剖学关于爱情和性的"真相"后，原本深不可测云遮雾绕的爱情的沟沟壑壑就大白于心。我们发现，从审美角度上讲，科学总是把果实的肉质剥去，直达核心，其结果常常扼杀了非物质的神韵。许多存在物如同鲜花，有着说不出的奇妙，而科学却总是无视其美而偏执地研究其功用和构成。当一些奥妙和数据被发现记录后，美也就荡然无存了。人们可以解剖一切，并"看到"物的原子、质子、中子、夸克，但生命却无法解剖，灵魂也不能看到。人们可以发现物的结构关系，却不能对为什么产生这样的结构做出判断。比如说，分子是一个大宫殿，科学可以细细地看到楼台廊庑及其相互关系的美妙之处，但科学却不能知道是谁建造了这个宫殿，为什么建造成这样的宫殿。这也许正是科学方法的局限。科学研究的结果有点像美女，初始时光彩照人，艳丽惊世，但随着时间的流逝，光辉就不再属于她，而属于更新的一代。在科学领域，一切课题、产品，无不经历着类似的命运。一个中学生就可以很熟练地使用圆周率、勾股定理，但无人对它浮想联翩；十几年前的汽车、电视机在当时可以令世人眼热，但放在现在，就显得笨拙而难看。物的总是物的。科学是对物而言的，它以自己朔实的物证、精确的数字和严密的推理拒绝着一切没有证据的幻想，从而达到"真相"的核心。而"真相"在你被掌握的那一刻起，就失去了它所有的神秘和美感，仅成为工具、台阶。

科学的实用性毋庸置疑。但科技如此粗暴地、不可阻挡地、大面积地渗透、作用、干涉我们的生活，直至将人的灵魂空间挤压进十分窄小的领地，在这样的时代，实在不需对它作太多的赞美了。

十分奇怪，尽管是神性启蒙了科学，但科学却无视神性的存在。

像牛顿、爱因斯坦等处于科学最前沿的科学家，为什么会有那么深重的宗教情结？牛顿曾用海边的拾贝者来形容自己的工作，他坦言对"大海"一无所知。爱因斯坦则说过：任何认真地从事科学的人都会得到一种信念，认为自然的规律表现出一种远远高于人类的精神，而在那种精神面前，我们这种力量微薄的人们必须谦恭地低头。

三

我躺在草坪上看天。一尘不染的天空以山的轮廓为界，向上合拢。这时的天，呈温软的蓝色，似是凝固的，又似流动的；似是透明的，又似不透明的——博大、虚无：目光并不能盯着哪一点看，不能判断哪一点哪一部分的远近和大小。天空是世间最大的神奇：它包容一切，而它自身又一无所有；它开放一切，但一切又逃不出它的包围——只有它是大的，无所不在的。它是确确实实的虚空，又是确确实实的实在。

在这样的时候，我总觉得，身上每一粒细胞都与周遭的环境忙着串通。有一种浓郁的"气"包裹着我，我浸淫在这种气中。这种气，是自天的虚空，自地的深处，自山的内里，自水的质地，自石的纹理，自草的根茎，自胚芽的呼吸和腐朽者的肌理滋渗出来，混合后升腾并且游荡于天地的。这是古老的和新鲜的，遥远的和眼前的，清晰的和模糊的、实在的和虚无的气的混合体。这种气，暗暗地、不为觉察地与我相互置换着什么。这是类似于腌制的置换，这种置换是亲切的、悄然进行的。

我时而感到自己是属于这环境的一分子，时而又感到自己是置身于这个环境外的一分子。说我是这个环境的一分子，是因为我的一切都融于其中；说我是其外的一分子，是因为我居然能够如此平静地对一切进行审思。

天空，和这可感知的气，就是开启人们最初的"混沌"概念的实物？

不同的地域不同的民族，在一切大是大非问题上，在一切本质问题上，各方的思想同大于异。真可谓环球同此凉热。这点，我们从有关生命源头的想象和思考中可以得到最好的印证。

中国人讲，盘古是在混沌之中开天辟地的；

美洲印第安人的神话说，在一片黑暗的混沌中，神同时造出了太阳和月亮；

澳洲毛利人的神话说，最初是黑暗的混沌，渐渐出现了感觉；

非洲苏鲁人的神话说，在一无所有的混沌中，神的儿子出生了；

影响迄今的《圣经》说，在黑暗无光的混沌中，神创造了天地……

如此不约而同！

混沌！

混沌是什么？——

母腹，是动物的混沌？

种子，是植物的混沌？

雪山，是江河的混沌？

大爆炸前的状态，是宇宙的混沌？

人所感知之外，是时间的混沌？

人类所见之外，是空间的混沌？

混沌：物之前之物；生命之前之生命；所感知之外之存在；一切物的创造者，一切生命的孕育者，一切的源头，一切的未知。

当人的神思指向混沌，就纯粹地驶向了深邃。

这种神思对个人生死得失、病老荣辱进行了彻底的发酵，以其另一种质，以神性的冲动，环绕宇宙的根源、根本，叩响了混沌的大门。

是盘古以手中的斧凿，实现了第一声叩击。

之后的人们，一直在不停地逼问，叩击。

在叩击中，中国古人推演了八卦；

在叩击中，希腊古人启动了哲学；

在叩击中，印度古人构筑了佛学；

在叩击中，希伯来人打造了《圣经》……

尽管混沌的大门依然紧闭，而那叩击声却从未止息。

让我们好好地倾听那叩击声吧。

那音色、音质、音量，还有那音色、音质、音量背后的、出自血液、大脑、肌肉、骨骼的信念、意志、决心、向往等等。

只有有了神性的人才去叩击。

这是神性必然的叩击声。

截取这动作的一点，便是人类最美的图画；录下这声音的一点，便是人类最美的声音；记录这场景的一点，便是人类最美的文字。

不一样的时空，一样的叩击；不一样的种族，一样的叩击。

四

"天气蒙鸿，萌芽兹始，遂分天地，肇立乾坤，启阴感阳，分布元气，乃孕中和，是为人也首生盘古。"（《五运历年纪》）

开天辟地者盘古，被指称为人而不是神！只这一句，就把盘古的神话和其他神话截然分开了："是为人也首生盘古"！

神话的创造者，是将人提升到神的位置，还是认为神就是人，人即是神？这已是不得而知的事。但文字是流传下来了。一字之差，人神之差，天壤之别。比较其他的开天辟地的神话，我们不得不惊叹这个神话的伟大。

掀开时间的帷幔，我们来翻阅一下散布世界各地的创世图：

《圣经》中的创世者为上帝，上帝在六日内分别创立了昼和夜、海和地、植物、日月星辰、鱼和鸟、畜类，并仿照着自己的样式创造了人。

古埃及神话讲，初始的宇宙来自 Atum 神，之后他吐出他的兄弟 Shu 和姊妹 Tefnut，Shu 和 Tefnut 生下地神 Geb 和天神 Nut。所有埃及子民都来自 Nut 和 Geb。

印度有"金蛋创生"之说。创生神 Prajapati 摆脱金蛋而出后，想开口出声，第一声生成了地，第二声化成了天，第三声有了四季。

在古代亚述的神话中，"波"神在一片混沌之中生产了大海和诸神，然后死去，身体一分为二，化为天空与大地。

…………

据我所知，在创世的神话中，创世者尽管各有不同，但均被指称为神。被指称为人的，大约只有中国的盘古。

不管当初和后人对盘古这个"人"如何诠释，但仅此称谓，我觉得就应该大做文章。因为，我们的古人把最先的生命和灵魂命名为人。

是我们的这位同类，完成了世间第一件事情。

不仅如此——

中国的古人还告诉我们，风云不是上帝的托衬，雷电不是神仙的武器，日月也不是神通广大的神明，这一切都是盘古之化：

"垂死化身。气成风云。声为雷霆。左眼为日。右眼为月。四肢五体为四极五岳。血液为江河。筋脉为地里。肌肉为田土。发为星辰。皮肤为草木。齿骨为金石。精髓为珠玉。汗流为雨泽。身之诸虫。因风所感。化为黎氓。"（《五运历年纪》）

是盘古的呼吸变成了风雷，是盘古的双目变成了日月，是盘古的四肢五体化为遍布天下的群山，是盘古的血液变成了奔流不息的江河，是盘古的筋脉肌肤变成了茫茫大地……

活着的盘古，以自己的神力，开天辟地；死了的盘古，以自己的全部，化作世界。

这个神话应该出自这样的思想根基：人，首先是劳动者。全意义上的劳动既指体力，又指精神。劳动者既在生前操劳，又把遗产分毫不差地留给后人。

盘古在开天辟地的同时，也为人类树立了最初的、最完美的道德形象。

盘古的神奇，是开天辟地的神奇，是化育万物的神奇，是不居功自享的神奇，是只做好事一点坏事也不做的神奇。

其实，他的这种神奇，再平凡不过：不过像一个劳苦一生，创下丰硕家产而死去的至为朴素的老农。

从创世的神话来看，从现今世界普遍的道德观、价值观来看，世界上其他民族各自创造的"创世之神"，令人"畏"多"敬"少。他们的神有种种特殊的能量、能力，具备至高无上的权威。而一般的人，多是供奉神的奴仆，总是被神生着杀着予着夺着。《圣经》中的上帝，创世有功，但凡违抗他的旨意者，危及他的统治者，对他不敬者，就要被逐出伊甸园，就要以大洪水绝之，就要遭受种种灾难——完全是一个居功自傲的独裁者。古希腊神话中的宙斯，是天地的最高统治者，他没有节制地放纵情欲，操持着雷电随心所欲地惩治那些不听从他旨意的人，却没见他建立过什么功德——我们从中外许多暴君的身上，都能看到他的影子。在墨西哥阿芝特克人的传说中，一名叫Coatlicue的宇宙神被从天上扯下，身体迅速地变成了大地山河、头发化成了星辰，按说他是功德无量的，但这个Coatlicue境界极低，很不情愿，为了发泄其不满，常要人用人的心脏来献祭他。

而伟大的盘古，综观其全生，创造了世界，既没有居功自傲，也没有荣华富贵。他没有"全能"，没有任何特权，没有指使统治过任何人，尤其是——没有做一件有损于人的任何事情。鞠躬尽瘁，死而不已。功德何其大哉！衮衮诸神怎能望其项背！

而盘古竟是中国人的精神视野中的第一人。这个人，是完全意义上的毫不利己、专门利人的人。

五

清风，像是时间的化身，轻轻地掠过我。只有当我在大自然中安静下来的时候，我才真切地感受到时间之水质感地梳理着我精神的肌肤和生命的纹理；而我浮杂的思想，也在这样的时候澄清，该沉淀的，正在悄悄沉淀；有些久违的感觉正在悄悄回归。恍惚之间，似与平日判若两人了。

水自由自在地变换着表面的波纹，山挺拔着，草木生长着，风忽大忽小，天空时而明朗时而电闪雷鸣——这一切既是自然奥秘的外衣，又是自然奥秘的本身。我常常试图在这样的场合窥视一些秘密，但又常常觉得我在自然面前不过是一只蚂蚁，一只飞虫，一条小鱼，我常常觉得，人不可能以自身的渺小进入通往自然伟大的秘密宫殿的隧道。……

但是，向后看，向人类的源头看，文明的滥觞处如太阳壮观的东升令我们眩目，如曾经拥有的家园让我们流连。其道德的峰顶让后人崇仰，其精神的深邃和绚烂令后人炫目。

面对现实，面向未来，有多少人抱有世风日下，人心不古的嗟叹。

按《圣经》的说法，人类最早的家园是最美的。亚当和夏娃，一对无邪的男女，在伊甸园——那美好与天国等同的家园，过着无忧无虑至为幸福的生活。而他们没有听从上帝的告诫，触犯了不该触犯的律条，于是尴尬地被驱逐，过起了流亡的苦难生活。

这个故事是许多人的人类发展观的缩影。即，过去是好的，由于人自身的原因，把自己的日子搞坏了。

许多智者认为人类发展的轨迹是下滑的，人类发展的前景是黯淡的，一代不如一代。中国的孔子敬慕尧舜，呼唤周礼；老子倡导小国寡民。古希腊神话把人类分为四个时代：黄金时代、白银时代、青铜时代、英雄时代，有的还要加上一个时代：黑铁时代。古希腊诗人赫西俄德悲叹说：

　　这时的人类全都是罪恶的。他们夜以继日地工作和忧虑，神祇使他们有越来越深的烦恼，但最大的烦恼却是他们自己给自己带来的。父亲不爱儿子，儿子不爱父亲。宾客憎恨主人，朋友也憎恨朋友。甚至于弟兄们都不如古代一样赤诚相处，父母的白发也得不到尊敬。年老的人不得不听着可耻的话并忍受打击。啊，无情的人类哟！难道你们忘记了神祇将给予的裁判，敢于辜负高年父母的抚育之恩吗？处处都是强权者得势，人们毁灭他们邻近的城市。守约、良善、公正的人得不到好报应，而为恶和硬心肠的渎神者则备显光荣。善和文雅不再被人尊重。恶人被许可伤害善良、说谎话、赌假咒。留给人类的除了悲惨以外没有别的，而这种悲惨且是看不见边际的！

　　"这时的人类"，便是指生存在诗人所认为的"黑铁时代"的人类，即"人类的第五时代"。在这些人的眼中，人类是在从至高处逐级堕落的。

　　从这番具有代表性的言论中，我们可以看出，由于对神的绝对崇拜，许多区域的人把人类堕落的根源认定为人们离神越来越远；归结于人与神最后的完全分离，最终导致神对于人的最终审判。

　　其实，人与那个世外的、虚无的"神"是无关的。人最大的悲哀，绝非人对神的不敬和神对人的惩罚。欧洲"黑暗的中世纪"是无比敬神的，但并没有给中世纪的人们带来福祉，反而使人民倍遭教皇的巧取豪夺。我们常见贫困乡村的老妇虔诚敬神上香的情形，但我们却没能看到她们比不上香的更幸运。我坚定地认为，人类最大的悲哀，在于个体自我欲望难以调控的同时，无视和远离自身伟大的神性。在发展的旅途上，人们遗忘了自身的神性，压抑了自身的神性，扼杀了自身的神性，背叛了自身的神性。

　　由于神性的丧失，精神无以依托，便创造了神明并相信着神明，因此让自身精神中的藤性及奴性得以丛生蔓长。在中国，创造了盘古的先人们，也创造出了像玉皇大帝、西王母之类的神，也把一些死去了的人，如孔丘、李耳、关羽等供奉为神，甚至把现实中的帝王一概神化，去顶礼膜拜，去求得消灾免祸，福禄寿喜。

盘古也没有逃出被神化的命运。为盘古所立的庙宇从北方一直延续到南方，江西会昌有盘古山，湖南湘乡有盘古祠，浙江杭州有盘古冢庙，四川成都有庙祀，河南省济源王屋山也有盘古庙，海南有盘古祠。在这些祠堂庙宇里，善男信女们究竟是如何对待盘古的？盘古全部的精神被封锁在泥胎之中，与本真的盘古无关的神明或帝王的信息被强加于盘古身上，于是盘古便十分被动地被跪拜，被祭祀，被祷告，被求子求孙求财富求升迁。有《无极至尊盘古帝王赐福宝经》说得很是吓人。《开经赞》开头就讲：

盘古帝王。无极至尊。凛御群灵统宇宙。令出万神颤。口开鬼魔寒。

毫无想象力的可怜的臆想，拉大旗作虎皮唬孩儿的把戏，却真真地唬住了不少的男男女女。

我读到过这样的一段文字。

河南泌阳县和桐柏县交界处有座盘古山。当地老乡说，盘古山的"灵异"之事，举不胜举。例如，有人砸断了庙里的一块碑石，想抬回家去用作洗衣搓板，结果手指被碑石砸断一节，数月不治，后烧香忏悔方愈。又如，有个姓肖的司机，买了一辆小"昌河"货车跑运输，2002年4月11日（农历二月二十九），才买不久的新车被偷走，农历三月初一，他上盘古山许愿：祈望一个月内能将车子找回来，届时一定来还愿。到了第12天，公安局通知他去领车，说是被窃的车找到了。若在平时，当地失窃的车子，别说一个月，时间再长也难破案。于是这个小肖买上500元香烛，又雇上两个吹唢呐的乐队，开着失而复得的新车，吹吹打打登上山顶，敬奉供养。据当地一位村民讲，2002年4月15日（农历三月三），在许许多多来还愿的信众中，有个老太，是因着她儿子称心当上了南方某市的公安局长；有位老妇，是为了她儿子如愿担任了河南某县的县长……据他说，近年每年刻在芳名碑上还愿的人总有数百，而不留名的更要多得多，信众扔在竹篓里的功德款，以1角、2角的零票和硬币为多，过后工作人员要数上好几天，总额每每超过20万元。

当人把外在的形象奉为神明并顶礼膜拜，当人把自己天赐的神性拱手交出服从权威的奴役,当人妄想通过以某种廉价或奢华的祭拜祈祷形式求得护佑,或者,人既没有意识到自身的神性,也不崇尚外在的神,仅仅在本能的驱使下追求物质的生活或沉湎于肉欲和感官的愉悦,人就已经在自己应该拥有的伟大的神坛上退出,甘其渺小而卑下了。

这才是"一代不如一代"的根源。

记述盘古之死的最后几句讲:"身之诸虫。因风所感。化为黎甿。"

"黎甿"是什么?"黎甿"还是人吗?那只不过是寄生在盘古身上的虫类。

联想到基督教常引用的"上帝"的断言:"你们是迷途的羔羊……"一语道破,那些"物种"在"上帝"的眼里,并不是人。

自认自己为"黎甿"、"羔羊"的人,断断不是盘古那样的人;把别人视为"黎甿"、"羔羊"的人,也断断不是盘古那样的人。而自甘为虫、自甘为羔羊的人们,千百年来却矢志不移地对着这神那神顶礼膜拜,求得一种被奴役的资格和为奴仆的证书,以为这样就可以福禄寿喜了。

作为个体的人,丧失自己的独立精神,就容易像尘灰一样被卷入人世的种种旋风。如果这旋风是为恶的,这尘灰也自然地成为恶的分子。其实,自甘渺小者,并不渺小,当这些渺小者集合在一起,就会如同亚马孙河流域的蚊阵和蚁群一样,产生强大的毁灭的力量。希特勒一声狂吼,德国成了打开的潘多拉的盒子;"文革"一声"炮"响,七亿中国人相互倾轧。当人们把自己无条件地交给一个权威,云集于一个权威的掌心,什么样的地狱都可以被创造出来。时隔不久的德国的纳粹、中国的文革,向我们展示的就是亿万人丧失自己神思,交出自己神圣的个性的惨痛场景。其中的那些疯狂、残忍、愚昧、可悲、可怜的人,是羔羊,还是虫!?

有哲学家、预言家不断地预示着人类命运的黯淡。

有智者不断呼吁人类的自救。

六

大地，大地着。天空，天空着。万物，万物着。

古人仰观天俯察地，古人感受天品味地。灵魂，没有单单属于肉体的欲求，而是大步走向太空和大地的深邃处，于是，人便有了自己精神的太空和大地。

就有顶天立地的人出现了。于是便有了"人法地，地法天，天法道，道法自然"之说。

关于天地的思考，无疑是发自于人神性的神思。

星辰各就其位。大海波涛翻滚。山峦巍然屹立。各有各的缘由，各有各的宿命。

盘古信仰什么？尊崇什么？服膺什么？他自从觉醒，立即挥舞着他的大斧，开天辟地。没有人指使他，他也没有臣服于谁。他只知道创造。

盘古创造的到底是什么？

整个神话难道不是一个隐喻，隐喻其开启的是人的精神世界，开启的是人的神性？

盘古神话是否就是人自我解放过程的缩影或象征？

创造了盘古神话者本身如无盘古的血脉，何来盘古？

《尚书》，是中国现存最古老的历史文献，上边明明写着："惟人万物之灵。"

一个小王国的小王子，经过艰苦的寻求，顿悟："我就是佛"。这个王子就是释迦牟尼。他这样教导他的弟子们："人人都可成佛。"在他之前，古印度就有"心则性灵居"的说法。

"我就是路，不经过我，谁也无法到达上帝。"这是公元零年出生的一个值得人类永记的人的话，这个人是木匠的儿子，他的名字叫耶稣。

伊斯兰教有句名言：唤醒自己！

苏菲神秘主义说得更为直接：认识自己的人，就认识了神。

让我们倾听一下以下几位更为熟知的同类的声音吧。

庄子说：天地与我并生，万物与我唯一。

李太白说："吾将囊括大块，浩然与冥涬同科。"

尼采说："我们是精神太空中的船夫。"

托尔斯泰说："我自己就是大自然。"

雨果说："有一天我的全部作品将会成为一个不可分割的整体。我创作了一本《圣经》，不是神祇的《圣经》，而是人类的《圣经》。"

墨西哥诗人帕斯称惠特曼的诗作是"宇宙的合唱"。惠特曼则说："世界就是我。"

俄罗斯白银时代的怪杰瓦西里·瓦西里耶维奇·洛扎洛夫说："我的每一行字都是圣书，我的每一个思想都是圣思，我的每一句话都是圣言。"

美国学者爱默生说："人类本性的特权和尊严是什么呢？难道不就是通过自身的力量把自己同永恒事物联结在一起的那种坚忍不拔精神吗？""一个人只有摆脱了一切外援，独立于天地之间，我才会看到他的强大和成功。"

阿根廷作家博尔赫斯在他的小说《神的文字》中说："见过宇宙、见过宇宙鲜明意图的人，不会考虑到一个人和他微不足道的幸福和灾难，尽管那个人就是他自己。"

——他们不外是以人的名义，发出人类心底的声音。

如果有人认为他们发出的是神的声音，那么，这个神就是他们本身，是张扬了神性的本身。

总结他们的以上言说，可以一言以蔽之：心外无神，我即神圣。

实际上，正是他们，才是人的概念的架构，才是人类文明的中坚。

在他们的身上，分明流淌着盘古的血。

打开封闭自己的精神外壳，让精神随同生命一同成长，人就可以神于天而圣于地。

盘古，是千百年来我们心中的一个情结。

盘古，他的生，他的死，无一不在昭示着神性。盘古就是神性的化身。

盘古，应是真正的人的形象的代表。人类，应该是盘古的家族。

人可以伟大如盘古，也可以卑微如蝼蚁。

人如盘古，人才能真正地自救。

七

我们应该知道，神性，是人的一种机能。这种机能，不仅见生见死，而且，囊括宇宙，总揽时空。

在人的精神世界里，并不缺少太阳的光明，星空的浩瀚，行云的缠绵，雷霆的威力，雪山的高洁，流水的激动，花草的鲜美……这，就是世世代代所崇仰的天堂了。

神性，既是进入天堂的天梯，也是构建天堂的材质。

所有的空间都是神性游弋的乐园，所有的时间都是神性观赏的风景。

正是这神性，使人与地合一了，与天合一了，与道合一了，与无极合一了。

性欲的机能，与人做爱，繁衍着人类的肉身；神性的机能，与时空做爱，繁衍着人的精神。美善、庄严、崇高，至美的情感、至高的境界、至威的形象，就这样一代代地延续下来。

由此，人之降生并不仅仅意味着单纯的繁衍，常常被视为天使的降临，让人寄托了无限的希望；

由此，人之死亡并不仅仅意味着彻底的完结，常常被视为移居到别的世界，牵挂着活着的人们的心；

由此，事实上渺小的人并不感到自身的卑微，常常感到自身就是宇宙中的一个元素，为自身，也是为宇宙而存在……

由于神性，人大起来了，大得足可以与时空对峙。

人的根本意义由神性而出。

神性之于人类，就像光辉之于恒星，运转之于行星一样。

神性之权由天而赋。

神性，来无影去无踪。不像我们目前所认知的世界，有着一定的秩序、规律、轨道、美丽。她不断地进入世界的秩序、规律、轨道、美丽，去感知，去掌握，去运用，但她自身却无序可循，如同花丛中的蝴蝶，自由、逍遥。

八

有科学家作出这样的推断：如今，在地球上通过天文望远镜，至少可以看到100亿亿颗恒星，如果假设在1000颗恒星之中有1颗拥有行星系，就好像太阳系一样，进而假设在1000个这样的行星系中，出现了1颗具备产生生命条件的行星，就像地球一样，于是，在地球人所能看到的宇宙里面，也就存在着10万亿颗类似地球的行星。此时，继续假设在1000颗类似地球的行星之中，只有1颗与地球的生命存在环境相似，进而再假设在这样的1000颗行星之中，只有1颗存在着生命，于是，已经出现生命的行星，包括地球在内就至少有1000万颗！

这1000万颗星球上，难道就没有类似我们的生命的存在？

然而，那是些怎样的生命？何时可与我们沟通？人类将以怎样的形象进行沟通？

以"上帝"的形象？以神的形象？以"黎氓""羔羊"的形象？还是以盘古的形象？

我觉得这是没有其他选择的。

只有以盘古的形象，人类才完全可以以人的名义，站立在地球上，无愧于宇宙。

盘古应该是人类的代表。

对于外星人，地球应该是盘古的家园。

九

云雾悄然出现，渐浓渐厚，将远方的山头虚幻了。风从两山之间吹来，加入到湖水的嬉戏。在我的对面，裸露着的、红褐色的山岩布满了刀砍斧劈一样的裂纹。岩石的上端覆盖着青草，裂隙中长出一些小树或藤蔓。在一个较大的凹陷处，黑色的岩壁前，亭亭玉立着几棵松树，笔直，青翠。我注视着青草覆盖的大地，大地通过我的感官传送着她的坚实、深厚、古老、青春。我仰望天空，心思飞向那辽远和苍茫。山峰、云雾、岩石、草木，似大有深意，似在絮语。

我想，人，只有在这样的草地上，看大地，看山峦，看天空，才会感悟到创造神话的古人们的心思，才会真正像古人一样与自然相通，从内心深处生长出别样的情思。

在此，我的的确确感知到生命。在自然中，生命的张力是那样的巨大，它火一般猛烈、海潮一般汹涌、青苗一样纯真。这样的生命，物的特性已然消失在不断萌生的神思之后，就像云雾遮蔽了群山一样。

我在大自然的絮语中驰骋着自己的灵魂。大自然一片草叶，甚至一片枯叶，都要比城市的高楼大厦更能令我浮想联翩，引发神性。

我感谢我内在的神性，使我与自然有了优美的对话，使我与古人的神思接轨。

如果不是这些神奇的神话，我真的难以想象，以我微小的大脑泛出的思维，如何能飘入浩茫的天宇以及不可感知的世界。

如果不是这些神奇的神话，我真的难以想象，人类的大脑与动物的有什么区别，更难以想象会出现后世这样磅礴的文明。

然而——

有的人心里装得下整个宇宙，有的人心里却只有稻粱之谋；

有的人顽强地解放自己的神性，有的人却不断地畏缩自我。

相同的大脑，相近的寿命，却有着不同的人生。

人在衣食之外，放弃了自己精神的权利，像蚁蜂一样生活着，连造物也要惋惜的。

作为现实中个体的人，渺小是必然的，言行的妄自尊大也是可笑的。然而，精神从来没有渺小过，一个人对另外的人的影响也从没有渺小过。

有位研究混沌的学者，在一篇有关蝴蝶效应的论文中说：

"其实每个人都是那只有着魔力翅膀的蝴蝶，因为每个人的一举一动都可能使世界变得不一样。这告诉了我们世界的真相：这个世界不能失去你，也不能失去他，对于这个世界我们无法置身事外，也无法孤立局部的现象……如果上帝真的有骰子，他会让我们自己掷的。"

人是应该无限地大起来的。所有的人，人的定义，也应无限地大起来。

我并不知道我们从何而来，而我知道我们是盘古的家族。

唤起潜藏于我们心中的盘古的基因，操起盘古的大斧，勤奋地劳动。

然后，像盘古一样死去。

灵知的领地

一

海德格尔在《艺术作品的起源》中有一段对庙宇的精彩阐述。他写道：

矗立在那儿的这座建筑坐落在岩石上。这件作品此一坐落，便从岩石中把岩石之粗糙而又富于天然支承性的神秘揭示出来了。矗立在那儿的神庙面对肆虐在上空的风暴岿然不动，并由此而首次使风暴在其狂暴中显身。岩石光彩闪烁，尽管它本身只是凭阳光而放光，但它仍首次使白昼出现，使宽广的天空出现，使夜晚出现。巍然屹立的神庙使不可见的空间成为可见的。此作品的坚固性恰与拍岸浪涛形成对照，并以宁静衬现出大海的狂暴。树与草，鹰与牛，蛇与蟋蟀初次显出它们特有的形状，并因此而显现为它们之所是。希腊人很早就把这种在自身中与万物中的涌现与升起称为 physis。它澄清和照亮人筑居于其上和其中的地基。

神庙自身的"涌现"与"升起"的光辉，被海德格尔讲得如此绚丽迷人。而我们进入神庙或教堂后，不管信不信神，都会感受到，这些建筑纯粹是为灵知所设置的。我们进入的是一个为神设计的领地。所有的图画、塑像都来自不知名的先人的传说，虽然时间早已把那些先人从世界中抹得一干二净，但他们的传说却如不朽的飘带一样柔韧而顽强地存留下来，像当年一样年轻，进入我们的记忆，牵住我们想象的手。檐拱与立柱的布局、色彩、形状不单单展示着建筑的结构，也使这里的氛围变得森严、庄重、神秘，使这里与世隔绝。甚至庙宇或教堂中的断裂、腐朽、剥落都与神有关。神是与灵知直接交流的，因此也可以说这里是灵知的领地，信神者的灵知只有在此才找到母亲的怀抱。在庙堂的阒静之中，我们感到肉体溶解了，灵知的地平线处远远地奔腾出几匹骏马，这些骏马拉着我们的灵知向精神世界的最高处无限地奔驰。这种感觉在其他场所是不会有的。

二

罗兰·巴特在《埃菲尔铁塔》这篇文章中，运用符号学基本概念对埃菲尔铁塔做了全面的分析。他高度称赞了铁塔的设计者居斯塔夫·埃菲尔，说这座"完全无用的建筑物"是埃菲尔的"在本质上接近非理性的一种伟大的巴罗克式梦幻。"最后他写道：

铁塔作为目光、对象和象征，它是人为其安排的一切，而这一切又都是无限的。作为被看和外看的景致，作为无用和不可取代的建筑物，作为熟识的世界和勇敢的象征，作为一个世纪的见证和永远是新奇的高塔，作为无法模仿但却无限被复制的对象，铁塔是向所有的时间、所有意象和所有意义开放的一种纯粹符号，它是不受阻碍的隐喻；人通过铁塔而实践想象力的伟大功能即自由，因为任何历史，不论多么黑暗，都不曾剥夺人的这种自由。

这段文字让我们想起了中国老子的"无为而无所不为"的境界。因其无用，所以铁塔得以产生"惊人的神话意味和其在全世界所产生的人文意义。"铁塔无所用却神光大发，它的作用应该说与神庙有相似之处。它属于灵知。灵知在这里可以自由地扩张、翱翔。

能够令人"实践想象力的伟大功能即自由"的建筑物在我国不少，比如像黄鹤楼、鹳雀楼、岳阳楼那样的楼台等等。它们曾让多少人登临，面对无限江山，心胸大开，感慨万千。没有这些楼台，诗人何处凭栏，何处放歌？没有这些楼台，我们将失去多少优秀的诗篇，多少人将失去胸襟大开的机会。显然，过去这些楼台是不收门票的，不会产生什么经济效益，它们的存在似乎仅仅是为了好看、壮观，仅仅是为显示一种威风、气派，仅仅是为了为美景加些点缀。花费了大量白银修建这些楼台的人们，似乎比当今的人更懂得精神的美和需求，因此他们把楼台修建得比其他建筑物都高。

三

如今城市最高的建筑一般是银行、饭店、商城。高大的玻璃墙泡沫一样漂浮在现代化的都市。人们花巨款修建星级大饭店、夜总会、娱乐园、大商场。不管什么样的人，只要有钱，得到超帝王的感观享受是不难的。饭店的堂皇、舒适使人的食宿档次大为提高，把填饱肚子、睡好觉这些简单的生理要求升华为一种气派和身价的满足。在夜总会里，你完全可以宣泄体内多余的能量，缓解精神的紧张，在此你完全不用动脑筋，只是一味地"跟着感觉走"，狂歌乱舞一番，吃一盘精神的辣椒，扎一扎精神的针灸便罢，感到精神的舒适便罢。娱乐园不过是一些初级的儿童游戏，玩玩一笑了之。大商店琳琅满目的商品让人沉浸于一个完全的物的世界，刺激着人们的物欲无休止地膨胀。无论是饭店、夜总会、娱乐园还是大商店，都是过去王宫奢华的平民化和普及化，都不过是为了享受。

而过去修建的神庙和塔可不是为了享受的。修建神庙起码表示对未知力量未知世界的敬畏。神庙、塔这些建筑是让人直接与无形的世界接轨的通道，是让人领略到现实世界所没有的境界的剧场。它让人关注着现世的人所未曾经历过的过去、未来，它让人思索生前的存在、死后的归宿，它使人撩去现实生活的面纱，进行肉身之外的关注，用灵知的眼审视生命，用灵知的口追问生命，用灵知的手演算物质世界所不可解决的一系列问题。如果拿饭店类的建筑与神庙类的建筑进行功用的比较的话，前者是入，后者是出；前者是有，后者是无；前者是现世，后者是过去和未来；前者是云雨，后者是星辰；前者的根扎在金钱上，后者的根扎在灵知中。

四

信不信神是一回事，关注不关注灵知却是另一回事。我们不信神，但我们不可不关注灵知。在此，我们可以把庙宇的修建看作是过去人崇尚灵知的一种形式，他们把灵知的追求寄托于神。从一些宗教书中我们可以看到，当人们在设计神、敬畏神的时候，也一并敬畏美、敬畏力量、敬畏完善，力图想象构想最美好的生活氛围——天国的形象。修建者讲求的是功德，而不是利润。当人们并不敬畏精神世界，却转而敬畏物质世界及享乐时，人们离神性、离天、离道、离精神的天国却越来越远了。如果我们认为神庙是封建迷信的产物来为自己灵知的萎缩辩解的话，如果我们连埃菲尔铁塔这样无神、无用却伟大的建筑也没有，除了说明物欲完全占领或污染了本应属于灵知的领地外，还能说明什么？

如今的建筑几乎很难找到神庙和教堂的辉煌位置了。在此我记起斯坦达尔这样一段话：

一旦两院实行统治，我预言，首先，他们绝不会在连续五十年的时间里花上两千万的巨款来修建像圣彼得大教堂这样的宏伟建筑；其次，在他们的统治下，客厅里将挤满这样一些富翁：他们无疑是很可尊敬的，但是却未曾受过有可能开发出他们的美术鉴赏力的教育。

美、灵知找不到自己的领地，就只有任其在沙漠的风中流浪、哭泣、衰亡了。而物欲却脱缰般地在大地上健壮地奔腾。可怕。

读《尼采传》随想

一

有一种树，名叫青檀，生于岩石的缝隙，大根能把岩石撑裂。有好事者崇尚它的精神，怜惜它的处境，挖其幼苗种到园林，沃土肥水，细心栽培，它却不能成活。

把青檀种在杨柳茂盛的园林，青檀不能成活；把杨柳种在青檀茁壮的岩石，杨柳不能成活。杨柳何尝不顽强，青檀何尝不娇气。所以杨柳不必学青檀，青檀也不必学杨柳。

生物各有其性。有喜热的，有喜凉的；有喜光的，有喜阴的；有喜湿的，有喜旱的；有喜酸的，有喜碱的。认为某植物的性高且优，某植物的性低且劣，种植高优的，砍伐低劣的，大自然就会变成荒漠。泥淖岸上再鄙陋再污浊，也是小花小草的乐园；雪山再崇高再纯洁，也不适合广大的生物。把小花小草送上雪山，使其高洁的人，必是凶手。

自然界物种，丰富繁杂，各有本性，各有生路，各有命运，并无高低贵贱优劣之分。都是造物所创，都有存在的价值，少了什么也不好。随意褒贬，有违天道。

人也是这样。大处讲，有地域、国籍、信仰的不同；小处讲，有喜好、性情、习惯的不同。以一种思想、一种观念、一种境界，强硬地灌输给他人；规定一种道路，一种生活方式，试图改变他人，人将不人。

二

植物不能都长成松竹梅，人也不能都成为圣贤哲人。即使按照圣贤哲人的指示去做，也不能成就。

动辄以愚昧、庸俗责人，以广大民众的启蒙者自居，要当人们的精神领袖的人，无论怎样地无私，也是霸权。就像一个人要为特别需要补血的人无偿献血，本是高尚的事，但不考虑血型因素，强行输送，就会把人害死。这理那理，和生命相比，谁更重要？如果没有生命，理又有何意义？何况，一时一事的理，是否真理，谁也不能下定论。历来就有不少以理戕害生命的事，诸如"存天理灭人欲"之论，害人害得振振有词，冠冕堂皇，其实是犯罪。最高的理，是让生命茁壮丰富，让人自我完善自我发展。自我完善自我发展靠的是文化引导，不是强权。

战争年代，需要大批的猛士，可以大肆弘扬英雄主义，大批量培养这些勇士。但，即使是那样的年代，也不可能把全体人民都变成猛士或英雄。一个国家所有的人都是猛士和英雄，这个国家也就完了。同样，一个圣哲遍地的国家，也就无圣哲可言了。

古代许多国家把人按出身、社会地位、经济状况分成许多等级，历史证明是罪恶的；按精神状况把人划分出等级，也不是善事。

三

人间有伟人，有英雄，就像植物界有松、柏、樟、楠；人间更多的是平凡人，就像植物界更多的是普通的草木。

让伟大崇高的思想普及于人世，就像让阳光铺洒大地一样，让能够成为伟人、英雄及其他杰出人物的人成长为伟人、英雄和杰出人物，这是天赋人权。而不强求于任何人，让人们自己选择自己的生活，更是对大众的尊重，也是天赋人权——这本身就是崇高和伟大。

保证自己选择的正确性，尊重他人的选择，是人道的。

真理在胸，尽管畅意抒发，普告世人，如星光闪烁，这也是杰出人物的应有之义。但天空中有恒星，也有行星，还有卫星。行星有绕着恒星转的，也有独往独来的。还有那在恒星之间的漂泊不定的"怪物"——彗星。星和星都不同，何况人。

太阳是好的。但如果把地球和太阳的距离缩短一点，地球上的生物就不存在了。火是好的。你若是火，尽管自己燃烧就是。需要取暖、照明、烧饭的人，自然会靠近你，取用你。但如果把自己强硬地靠近别人，就会把别人烧死。

四

狼对于羊来说，是恶的，因为它残害羊的生命。但狼如果不吃羊，狼就会失去生命。进一步讲，如果没有狼控制羊的数量，那么羊就会大量繁殖，吃光所有的草，那么羊也就灭绝了。从这个意义上讲，狼残害一部分羊的生命，一来保全了自己的种类，二也保全了羊的整体。因此，狼对羊这个种类来说，也是做了善事。善与恶是并行的。

生命没有优劣贵贱之分，但确实存在善恶之别。自然界有极个别的东西，大肆毁灭其他物种，只恶不善，那就只好消灭它。但这是极个别的。就像纳粹，就像SARS，是一定要消灭的。

质　疑

——与女儿的对话

晚上，女儿抱着《圣经》来到我的书房。问：爸爸，上帝到底是个什么样的神呢？

我：那是西方社会最高最大的神。

女儿：我觉得，上帝并不怎么样。

我：你认为上帝是什么样的呢？

女儿：上帝创造了世界，创造了伊甸园，让亚当和夏娃管理伊甸园，又不让他们吃伊甸园里善恶树上的果子。如果他是先知先觉的，就应该知道这果子早晚亚当夏娃要吃，知道蛇会诱引他们吃。那么他就不应该在伊甸园创造这样的树，也不应该创造蛇。那样他也不用警告、担心了。如果他是先知先觉的，他就是明知故犯。

我：是啊。若先知先觉，也应该知道人终究在伊甸园待不久。

女儿：还有。亚当和夏娃离开伊甸园，有了两个孩子，一个叫该隐，一个叫亚伯。因为上帝偏爱亚伯，该隐产生了妒忌，杀死了亚伯。如果上帝先知先觉，他怎么会眼看着该隐杀死他宠爱的人呢？为什么在事后才惩罚该隐呢？

我：你的观点是，上帝并不是先知先觉的，对吗？

女儿：就是。而且上帝也不是全知全能的。如果是全知全能的，就可以不让蛇诱引亚当夏娃吃那果子，也可以让亚伯避免灾难，甚至让亚伯起死回生。还有，耶稣是上帝的儿子，上帝的使者。但耶稣最后被钉在十字架上的时候，上帝为什么不救耶稣呢？耶稣临死前大喊："我的神，我的神，为什么离弃我呢？"耶稣是不是都寒心绝望了？上帝如果是全知全能的，怎么会连自己的孩子都不救呢？刽子手都可以杀耶稣，上帝却不能救耶稣，他的本事还不如刽子手呢。

我：你分析得对。上帝的能力是值得怀疑。

女儿：我还觉得上帝小心眼儿。

我：哦？

女儿：我犯了错，你会把我赶出家门吗？

我：当然不会。

女儿：别的当爸爸的会吗？

我：除非极个别的，绝大部分当爸爸的都不会。

女儿：你看，上帝创造了伊甸园，伊甸园就是亚当夏娃的家。就因为亚当夏娃吃了那种果子，他就把亚当和夏娃赶出去受罪去了。上帝还不如一般的父亲呢。还有。该隐和亚伯对上帝都崇敬，就因为上帝喜欢亚伯的供物，却看不中该隐的供物。这才惹得该隐杀了亚伯。要是当爸爸的有两个儿子，爱这个却不爱那个，就是偏心眼儿，也不是好爸爸。

我：是这样。上帝创造世界，却不能一视同仁，把世界分成伊甸园内伊甸园外。园内的享福，园外的受苦。对人也不一样对待，喜欢这个，不喜欢那个。还有后来，人们造通天塔，上帝很害怕，怕人们无所不能，就变乱了人们的口音，让人们互相隔阂。上帝心很虚呢。看来上帝的确是个心地狭隘的小老头子。

女儿：哈哈。对。而且上帝还很不仁慈呢。

我：其实，很多大神满口仁慈，真正仁慈的不多。

女儿：你看后来，上帝后悔造了人，在他眼中人的罪恶很大。他就发了大洪水，把地上的人和生物都灭绝了。他所创造的人，他怎么能忍心灭绝呢？他有本事可以教导人们走到正确的路上，不能不顺眼就杀掉所有的人啊。就像孩子犯了错误，当家长的可以教育，但不能把孩子杀死啊。还有。就算是人罪该万死，但其他的动物，可是没有犯什么错，得罪他呀，为什么连动物也一块都杀死了呢？动物也是他创造的啊。

我：你分析得非常对。这些都证明上帝是自私而且残忍的。

女儿：多像历史上的帝王。

我：对。

女儿：那为什么还有那么多人信上帝呢？

我：问得好。咱们来好好谈谈这个问题。

松下问道——读《金刚经》

我在大海中游泳。撞上过海蜇,海蜇把我蜇得痛痒不堪;碰上过暗礁,暗礁把我划得鲜血淋漓;浪起来时,还喝了几口海水。我并不惧危险,因为我有一个大的目标。

找到一个岛屿,我上了岸,继续行走。走得疲惫不堪时,看到一棵树,就直奔树下,坐着乘凉。

苍茫而沉寂的四野,行走的云团,远处的大海,好像大有深意。似乎并不因我而大有深意,似乎也并不因我而大有深意。我因此好奇。但我感到孤独。仰望这棵树,虬枝铁干,葱郁蓬勃。树冠上还筑着几个鸟巢。

我感到无聊,很想说话,就和这棵树攀谈起来。

你是谁?

我是谁,重要吗?

你是一棵树吗?

我是不是树,于我又有什么关系?

你是松树吗?

你们称我松树。我是不是松树,于我又有什么关系?

声音似从树中来,似从地下来,似从风中来,似从海边来。不管怎样,有说话的就好。我有些高兴,继续问:

你的主宰是谁?

我没有主宰。

阳光、土地、水、空气不是你的主宰吗？

它们不是我的主宰，只是我生存的必需。

生存的必需不是你的主宰吗？

生存的必须是我的主宰吗？阳光、土地、水、空气，它们其中之一就可以决定我的命运和生死。但它们并不想决定我的命运和生死。它们只是它们。它们并不为我而存在，我也不为它们而存在。但因为它们存在，我才存在。我们共在。谁也不主宰谁。你吃粮食，粮食是你的主宰吗？你呼吸空气，空气是你的主宰吗？我和他们的关系，正像人类和粮食和空气的关系。

你是你自己的主宰吗？

我不是我的主宰。我不能决定什么时候生，也不能决定什么时候死；我不能决定我生在哪里，也不能决定我死后去哪里；甚至不能决定长这根枝干不长那根枝干，不能决定开多少花，结多少果。你看，我被风折，被虫蛀，疤痕累累，这都不是我决定的。我生来无主宰，死去后也无主宰。

那么，你有心吗？

我无心。

无心？无心为什么会扎根土中，汲取水，汲取养分，化成你的枝，你的叶。为什么会把阳光转化成你的绿色？为什么会长成这般模样？

本当如此。非心所为。就像你的眼能看，你的鼻能嗅，你的耳能听，你的心会跳，你的肺会呼吸，你的胃会蠕动，本当如此，非你心能控制一样。你为什么会长成这般模样，难道是你的心创作的吗？

你有意念吗？

无心即无意念。

那你到底是什么？

我不是什么。

你不是一棵松树吗？

无所谓是，无所谓不是。只是现在你认为我是一棵松树。如果你一定要说我是一棵松树，那么千年以前压根就没有我。后来有了我的种子。你不能说种子就是松树，就是我。种子后来发育成芽，你也不能说那芽是我。芽变成幼苗，你也不能说幼苗是我。幼苗变成大树，大树每天都在变化，长出新的，死去旧的。我不知道哪一天、哪一刻的我是我。之后，我将变成老树。之后将死去，化为虚无。我刚讲完我，讲的那一刻那个我就不存在了，新的细胞又布满我的全身。我之所以对你讲"我"，只不过是按着你的逻辑说的一个概念，让你明白而已。其实我无我。

那么，你到底是什么呢？

你可以称现在的我是一棵松树。但我确实是不可以冠名的。名不是我，我本无我。所以所有的名，汉语的、拉丁语的、英语的、西班牙语的等等，发音不同，写法不同，全与我无关。我只是众多机缘临时，而且正在变化着的组合。

你痛苦，或幸福过吗？

无心，无所谓痛苦和幸福。

比方说，狂风吹断你的枝干，虫子咬噬你的身躯，你痛苦吗？

就像我出生未感到幸福，失去些枝干也并未感到痛苦。火山把地球戳破，地球没有痛苦；云被风撕开，云也没有悲伤。我也如此。我无我，那根断枝也无我。大风把它从主干上折断，与主干的因缘因此了结，它终将分解，化为它物，去凑别的机缘。

你有欲望吗？比如说，索取？

无心哪来的欲，无我哪来的念。无心无我，所以没有索取。

那你汲取水……

汲取并不是索取。非我意愿。就像风来了，并非风想来；云去了，并非云想去。太阳发光，地球旋转，也并非太阳和地球所愿所想。你看，我自从在这里出生后，并未离开这里半步，去索取什么东西。

那你为什么长成这个样子？

并非是我想要长成这个样子，而是我就长成这个样子。

你是按天道长成这个样子的吗？

你不明白我的意思。天道使我成为这个样子，但并非是我按天道长成这个样子。比方说，你消化食物，吸收食物里的养分维持生命，比方说你的血液循环，都是天道使然，而不是你按天道去做。世界上有树，有人，是天道使然，而不是树和人按天道创造了自己。

你崇仰天道吗？

一种道如果需要崇仰，就不是天道；如果我崇仰一种道，那种道一定不是天道。你们创造的电子计算机，需要崇仰它的那些原理吗？

你没有心，也没有幸福、痛苦。那么，如果我将你砍掉，让你腐烂，让你从地球上消失，如何？

本来就没有我。你将我砍掉，让我腐烂、消失，结果还是没有我。即使你不将我砍掉，让我消失，若干年后我也会消失。一切都将消失，包括你。组成你我的分子、原子，将在虚空中相见。或许有缘，我们能共同组成个什么物。

你无幸福，无痛苦，那你凭什么活着？你活着有什么意义？

我活着，因为我活着。无所谓意义。

天道有意义吗？

天道也无所谓意义。天道只是一种存在。像勾股定理，像圆周率，只是一种存在，一种非常纯粹的存在。无所谓意义。

揭示天道有意义吗？

揭示天道？那是你们人的事。那是你们功利社会的事。与天道无关，与我无关。

那……你能告诉我，我为什么活着吗？

因为你活着，所以你活着。

我苦，我受过好多好多的苦……

然而你也有乐，我相信你也有好多好多的乐。

我只想有乐，不想有苦。我因过去的苦而伤心，我为现在的苦而伤心，我为将来的苦而伤心，我为世间有苦而伤心。

因为你有心。无心便无所伤。

我劈波斩浪，长途跋涉，疲惫不堪，我想得到更多。

如果你不死，我相信你会得到所有你能够得到的，甚至整个世界。不过，那只是你的认为，其实你什么也得不到。古代帝王说这国土是他的，臣民是他的，宝物是他的。你现在还认为是他的吗？像你一样的许许多多的人，都死在我的脚下。那些组成他们的分子、原子，正拥着我的根，非常安详，而不像你这样絮絮叨叨地问个不停。

那么，我可以像你一样，无心，无苦，无乐吗？

苦乐原是那水中的波浪。有起就有伏，有乐就有苦。若水平如镜，就无起伏，无苦乐了。终究，你会和我一样，无心无我。这一天，可能在你活着的时候到来，可能在你死的时候才到来。你死后自然无心。

你说你无心，我看你全身都是心；你说你无痛苦，我看你全身都是痛苦；你说你无快乐，我看你全身都是快乐；你说你无我，我看你才是坚不可摧的我。

是你看，而不是我看。

你的冠上养了这么多鸟。你布下绿荫，让人可以乘凉。有人把你伐下，可以把你做成栋梁。你在做好事呢。

我没有养鸟。是鸟们自己要在此筑巢。我没有布下绿荫，是你认为我的影子是绿荫。我没想成为栋梁，是人要把我当成栋梁。

你连赞美也不接受？

大千世界，本无赞美和诅咒。只有人有赞美和诅咒。我们不明白你们的赞美和诅咒。

你可以教导我些什么吗？

我无教导。人需要教导。人自己教导自己，用他们的各种实用而短暂的学说。有的人用道教导自己，就得到道了。

如果所有的人都用道来教导自己……

没有这个如果。世间万物都是道，唯有人，本是背道而驰，却号称去寻道。多谈无益。自便吧。

夜幕已降。静得可怕。这时，我头上被轻轻地击了一下。伸手去摸，摸了一手鸟屎。抬头看，一只大鸟正立在我上方的松枝上打盹。于是我问大鸟：

这是我和你的对话吗？

不。大鸟抬抬腿、挪挪屁股回答说：你打扰了我的睡眠。这是你和你自己的对话，我和松树本无话可说。

伊甸园外的栎树和诗人

美国的路易斯安那旷野上，一棵栎树屹立着，树枝上挂着苔藓。一名诗人走来，凝目而视，发现这棵树散发着神奇的光。诗人忍不住凝神细看那叶、那干、那姿态，不想自己灵魂某处的一扇大门却悄然敞开，从内里也散发出一种光，与树的光相映生辉。他诗情激奋，一些词语闪亮迸发：独自屹立……没有任何伴侣……它的叶子是欢乐的……粗鲁、刚毅、健壮。很快，闪光的词语分子排序般地组合成诗句："尽管啊，尽管这棵栎树在路易斯安那孤独屹立在一片辽阔中闪烁发光，/附近没有一个朋友一个情侣而一辈子不停地迸发出欢乐的树叶。"（惠特曼：《我在路易斯安那看见一棵栎树在生长》）

人的灵魂就这样与树的"灵魂"直接沟通、交融了。惠特曼用诗句把这沟通和交融"物化"成诗。所以，诗，有时可视为诗人有意打造的，与万物沟通的虹桥。

忽然由此联想到有关"知"的比较古老的事。人的感悟，本源于知。而按《圣经》的说法，知却是有罪的。

亚当夏娃由于"禁果案"有了知，被上帝逐出伊甸园。此后的人类就只好在伊甸园篱笆墙外的荒野苦苦谋生。其实，思想一下，我觉得人之所以有知，责任在于上帝。因为，上帝是按自己的样子创造的人。上帝是有知的，上帝有意无意地将产生知的可能，塑进亚当和夏娃的体内。所谓蛇和果子，不过是开启他们知的两个外部诱因而已。或者讲，果子固然是亚当和夏娃违禁吃下的；而知善恶的灵魂的基因，却是上帝"遗传"的。上帝为人设置了眼睛，并没有不许人去看，设置了"知"，为什么不让人知呢？

信仰《圣经》的人们无不为"禁果案"和之后人类自相屠戮、生活艰辛而痛心疾首，认为都是知造成的。但铁一样的事实却摆在眼前：有了知的人不可能再无知。如此，人只好一分为二地对待自己的知。知，固然可以产生争斗悲苦，但知，并不只造就争斗悲苦。作为上帝的子民，人身上除了继承了上帝的知外，也继承了别的。上帝应该真善美的，上帝的真善美，不可能不是人的一部分。所以，人也在用自己的知，去创造真善美。所以，败是知，成也应该是知。比如，作为伊甸园的流民，在内心深处，必然潜藏怀乡的情结，这情结期待着回归故乡，故乡难回，就要按照心目中的样子去描绘，去追求，去建设一个与故乡类似的家园。

那棵栎树，那棵不知何以生何以长的栎树，那棵上帝造就的栎树，靠一种神秘的力量汲取着大地和阳光的精华，以神秘的生命精神独自生长于辽阔的大地上。它与大地、与天空、与星辰、与寒暑，时时作着深层次的交流，在这交流中独自完善着与世界的和谐。它以它的嫩叶舔舐着春风，让春风在它的妖娆中显得更加得意；它以它的枝干撑起属于自身的空间，枝干的一曲一折加重了原野粗犷的诗意；它以粗糙的树皮接受着风寒和昆虫的雕刻，以此不断地丰富自己可以容纳一切艰辛的表情。除了大地、空气和天空给予它的一切，它不再觊觎什么，因为大地、空气和天空所给予的，足以使它健壮地存活了。它不太介意风云流变，那些只不过是过眼云烟；它也不去考虑生老病死，因为那是它不可改变的命运。它现在活着，它便保持着自己、完美着自己，仅此而已。它敞开着自己的生命，也敞开着自己的灵魂。——终于有一天，这位叫惠特曼的诗人以自己的知，感悟了这棵栎树的伟大的精神，一种可以供人瞻仰和学习的人格精神。

如果以《圣经》的逻辑来分析，这棵栎树，以及除了人类的世间万物，虽然不生在伊甸园内，但不会触犯上帝的律条，所以不可能被逐，所以应该像在伊甸园内的其他物种一样，呈现的是原汁原味的上帝的精神、伊甸园的风范。所以，我们可以假设，面对这棵树，惠特曼抒发的，是对伊甸园怀念的情结。因为面对这棵树，他自惭形秽了："而我明知我做不到。"这说明，他意识到他自己是伊甸园的游子，意识到人与伊甸园之间那道难以逾越的篱笆墙，自己渴望而不能得，向往而难以企及。

伊甸园外的人们，相对于伊甸园，相对于同是上帝造物的山水、草木、鸟兽，到底丢失了什么，偏离了什么？这的确是应该用知来反思的。

尽管我喜爱《圣经》，但我却是无神论者。在这里，我愿意把伊甸园当成人类理想家园的象征，一个代名词，用以叙述人们灵魂的一种最高的追求。拨开历史层层血腥重重尘雾就可以看到，人们对伊甸园的向往，从来没有止息过。有了知的人一旦发现自己也像上帝一样有知，也就常常想一些做一些上帝的事情了。或者说，如果一个人认为自己就是上帝，那么他是一定要着手建设自己的伊甸园的。所以，我们看到，有的人以上帝的名义，有的人以自然的名义，有的人以未来的名义，非常执着地去构建、描述他的完美的精神世界。人们与星辰对话，与江海谈心，与山川促膝，与草木牵手，敞开胸怀拥抱博大的空间，放开思绪追索无限的时间，都是知所带来的可歌可泣的事情。

尽管有在栎树面前的惭愧，但惠特曼绝不是仅停留在对自身不足反省层面的诗人。他更多的努力也是在建造伊甸园——他把自己视为了上帝。我们看看他的其他诗文，他说，世界就是我；他还说：对于一个人来说，没有什么东西——包括上帝在内——比人自己更重大。

惠特曼，伟而且大。不知是惠特曼揭示了精神的伟大，还是伟大的精神成全了惠特曼的伟大。

文之为德

"小我"与"大我"

　　创作的胸怀，即创作者的气度、襟抱和情志。创作的胸怀决定着作品的底蕴、分量、影响力和生命力。胸怀是天空，作品就可容纳星辰日月，集结风云雷电，呈现朝晖夕阴；胸怀是大海，作品就可掀起惊涛骇浪，浮冰山、游大鱼、行大船，生长美丽的珊瑚礁；胸怀是贫瘠的山野，作品就是瘦弱的小草可怜的小虫；胸怀是水沟池塘，作品充其量是小鱼小虾。清人叶燮讲："志高则言洁，志大则辞宏，志远则旨永。"道出了志，即一个人的胸怀与文章的关系。

　　胸怀可分"小我"和"大我"。"小我"即唯我，为一己私利而谋划的我。"小我"者目光短，视野窄，情调卑琐，志趣低下。只看到眼前的事与物，只关心个人的得与失，眼界封闭于生活的小圈子，感觉局限于一己的痛痒，观念东拼西凑、随波逐流、人云亦云，追于名而逐于利。灵魂好似杂货铺，里边摆放的都是小思小想、小道小理、小情小绪、小感小觉、小恩小怨、小喜小怒、小哀小乐，其中更有东施效颦、装腔作势、矫揉造作、无病呻吟等假冒伪劣货色。

　　"大我"即普遍之"我"，是可与人类、万物、时空融通的情志。司马相如讲作赋："赋家之心，包括宇宙，总览人物。"刘勰在《文心雕龙》开篇即讲:"文之为德也大矣,与天地并生者何哉!"美国诗人惠特曼认为:个人——我,包含着过去、现在和将要成就的事物——世界就是我。达·芬奇则说:"艺术家啊,愿你的繁复性,同自然现象一样地无限!上帝开始的工作,你当接续下去。"在这等人眼里,作者掌握着无与伦比的权利,具备覆披一切的关怀,作者就是上帝,至少是与上帝等同的人。此即为"大我"。

如果把创作过程比作燃料的燃烧,那么,"小我"作品就是没有燃出火来的黑烟,有害无益,"大我"的作品则是熊熊的火,光明、温暖而美丽。为文不可无"大我"。沟渠中的水不与江河沟通,不过一股浊流,养得起蚊蝇,起不了风浪。一个作者,可以多愁善感,可以特别敏感甚至神经质,可以跟外界格格不入、固执怪癖、唯我独尊,但却不能是一个俗不可耐、鼠目寸光、思路闭塞的人。理想的文学表达应是"大我"。凡是优秀的作家,必是将自己的思想与崇高思想沟通、让个人的关怀向人类的命运贴近、使自己的境界向大境界不断升华的"大我"者。

从"小我"进入"大我",实际上是一个自我觉悟、自我裂变,最终自我解放的过程。这个过程类似于蝉蜕。青年鲁迅从疗救人的肉体向疗救人的精神的志向转变,正是从"小我"进入"大我"的很好例证。

"大我"的内涵

"大我"是一种境界,内涵混沌多元,应有以下几个内容。

一是大的气概。许多作品读起来之所以有吞云吐雾、雷霆万钧之势,均为作者的大气概所致。有大的气概才能成就作品的大气势、大气象。创造出盘古开天地、夸父逐日、精卫填海、愚公移山这些神话的作者,能不是胸纳天地,神思宇宙之人?李白说自己"长不满七尺,而心雄万夫",有了"心雄万夫"这样的气概,写出"黄河之水天上来,奔流到海不复回"这样的文字也就在情理之中了。刘邦这个人的民间形象并不高大,但能咏出"大风起兮云飞扬,威加海内兮归故乡,安得猛士兮守四方"这样的诗句,完全因为他的帝王之气。托尔斯泰曾说:"我自己就是大自然。"高尔基在评价托尔斯泰时说:"托尔斯泰倘是一条鱼,他一定是在大洋里面游泳,绝不会游进内海。"毛泽东诗词气势之大,前无古人后也难有来者,开口就是寰球、玉宇、江山、千年、大地,等等。典型的是"数风流人物,还看今朝"、"问苍茫大地,谁主沉浮"。即如回首长征这样惨烈的军事行动,居然视万水千山"只等闲",而且"更喜岷山千里雪,三军过后尽开颜"。其气势远远超越了一般的苦难悲壮情怀,大的气概涌出了大乐观大浪漫的诗句。清人沈德潜说:"有第一等襟抱,第一等学识,斯有第一等真诗。"果然。大气概可以展示更为广阔的精神世界和更高的志趣,神性昭昭,自然令读者心为所动。

二是大的使命感。使命感是指一个人应当为社会和他人所承担的部分责任。伟人和一般人有诸多不同,但其中重要的区别一定是他的使命感高于常人,他以他的生命去承担某种使命,甚至完成使命就是他生命的全部内容。哲学家苏格拉底在被起诉时说:"神命令我履行一个哲学家探讨自己和探讨别人的使命。"显然没有什么神,是他自己主动的担当。被马克思称为"哲学历书上最高贵的圣者和殉教者"的普罗米修斯,是为了人类的幸福牺牲自我的最早的也是最感人的形象,在古希腊诸神中最受人敬仰。对一些优秀的人来说,人类的前途和命运远远大于他们一己的生存。我们可以想见,如果人类社会没有这些伟人的自觉,怎么能够发展?谁让孔子、苏格拉底四处游说,宣传自己的学说?他能得到什么好处?谁让释迦牟尼、耶稣创立了佛教、基督教?难道不是出自他们拯救人类之心?耶稣传道时口气很大,对大家说:"我就是路,不经过我,谁也无法到达上帝。"完全把自己当成了上帝的代言人。宋朝张载所说的"为天地立心,为生民立命,为往圣续绝学,为万世开太平"一直到现在,为许多严肃的学者称道、引用。有使命就有担当,有担当就有作为。为更多的人担当了,也就成就了自己的大。承担了,也就高尚了。卡莱尔说,高尚意味着为他人而勇敢受难,而不是让他人为自己而受难。

三是大的关怀。这个"大的关怀"应是与最底层、最不幸的人进行深刻的沟通，并付诸关爱。杜甫是最好的表率。以《茅屋为秋风所破歌》为例，破被、漏屋，基本的温饱都不能保证，作为一个"一览众山小"的大诗人，也曾当过官的，牢骚、绝望甚至谩骂，都应在情理之中。而伟大的诗人毕竟是伟大的诗人，伟大的心胸在困苦中显得越发伟大："安得广厦千万间，大庇天下寒士俱欢颜，风雨不动安如山。"绝境中想着竟是大庇天下寒士！不仅如此，他还说："何时眼前突兀现此屋，吾庐独破受冻死亦足。"意即我死你活，我苦你乐，无怨无悔！白居易也如此。《观刈麦》写足了农夫"足蒸暑土气，背灼炎天光"的艰苦，反躬自问："今我何功德，曾不事农桑，吏禄三百石，岁晏有余粮。念此私自愧，尽日不能忘。"他的《卖炭翁》，直接替社会最底层的卖炭翁说话，"一车炭重千余斤，宫使驱将惜不得。半匹红纱一丈绫，系向牛头充炭直。"在《琵琶行》中，将自己与歌妓等同，吟出了"同是天涯沦落人，相逢何必曾相识"的诗句。作为一名官员，这是何等情怀？托尔斯泰的《复活》、雨果的《巴黎圣母院》，关注关爱的都是最底层人物，批判的是上流人物。在一些伟大作家的眼中，越是社会地位最为微贱的人，越是关怀的对象。这种关怀不是肤浅轻薄的同情，而是心心相印，是设身处地研究他们的处境，寻找他们的视点，表达出人道主义的伟大主题。关怀的伟大，越过了阶级、阶层的局限，越过了俗世的鸿沟，如太阳般光照一切。谁最关注最底层，谁离人道就最近。

四是大的思维。这里说的"大的思维"，主要是对时空和生死的思考和探究。精神无局限，这是人天赋的最大财富。人最大的悲哀是灵魂的自闭或萎缩。只认眼前利益，将灵魂局限于饮食男女、功名利禄的圈子，再可悲不过。人生的意义，往往存在形而上之中，在看得见摸得着的现实中难以寻到。爱默生说过："人类本性的特权和尊严是什么呢？难道不就是通过自身的力量把自己同永恒事物联结在一起的那种坚忍不拔精神吗？""小我"之外有更大的存在，那更大的存在对人有着更为本质的影响。茨威格在荷尔德林的传记里说荷尔德林：回归和向上是他灵魂唯一的方向，他的意愿从不曾指向生活，而总是超越生活之外。单维度地审思现实生活反映现实生活，局限于个人的耳濡目染，个体的爱恨情仇，只会使精神枯萎。生活于存在了46亿年，在宇宙中只是一粒灰尘的地球上，我们如何与时间、空间对话？生存于生死之间，我们又如何与生死说话？意义与虚无、可证与无证、神与存在、时间与空间、生与死，等等，尽可成为我们作品的基础和架构，这种基础和架构会使我们无限贴近本真和美。《红楼梦》一开头，就与女娲补天联系上了，空间上天上地下，时间上几世几劫，人世神界，仙道俗人，一一涉足，没有大胸怀的人，也就只写个儿女情长的故事罢了。川端康成总是用濒死人的目光看这个社会，看人生，所以他的作品总是那样宁静、幽深。那个总喜欢到墓园漫步的博尔赫斯认为"我们应该把宇宙看作我们的遗产"，在他的小说《神的文字》中说："见过宇宙，见过宇宙鲜明意图的人，不会考虑到一个人和他微不足道的幸福和灾难，尽管那个人就是他自己。"尼采曾说："我们是精神太空中的船夫。"如果不做这样的船夫，那就是浪费灵魂。

文学是一棵野树

——小说集《无目的旅行》自序

我和我同龄的人们是在一个后来被"全盘否定"的运动里长大的。我们学的最初几个字是"毛主席万岁",喊的第一声口号是"打倒……",唱的第一首歌是《东方红》,写的第一篇文章是批判稿。在我还是个小孩子的时候,大字报、武斗、抄家、自杀、批判会、游行、示威、游街、最高指示、样板戏和高音喇叭射出的摄人魂魄的声音,充满着整个世界。那些东西几乎是我们这一茬子人在最需要良好的教育的时候所得到的全部的教育,我们童年、少年时代的全部的真诚、信念、理想、热诚几乎完全为此左右。我们认为那些东西就是人类的世界,就是人类的文明。"愿红旗五洲四海齐招展","誓把反动派一扫光"。社会整天对我们哇啦哇啦叫,让我们感到幸福美好,让我们誓死捍卫,让我们狠狠批斗,让我们发自内心地感恩、祝福、歌颂、仇恨、谩骂。而那场运动被"全盘否定"了。"否定"后,许多人毁掉的声誉得到了昭雪,夺去的地位得到了恢复,少给的金钱得到了补偿,而许许多多的年华、生命,许许多多打在心灵上的烙印、疤痕,却是绝对不能偿还复原并且昭雪了。谁也不能审判时代,谁也不能重写命运。我们在运动的强制和欺骗中毫没有选择余地地走过了人生的第一阶段。

一个人出生于何时何地,是无法自己选择的。所谓的"命",就是指先天决定了的、不可更变的定数。就如同一棵树，最早自己也不知自己为什么生于这块土地而不是那块土地，这个时代而不是那个时代。生命固然是自己的，但这生命所仰仗的土地、环境，却是先天决定的。这种决定肯定地影响了树的健康、造型、发展等等有关于他自己的一切。

侥幸的是，我们在还不算太晚的时候摆脱了那残酷的监禁（是监禁，不是监禁又是什么?），我也在还不太晚的时候懂得了去寻找价值，懂得了设计自己，并且还存有一些"崇高"的目标，去追求，去探索。

说来也可笑，当初爱文学时，以为学了文学大师的作品，自己也可以成为大师的，也可以留下不朽之作，至少可以成为什么"无冕之王"的。这就同现在的气功爱好者听说某某"大师"可以发功包治百病，呼风唤雨，变水为酒，刀枪不入，便设想自己比画个三五天也可以成为大师一样。于是便学，便写，去干临时工，干待业，当木工，为的是野蛮体魄，丰富精神，把安适的工作，上高等院校，当然还有权贵金钱一概看轻不少，以为唯此为尊，唯此为大。若干年后才明白，事情远不那么简单。且不论"不朽"、"无冕之王"是否存在，就连写出令自己骄傲点的东西，也是难上加难的事了。更何况自己那点写批判稿的"功底"，那些极"左"路线培养起的渗入骨髓的思维定式，都与出身于"书香门第"、"幼时受过良好的教育"的大家们绝不能相提并论的。视觉也早已给搞乱了：国内的，伤痕文学，知青文学，寻根文学，反思文学，写实主义，先锋文学，你方唱罢我登场；国外的，由"现代派"概念，继而知道了世界上大作家除了莎士比亚、高尔基外还有海明威、卡夫卡、萨特、加缪、普鲁斯特、米兰·昆德拉、乔伊斯等等，同时也知道了哲学上除了马克思主义之外还有无理性主义、存在主义、分析哲学、结构主义、解构主义、后现代主义等等，文学上除了现实主义浪漫主义之外还有意识流、表现主义、超现实主义、黑色幽默、魔幻现实主义等等。社会也乱了，文学热、流行歌曲热、气功热、经商热，大热中套着各路小热，小热一夜之间衍成大热，热热闹闹，从未止息过。社会和人类的思想好像突然在一夜之间无止境地多元了,"真理"不再只是一个山峰而呈群峰对峙之势。我发现自己突然被卷入了各种不同的世界观、新概念、新名词、新现象混杂冲突的旋风里了。

如果文学只是重复或模仿别人早已发现的东西,那么文学还有什么意义?如果自己糊里糊涂,那么能让别人明白什么?如果写作仅仅是为了挣得个作家头衔,去赶"热",以文学的大旗作虎皮掩盖自己的空虚与无用,恐吓蒙骗别人;如果我们把一些无辜的白纸变成废纸,无休无止地"高产"一些精神的垃圾,而自己却自得其乐,不是无聊又是什么?

逃出斑驳陆离的"主义"的旋风,退出热热闹闹的圈子,剩下的还是孤零零的自己。在这污染嘈杂得厉害的世界中,感到只有在独处一室在读、在写的时候,还算有一个自己的世界:一个干干净净,要多纯就有多纯,要多自由就有多自由,要多脱俗就有多脱俗的世界;在这里可以与自己的灵魂,与天,与地,与历史与未来,与自己喜爱的大师们默默对话或捕捉自己内心深处的言语;可以默默地舔舐自己心口的重创;可以拒绝一切粗暴的、愚蠢的命令、指使、干预;可以憎我所憎爱我所爱,对所憎的踹上两脚或吐口口水,对所爱的歌之咏之;可以随意变幻角度看看自己,看看世界,捕捉点有趣的东西。如此便足矣。我已经不能再失去了。

说到头,世界是存在与虚无的悖论,人生是意义与荒谬的悖论。看破与沉沦都是对自己的戕害。生命是短暂的,总该做点什么才好。掩卷沉思,那些伟大的思想令人茅塞大开;直面眼前正在喧哗与骚动着的世界,剖析自己的心灵,爱与恨,悲与喜非语言不能宣泄。是什么力量使得荷马、曹雪芹、蒲松龄、卡夫卡、鲁迅们孜孜不倦地一笔一画地写下气贯长虹的文字?是谁指使他们充当了精神圣徒的角色?如果造物没有赋予人内心深处以一种顽强的内趋力,如果这些人不以舍我其谁的气概牺牲了其他的一切来营造自己的精神庄园,我想文学是不会出现,不会流传,也不会在人类生活和历史中占据一席之地的。

于是我又想到了树,野树。它独自生于旷野之中,自从拥有了自己的生命那刻起，它就开始了自己的奋斗历程。它不在乎自己的存在或死亡，也不为脚下土地的肥瘠而喜而悲。但只要它活着，它就夺取它所需要的养料，不失任何时机夺取它的生存，为此，它可以撑裂岩石，可以把根扎入九泉之下。当它生存时，它遭砍伐，遭虫噬，遭风击雨劈日烧霜冻，但只要不死，它就生长，就壮大。它拥有自己完美的设想，它认认真真地长好每一片叶，开好每一朵花，结好每一颗果。它从不理会它是否可以为人师表，是否可以走红，是否迎合或符合什么，它也不去归属或模仿什么，它唯一的使命就是生长，顽强地生长，把造物赋予它的使命尽善尽美地体现出来，而最后，只是一个抗争奋斗的完完美美而又伤痕累累的生命的形象。它从不按既定的美的图纸去设计委屈自己，（凭自己的力量它也无法做到）但一切美的规则都必须承认它的大善大美。假设树有灵魂的话，我以为那种灵魂应是最伟大最崇高的灵魂，我从这种灵魂中看到了人的和文学的精神。

在文学的世界里，有多少人为人类的命运真诚地痛苦过、忏悔过、祈祷过、渴望过；有多少人把个人的痛苦经历提炼为崇高的精神，焚化自己为世界增添光亮；有多少人仿佛与"天道"沟通，写下过类似于上帝的声音的语言；有多少人不畏权势，不畏强暴，不媚流俗，为人类的幸福开辟一个又一个禁区；有多少人上食埃土下饮黄泉，以探幽烛微的文字解剖着人的心灵结构——因为他们的存在，人的灵魂才显示出了人所特有的瑰丽、博大、深邃、朝气蓬勃。也因为他们的存在，我们才发现上帝没有死去，上帝也并不遥远，上帝就在我们的身上，就在我们每个人普普通通的血肉之躯里，就在"人"字的里面。

我知道，长期处于集权专制统治下的人们，是难以有自己的丰富的精神生活的，自然更难以产生属于自己的真正的信仰、理想。极权专制结束后，往往显得比极权专制时期更加茫然，无所适从，更容易对现实产生荒谬感、失落感。何况两手空空，没有安身立命的"本钱"，在这个复杂多变的世界中很容易显得无根无本，无足轻重。世界显得正在堕落，世纪末的阴风悄然刮起。我们一方面自然可以把这归之为时代的产物，可是从这背后，难道看不出人格力量与生命精神的孱弱与萎靡？公元二五０年，卡尔塔果主教西普利安努斯就曾哀叹过，"有谁看不见世界正在衰落，它那往昔的力量和生机已荡然无存？"然而一千多年过来，力量与生机不仅没有荡然无存，反而依旧是社会的主流。然而一千多年过来，他的哀叹却在诸多的现代派中又成为最强音。人类仿佛在不断堕落的同时又同堕落进行了最坚韧最有力的抗争。也许人类的历史就是这抗争的历史。人类发展的成果也正是这抗争的结果。完全可以断言，人类在放弃这抗争之日，也就是世界末日到来之时。我们需要的是浮士德，而不是痞子渣子，尽管他们也有他们存在的"合理"性，有他们大批的读者和叫好者。

　　静心细想，觉得凡著书立说者，总逃不过这样一份试卷，这份试卷上只有几个最古老却又最年青，最基本却又最深奥，最现实却又最抽象的问题，即：人是何物？肉体怎样与精神相结合？面对亘古不变的也许是唯一永恒的死亡，我们要做些什么？我想，文学之树的根，也大抵扎于此。

　　我能回避这张试卷吗？不能，因为无根不能成树，谁也不能够提着自己的头发离开脚下的土地。我只好以我的拙笔，和我的一切，试着解答了。

灵与肉

一

在《佛说七女经》中，释迦牟尼详论了肉身的不是：人身体流出的汗水、眼泪、唾液等，无论是冷的，还是热的，都是不干净的，其污秽程度，无以类比；身体伤病死时，自身还要生出虫来，吃自己身上的肉；死后骨节发生肢解，消为灰土……

据说天神引玉女献给他，试佛意、观佛道。释迦牟尼说：美女不过是以皮囊包裹的秽污之物，欺迷世俗之人可以，我不接受。

临终之际，释迦牟尼这样教育自己的弟子：

"汝等比丘！已能住戒，当制五根，勿令放逸，入于五欲。……此五根者，心为其主……心之可畏，甚于毒蛇、恶兽、怨贼、大火，越逸、未足喻也。"（《遗教经》）

五根，指眼、耳、鼻、舌、身五种肉体器官。这五种器官能产生五种欲望：色、声、香、味、触。佛告诉我们，五根带来的五欲，比毒蛇猛兽的危害更大。

相反，智慧，大的智慧，般若波罗蜜，是释迦牟尼要求大家修炼的。

二

苏格拉底将被处死时,平静而坦然。为什么会这样?他说:

"一辈子真正追求哲学的人,临死自然是轻松愉快的,而且深信死后会在另一个世界上得到最大的幸福。"

苏格拉底认为,死,就是灵魂和肉体的分离。灵魂和肉体,他崇尚前者厌恶后者。他说:"哲学家不愿把自己贡献给肉体,而尽可能躲开肉体,只关心自己的灵魂。""带着肉体去探索任何事物,灵魂显然是要上当的。""肉体扰乱了灵魂,阻碍灵魂去寻求真实的智慧。""不纯洁的不能求得纯洁。"所以,"要探求任何事物的真相,我们就得甩掉肉体,全靠心灵用心眼儿去观看。"(见柏拉图《斐多》)推而论之,就得出这样的结论:真正的智慧,在人带着肉身时是难以得到的。所以苏格拉底能够愉悦地接受死亡。

三

人有肉身,如树有树身,石有石身,水有水身。不同的是,树、石、水,无欲无求,并且无论怎样摧残,都无痛痒、无反应,在便在,不在便不在。人就不同。人有欲望,感知。对美而好的追逐,对丑而恶的躲避;伤筋动骨就痛苦,身体长病就难受;或追逐或躲避,费去不少心思和时间,发生不少争斗。若没有这些,全身心用在智慧上,智慧必定大进。对于苏和释来讲,人活着的时候,就应该修炼得像树、像石、像水,不动心不动色。除了智慧,都不该去费神,肉身虽生犹死才好。"真正的哲学家一直在练习死。"苏格拉底如是说。

释和苏都坚信肉身死亡,灵魂却在,就是说肉与灵是可以分离的。但这样就出现了一个大问题:对于不信灵与肉可以分离的人来说,其理论的基石也就不存在了。假设,人类都皈依了他们,世界只有智慧而没有其他，人类也就没有存在的必要了。当然这种假设是无稽之设，绝大部分人不会跟着释和苏走的。只是，像有人把肉欲追求到极致一样，他们把智慧追求到了极致。

我既不相信对肉身的绝对的攻击能给人类带来多少的福祉，也厌恶肉气迷漫的当今。眼见着"五根"滋生着"五欲"，五欲将社会变成贪林欲海，人肉的气息弥天漫地，迷乱中，先哲的风范和行为，连同他们的智慧，就如透过污染的空气看天上的星，越发模糊并遥遥不可及了。

三

我不相信灵与肉可以分离，犹如不信刀没了，锋还在；蜡尽了，火还在一样。所以，对释迦牟尼那样贬损肉体，对苏格拉底那样把灵与肉截然分开，我不赞同。

若强把肉体和精神分开，我们就会看到，肉体原来是经常受精神奴役的。比如：天将降大任于斯人也，必先苦其心志、劳其筋骨、饿其体肤、空乏其身，比方头悬梁、锥刺股，比方读万卷书、行万里路，比方为了主义为了理想而不惜牺牲生命，等等，都是精神对肉体的强权，肉体全然服从于意志，才成全了精神。

意识形态领域的斗争，本来不过是认识异同的问题，但斗来争去，总是落实到肉体上：战争、刑罚、斗殴，无不是靠对肉体的消灭或惩罚来完成对精神的征服。因为谁都知道，精神是难以消灭的、难以说服、难以改变的，但肉体是脆弱的。要摧毁精神，通过肉体是捷径。连苏格拉底本人，也是被处了死刑，以消灭其肉体来阻止其宣扬其精神。而这个老头却认为是成全了他。真糊涂！

也有这样的时候，比方说长病生疮，灵魂就得服从肉身了，肉身不安定了，精神啥也做不成。但那毕竟是少数人短时间的事。统领整个人生的，到底还是精神。

还是中国智慧高出一筹。汉语的心字，寓意十分高妙。狭义的心,是心脏,是肉,但我们的先贤偏偏要用心一词来表达意志、观念、思维等等精神类别,也表达来自肉身的一切欲望和需求。这本身就说明,肉和灵是一体的,不可分的。心只有一个,统领人的一切。有一男人特别贪淫,决心改正,要割掉自己的外阴。释迦牟尼知道了,对他说:断了外阴不如断心。心是全身的功曹(首领),功曹如果想止住,随从也就都停下来了。邪心不止,断阴何益?(见《四十二章经》)可见,释迦牟尼也认为,不应把肉与精神分开,心可以解决一切。

整个的人只有一个心来指挥,无论是灵还是肉都听从这个指挥的调遣。肉体无好坏,灵魂有善恶。善的灵魂指挥着整个人为善,恶的灵魂指挥着整个人为恶。将灵与肉分开,把过归于肉,把功归于精神,或把过归于精神,功归于肉,都无益。

人性与物性

人崇拜何物？

　　大体看来，人的崇拜物，多是集大善大恶于一身的物或人。总是对人好对人善的，人并不感恩，更谈不上敬畏。比如牛、马、羊、猪、狗，忠贞不贰地为人服务，却只是人的工具、食物、牺牲、奴仆；总是对人恶的，也得不到人的敬畏，如蚊蝇鼠类，一直处于被仇恨和追杀的地位。人之崇拜物，多具备两面：一面它（他）能给人生存和福祉，另一面能祸害人。即：它（他）要集大善与大恶于一身。

　　按《狼图腾》一书的说法，狼于草原游牧民来讲，就是这样一种东西。狼是人的天敌，与人在草原上共同争抢食物，相互杀戮。但狼又是人天然的依靠。因为仅凭人力，无法控制草原上众多的食草动物。繁衍起来如洪水的食草动物如果没有狼的屠杀，势必毁掉草原，游牧人也就无以为生了。加之狼组织性纪律性战斗性极强，又狡猾残暴，教给游牧民族许多战略战术，这些战略战术被人学来用到人间的厮杀，所以有的民族以狼为图腾，就不奇怪了。

　　黄河也是如此。世世代代，黄河不知给人类造成了多少灾难，毁掉了人类多少家园，吞噬了多少生命。但黄河两岸的人们都知道，没有黄河，他们将无以为生。集暴虐和养育于一身，黄河被封为母亲河，也就不奇怪了。

神也如此。古希腊的宙斯，圣经中的上帝，中国的玉皇大帝，想给人福祉就给人福祉，想给人灾难就给人灾难。他们都占据着神主的地位。

中国的龙也是如此。这个既会呼风雨又会发洪水的大虫，千百年来顽固地盘踞在中国人精神世界中至尊的殿堂。

人更是这样。略一想就可举出一批帝王将相或同级别的人物。古今中外，那些被顶礼膜拜山呼万岁甚至墓木已拱还被人大讴特歌的人，多为此类。

马性与人性

上文写了：人之崇拜物，多具备两面：一面它（他）能给人以生存和福祉，另一面能祸害人。即：它（他）需要集大善与大恶于一身。

为什么人要崇拜这样的物或人？

我们从马身上分析一下。

马本是野马，无拘无束的。后来被人捉住，圈起来。可以想见，开始时，马并不买人的账，一定想挣脱，想自由。但马总要吃、要喝。人就取来草料喂马。这样实际上就等于教育马，你要是不想饿死，就只能接受我的赏赐。这是第一步。而人并不是因为慈善而喂马的，人喂它，是为了骑它，用它，让它当自己的奴隶。早先的马没有当过奴隶，自然不会心甘情愿地当奴隶。于是人就驯它。用鞭子，用棍棒抽打它，用粗暴的嗓音喝令它。渐渐地，马知道了，要想得到食物，要想不受皮肉之苦，就必须按照人的指令行事，让人骑，让人用。自由的天性慢慢地消失了，对人唯命是从了。尽管马的个头比人大，力量比人大，跑得比人快，终耐不住草料的恩和棍棒的威的双重夹击，变成了人的工具，而且一代一代就那么延续下来。

人也如此。人生下来，得了父母的养育，就得接受父母的教育。童年时，打屁股、撵出家门，都是非常可怕的惩罚。成人后，接受了谁的物质和荣誉的赐予，就得接受谁的指令。否则，轻则无饭吃、遭冷落，重则进牢狱、被杀死。人便自然不自然地顺从了。对驯化自己的主子，不仅无怨无悔，而且感恩戴德。

原来，人性中藏着马性。人崇拜集善恶于一身的东西或人，就像马崇拜人一样。

只不过，马毕竟是低等动物，当人的奴隶也当得赤裸裸的，没有那么多的文化和艺术对自己的奴性进行美化包装，不会转过头来去驯化自己的同类或弱于自己的兽类，也不会为了获取更多的好处而竞赛般地提高着自己的奴隶技能。

关于藤性

上文写到人性与马性有可类比之处。人与其他动物，何尝不可类比？在以动物为喻的形容词中，我们可轻易地发现人面后的"兽心"，如：虎视鹰瞵、狼心狗肺、鼠肚鸡肠、蚁附蝇趋，等等。为此，人之虎性、鹰性、狼性、狗性、鼠性、鸡性、蚁性、蝇性……总是不绝的话题。

人与植物，同样可以类比。人之梅性、兰性、竹性、菊性、松柏性，草卉性……类似的文章，古今文人比滥了。

这里专议一下藤性。

藤这个东西，性软易弯，爱攀附爬高。藤，能够长长，长大，但不能长高。一旦遇到高物，不管是墙，还是山岩，还是树，爪子就伸过去了，身子就靠上去了，经常爬得比周围的植物还要高，蔓延成片。如果没有他物，它只是满地乱爬，连狗尾巴花的高度也达不到。藤蔓强劲的攀附能力，使你看不到乔木，看不到高墙，看不到岩石，看到的，只是这些藤。我曾在不少地方见到，藤蔓植物一圈一圈地缠在乔木上，一直缠到乔木的顶梢，更有甚者：把乔木缠死。

藤性的人在人类社会，要比藤蔓在植物界占的比例大得多，危害也大得多。

断想小辑

1. 情感的特质

情感来自于现实。我的亲友去世，像刀刺我心一样疼痛。但每天都有无数的人死去，自有人类以来，死者比活者不知要多多少倍。对此我最多发出一点廉价的感叹，更多的是无动于衷。并不是因为他们与我无关，而是他们与我的生活关连太少或无关连。我敬畏文学，但我不会因想起鲁迅先生的死而痛苦；我敬畏科学，也不会因想起爱因斯坦先生的死而流泪；我敬畏哲学，但也不会因为海德格尔先生的死而扼腕——因为他们不是我的现实。这是情感的特质之一。

情感是与理性对立的。理性不太承认情感，情感也不太承认理性。年龄越小情感越丰富，因为年龄越小理性越少，没有理性的婴儿想哭就哭想笑就笑。理性超强的成人就少见有情感发作。年长的人经历沧桑，见得太多了，情感也就不易发作了。这是情感的特质之二。

情感与道德有着直接的联系。道德的丰瘠与情感的深浅成正比。无道德的人鲜见能够获得别人的感情，有道德的人却常常使人垂泪，缺德的人常常令人愤慨。中国传统的忠、孝、礼、义，含有丰富的道德内容，所以内含了许多情感故事。我们经常把别人对自己的好，上升到道德的层面。这是情感的特质之三。

情感是动态的。亲人友人去世，当时难以接受，不久就会从悲痛中解脱。自幼至老，每个年龄段，都有每个年龄段的至交，新桃总要换旧符。不变的是时间，变动的是情感。自古有不少海枯石烂的爱情宣言，但却难见能够延续几十年的爱情。这是情感的特质之四。

情感因人而异。有的人爱鲜花，有的人爱美酒，有的人爱读书，有的人爱金钱。常见有人，其貌也丑，其行也鄙，其言也俗，但他（她）自有爱与被爱的圈子。这是他人不能理解的。一万个人就有一万种情感。这是情感的特质之五。

2. 他人即天堂

想象天堂。据说那是一片乐土，有享不尽的快乐。

那快乐是什么呢？

首先应该衣、食、住无忧，前提是在天堂还要吃、还要穿、还要住。想吃什么吃什么，想穿什么穿什么，想住哪住哪，像现在钱多得花不了的人士一样潇洒，好不快乐逍遥。

其次应该是想做什么做什么，前提是你有做的念头。不做什么，天天闲着，静坐、静躺、吃喝，既不耕地做工，也不经商读书；既不琴棋书画，也不唱歌跳舞，甚至不东游西逛，天堂就没有快乐可言了。

再次是应该有许多亲友，前提是亲友与你一并进入天堂，或天堂已为你安排了足够多的亲友。无父母，无妻子，无朋友，完全孤单单一个人，哪怕锦衣玉食华屋，哪怕创造出惊神的业绩，想必也快乐不起来。

真正的天堂，世间没有人去过，也没有人从天堂回来介绍那里的情景。所以我们关于天堂的场景只是常人的想象。既是想象，我觉得这三者缺一不可。而这三者不去天堂也可以得到。

衣食住，温饱就好，有屋住就好；有条件，就高档一些，没条件，保证健康就行。

做事，谋生的劳作之外，做做自己想做的事，钓鱼，打球，听音乐，郊游，读书，总能找到让自己快乐的事。

至于亲友，完全看自己的选择。宽容大度，与人为善，就会得到亲友的善报。倘若有点才能或善举，还会得到别人的更多的赞赏。

所有幸福都是自己的感觉，生活在人群中，所有幸福都来自他人。你给他人幸福，你就是他人的天堂；他人给你快乐，他人即你的天堂。

反之亦然。

3. 上帝之有无

上帝在不在宇宙之内？

如果在，上帝本身就是宇宙的一部分，宇宙包含上帝，所以不会是上帝创造宇宙，而是宇宙创造了上帝，或是上帝和宇宙并在，对立或相依。

如果不在，就说明宇宙之外还有宇宙。上帝所在的那个宇宙，必不是上帝所创。那个宇宙是谁所创？

没有谁真正听到过上帝的声音。所谓上帝的声音，都是人的声音。人在替上帝言。

人为什么要创造上帝，并替上帝言？是为了树立语言霸权，还是为了获得一种震慑他人的面具，狐假虎威？

宇宙之内，还有比人更大的存在吗？如果有的话，能被人允许？

某个具体的人或某个群体，可能屈从过外力。但从整个人类讲，却从来没有屈服过任何外力。

人类不允许有比自己更大的外力。自然科学的历程，就是人在与比自己更大的外力做斗争的过程，人称这叫征服，征服河流，征服山川，征服自然。

个体的人也不允许有比自己更大的外力。屈从是暂时的，战胜外力的希望和努力是永久的。有时需要几十年，需要几代人，需要十几代人。

4. 有的问题在问题之外

鸡在蛋前，还是蛋在鸡先？

这貌似一个关于先后的形而上问题。

这个问题总是辩不出结果来的。这个问题的问题就出在形而上上。

形而上的思辨，是抽象的，纯粹的，是高于事物本身的，过去的哲学上称为道、理、绝对理性等。我们常在佛、道等宗教体系中，或在康德、黑格尔、海德格尔等的著作中与这些纯粹的思辨纠缠。我们自己，也常常冒出许多形而上的思辨。

而类似于"鸡生蛋还是蛋生鸡"类似的问题却提醒我们，纯思辨的东西，许多是无益的，是纯粹语言游戏。甲方讲鸡在蛋前，乙方讲蛋在鸡前。这种争论不仅没有结果，而且无益。

即是说，这不是一个问题，只是一个说法。既然是一个说法，那么也就有更多的说法。说法也仅仅是说法。

区别一个抽象的问题是不是问题，可以把抽象的问题具体化，拿到现实中来。具体到这一只鸡，这一只蛋，我们还会搞不清谁先谁后的关系吗？

比方说，我们问，男人，是父亲还是儿子？并一定要一个确切的答案，就可能引发一大堆不必要的争论。但放到张三这个男人身上，一切争论也就消失了。

类似的问题应该到问题之外去思考。鸡和蛋都可以在前，都可在后；鸡也生蛋，蛋也生鸡；张三是儿子，也是父亲——这就是真理了。

理论联系实际一下：

文革时代就是一个虚假问题满天飞的时代。两派都认为自己是革命的，都认为对方是反革命的。于是就争、就打、就斗、就杀。把社会搞成了人间地狱。如今看来，都可以说是革命的，都可以说是反革命的，他们都是伪命题的牺牲品。那么多慷慨陈词，那么多战斗檄文，都成了垃圾。

还有我们稍不设防就搞出的好人坏人问题。李四是好人，还是坏人？这应该是不是问题的问题。如果说李四建了造纸厂，带领全村人致富了，村里可以认为它是好人；但污染了水源，给下游造成了灾难，就是坏人了。赵五是个抢劫犯，从社会公德讲是坏人，但赵五对朋友却非常重义气，两肋插刀，从朋友角度讲又是好人。我们只好讲，人，既是好人又是坏人。看什么事，看从哪个角度讲。

思辨的时候，一定要警惕那些不是问题的问题掺入我们的思辨之中，白费气力，像谎花一样，不会结出果的。

5. 走出"我"看"我"

不要把"我"看得太大、太重。

"我"哪怕是一座山，远远看去，也不过是地平线上的一抹；"我"哪怕是一颗硕大的恒星，从地上看过去，也不过钉头大小。

最好的办法，是走出"我"看"我"。

一是远远地看"我"。让"我"远离"我"，这个距离越远，视线就越长、越宽、参照物也就越多。远去的"我"就会处在一个让自己安心、坦荡、清醒的位置。

二是像别人看"我"一样看"我"。多一个别人的视角，就多一双认识自己的眼睛。"我"怎样看别人，别人就怎样看"我"。这样，"我"将减轻"我"心痛或兴奋的程度，"我"会把自己看得更通透。

三是像陌生人看"我"一样看"我"。把"我"陌生化，就会得到一个陌生的"我"。人人都只是熙熙攘攘中的一员。人类关系的本质就是相互陌生的。"我"可以因陌生而无畏，而无所谓。"我"可以因陌生而将把一切看得平平淡淡，最终按自己的意愿活着，并为这种选择找到好的理由。

6. 我的事

一

"我的事"注定要成为"他（们）的事"的。脱离了"他（们）"，我是不存在的，也是没有意义的；所谓的事，也是和他（们）之间发生的事。所以我的事就是他（们）的事。我爱我恨、我喜我悲，既是我的事，也是他（们）的事。

而我与他（们）多么不一样。我所爱，也许是他（们）所恨；我所恨，也许是他（们）所爱；我的喜事，也许是他（们）的悲事，我的悲事，也许是他（们）的喜事。

我常常看重自己的爱与恨、喜与悲，我常常轻视他人的爱与恨，喜与悲。为此，常常活在一个封闭的自我牢狱里，在自己情感的巨波恶涛中沉浮。

我常常轻视他人的爱与恨，喜与悲，就如同他（们）轻视我的爱与恨，喜与悲一样。其实我只是芸芸众生中与他人无异的一员，活在人世之上，人群之中。

如何换一个视角，把我的爱恨悲喜，看成是他（们）的爱恨喜悲，把自己看成他，就会宠辱不惊，情绪风平浪静。

知我的人少，不知我的人多。我只是人海中的一粟，算不得什么。我即众生，众生即我。

二

我现在看过去的事，尤如未来看我现在的事。一切注定要过去。我的事注定要成为过去的事。

过去的人已了,过去的事亦了。无论大小,无论喜悲,均被抛在地球的轨道之外。

有的人,有的事,留下了一些传说、一些影像、一些痕迹;更多的人、更多的事,连传说、影像、痕迹都没有留下。

我也一样。也许留下点什么,也许什么也留不下。

个人的爱恨喜悲,多是虚无。

三

让我们这样想下去:由我想到人群,由人群想到人类,由人类想到地球,由地球想到星空,由星空想到宇宙——站在宇宙的台阶上,蓦然回首,就会知道自我,还有人世间的事件,有多大,多小。

个人的爱恨喜悲,定是虚无。

7. 我一思索,有人就会发笑

年轻的时候爱说,爱表达。经常,冒出一两个"真知灼见",很是得意。可不知什么时候翻书翻到哪一页:呵,呵,这真知灼见早就有人说过了。就像一个人在比赛时瞎跑,自以为得了第一,跑到终点一看,不少的早到者早已在那里休息呢。

一句犹太谚语说,人一思索,上帝就发笑。上帝笑不笑倒没什么,上帝的头脑,不过是人给的。上帝的思维总也超不出人的思维领域。但浮浅者的思考,高深者肯定要笑;前人已有的思想,后人还在"发现",时间也会笑。套用这句谚语,似乎可以说:我一思索,有人就会发笑。

书店和图书馆,是容易让人丧失斗志的地方。想到的,想不到的,懂的,不懂的,都摆在那里。大部分学科你不可能涉及,绝大部分书你不可能阅读的。把书比喻成海洋是形象的。自己的小思小想,如同沙粒,在这海洋的边上,实在微不足道。

自己给自己打气:写,一定要写。但能写出个什么来?写出的东西，在书店，在图书馆，能摆上什么样的位置？进一步想，在时间当中，在人类之中，能有什么价值，有什么影响？

只好这样说，我们的思想和文章，恰如春天的一棵小草，虽说多一棵少一棵并不影响春天，但没有这一棵一棵的生长，就没有春天的郁郁葱葱。

年少时，虽然思考比现在幼稚且浮浅，但敢思，敢想，敢发表，敢张扬。可谓无知者无畏，也可谓初生牛犊不怕虎。如今如果再这样，就连自己也瞧不上自己了。

就是以上这些言论，也不知多少前人说过多少遍了，一定会有人在笑。

据说，顾亭林写《日知录》时，每有新见，必书之于册；假使这一新见，后来发现有人已经说过，便一笔抹去。有一年，他抹来抹去，只留下了一条：真知灼见，本来是不容易的。

8. 不自杀只有一个理由

没有认真思考过自杀的人，如同没有充分燃烧的柴，活得不哲学，不透彻。

而自杀的人，也许活得哲学，却未必活得透彻。

自杀是人类独有的选择。这种选择其他动物没有。而文明的结果落在自杀，实在是人类的大病。

自杀的人，多是为了逃避生活种种的痛，种种的沉重，种种的不适。

人活着，是需要"理由"来喂养的。失去了理由，就要自杀。

只有把生命看得太沉重的人才会选择自杀。沉重把生命压得漏了底。

其实，放眼看去，我们的生命既不沉，也不重，甚至也没有理由。

从时间上看，地球存在46亿年了。个人的存活只有百年左右。

以不足百年的生命对待46亿年的地球，实在是连瞬间都算不上的瞬间。而地球存在的46亿年，相对于宇宙存在的时间，也并不是个大数字。

从空间上看，地球是太阳系的一员，太阳系不过是银河系的几粒沙粒。银河系又是空间哪个角落的尘埃呢？个人相对于地球，实在无足轻重；相对于太阳系，相对于银河系，个人算得了什么？

从生的角度讲，亿万精子之一与卵子结合成就了这个"我"，概率远远低于彩票中头奖。

无意义是绝对的，有意义是相对的。意义只相对于你、我、他，相对于周遭的人们，相对于这个社会，这个时代。

无论我们怎样活，也改变不了我们的渺小。

无论我们怎样活，也摆脱不了无意义。

没有我们这些生命，地球、宇宙照样存在。

多感知一些这个世界，多感悟一些生命，以我们的有限，去感知无限和生命带给我们的一切，这是生命的权利，也是活着的最大理由，也是无意义中的意义。

我们因此活着。

之所以不自杀，只有一个理由，那就是，对于一次性的生命来说，活着，能很简单地选择死，但死去，却不能选择活。

9. 世俗力学

权者

权者，指的是与你有关的，掌控着你欲望实现与否的人。

想被提拔，那个可以提拔你的官员就是权者；

想发财，那个能够让你获利的人就是权者；

想获奖，评委就是你的权者；

想享有爱情，爱的对象就是你的权者。

人生之痛

人生之痛，部分在于欲望难以实现。

自己向往的位子被别人占了；

想得到的金钱划入别人的账户；

想得到的花环戴在别人的头上；

所爱之人投入别人的怀抱。

等式与不等式

欲望实现与否，决定于权者。

谁有欲望，谁就落入权者手中。

当你的欲望无法实现时，权者就是煎熬你的锅，是捆缚你的绳，是钩住你唇的钩，是你搏击其中的海，是你极度饥饿时面对的空饭锅。

权者权势的重量，等于你向往名利的程度，等于你痛苦的大小。

但于权者来说，你的痛苦与他的感觉只能用小于号来连接。你可能对他没有任何影响或作用。你可能是被完全忽略的人，你的欲望可能是被他完全忽略的欲望，因为在小于号的左边，你与零没有太大的差别。

总有人是你的权者，你也可能是他人的权者。

出路

像看待死亡一样看名利，看欲望，一切权者，都将从你身边失去分量。

因此也就无痛，无重可言了。

10. 我的神

神是我们身上的精灵。

我们经常忘了她的存在，经常不在意她的存在，以致她经常离我们远去。

我们忙碌的时候，就像一群人闹闹喳喳，精灵就会像飞鸟一样离我们远去；

就像不停地搅动水，把水搅成稀烂的波浪，精灵就像水中原来的山光云影，不见了——以至于我们认为那景象本来就不存在。

只有在我们安静、沉默、孤独的时候，神才会出现。越安静、越沉默、越孤独，她就越清晰，越庞大。

当我们的灵魂中只有她的时候，我们会突然发现，我们就是神。她是另一个我，是那个最高的我或最低的我，她可以把我们提升到很高的境界，也可以把我们送入深深的地狱。因为她，我们可以享有充实的快乐，也可能陷入痛苦的深渊。

11. 时空的知音

人行走在大地上，行走在空气中，但总有人经常仰望天空。

这种人的品质就属于天空。

当人的思维进入天空，精神就广阔了许多。

人是物。人赖物而生存。而人的精神却往往超越物外，去建立一种纯粹的精神世界。这是人的神性使然。

好比讲，花是物，美丽是精神；山是物，神奇是精神。

人的生存条件不同，履历各异。对于每一个人来讲，要多具体有多具体。一张床，一把椅子，就可以使其不错地生存。然而，当人们的思维进入太空，进入时间，思维就进入了一个领域。那是一个与物无关，只与精神有关的领域。

在走向天空的时候，人是背离现实、背离物的。就像走出物的黑暗、拥挤、低矮、古旧的小屋，走向阳光明媚的旷野。

人与人相交，衍生的是人；物与物相交，衍生的是物。人与时空相交，生育的却是哲学和美。

时空的领域很大，但却唯一。不管它有多大，只要你进入它之中，就会邂逅到众多的知音。

时空的知音。

12. 先哲的日子

没有广播，没有电视，没有电话，没有手机，没有电脑，没有报纸、杂志。

没有飞机，没有火车，没有汽车。

一个小院，一间土屋，一盏油灯，一张床，一张桌子，一把椅子，一个炉灶……足可以休养身体。

吃饱饮足，无杂事叨扰，也没有功名利禄的诱惑和鬼话。总揽万物，观照内心，气定神闲，神思悄然涌动，然后蔚成大观。

要行走就靠脚，就走在泥土上。十里几十里，走上一天；成百上千里，走上数天、数月。这不算什么。脚和大地亲密，头和苍天交谈，过田野，穿山川。就那么慢慢地，按着心跳的节奏走。过河乘船，避雨树下。

如此滋养的灵魂，就带有天空辽远的宁静，大地厚重的神韵，植物葱郁的灵动，就那么宽广、雄浑、沉着、智慧。

所留下的文字就在时间中长驻了。让生活在信息时代忙碌的人们，在需要滋补灵魂的时候，挤出一星半点的时间，来啜饮、敬畏、仰望。

13. 心静

心静的时候，就有一种心境。

必像空明的天，是一片向无限的深邃无限放射的光，是一片没有任何分量但却包括了宇宙的空间，透明而又混沌；

必像睡眠的土，铺陈在暖暖的阳光之下，任农民任意耕犁，让风自由吹拂，让种子在自己的体内随便萌生；

必像碧绿的水，镜子般光洁，映着天光云影，帆船或隐或现，鱼儿自由地游耍；

必像茂盛的林，有白雾缭绕，有露珠凝结，新叶、花朵、果实无声地行动，有蘑菇钻出厚厚的腐叶，张开一柄柄小伞；

必像古寺的烛，并不理会外边的阳光或月光，幽幽地燃着自己，照亮神龛，照亮神幡，照亮千百年的栋梁、墙壁，也照亮新结的蛛网，照亮信徒的眼。

心静的时候，心必是净的。

听而不闻闹市的噪声，视而不见生活的烦恼，无私无欲，无所挂心，宛如未出生时的心态。

心静的时候，能听到天音，能嗅到土香，能看透雾障。物我两忘，神性悄然生长，远观自我，也像银汉的一颗星呢。

14. 上帝的声音

乔达摩·悉达多、凡·高、爱默生这些人，似乎是上帝派来的使者，他们的使命是告诉人们上帝的声音。上帝的声音就是：人人都是上帝，或人人心中都有一个上帝，平庸麻木的人们要认识到这一点，要使自己成为上帝。作家更是如此。作家要发出上帝的声音，要唤起人们心中的神圣感，要活得更像个人。作家要敢于承认自己就是上帝的使者。上帝的声音在哪里？开始时需要我们去寻找，从大自然中寻找，从自己内心寻找，从地球的演化过程和人类发展的历史中去寻找。造物（上帝）设置给我们智慧，就是设置给我们与造物（上帝）沟通的可能。找到最后，就会发现，上帝的声音其实就在我们心里，就是我们心里最本真的声音。

犹太谚语"人一思索，上帝就发笑。"一经被米兰·昆德拉引用，立即广为传播。似乎人的思索摆脱不了固有的狭隘和局限，似乎在上帝眼里的人就像人眼里的猴子一样。但是思想家可以想一想，即上帝怎样思索？写文章的想一想，上帝怎样写文章；作曲的想想，上帝怎样作曲；作画的想一下，上帝怎样作画。

如果一个人真正地找到上帝，他就会让所有的关于上帝的观念去见鬼。因为那些观念尽是欺骗。

15. 作家

作家，要有上帝一样的胸怀，疯子一样的想象，奴隶一样的劳作。

16. 荒谬

也许，一千年之后，我们今人的一切所作所为会被人不解或被人所笑。而我们今天却在严肃地工作着，为之付出全部的生命和才能，就像一个战士，为一种理想的未来在沙场上英勇献身，其实他的脑瓜里起作用的是别人设置的程序。也许根本就没有永恒的意义，意义也像生命一样是短暂的。当我们庄严地从事某项事业感到意义时，意义的大地早已从我们脚下溜走了，而在虚空中，我们还自以为掌握了真理。其实我们并没有坚实的根，我们像风一样捉摸不定，来去无形，一文不值。我们多么希望自己碰巧就把握住永恒，以便自己也永恒起来。其实这同癞蛤蟆想吃天鹅肉一样荒谬。有人还认为这种追求是美的，过程是美的，实不知这其实是一种自欺欺人，像商店为了赢利却打出某某商品能给你带来幸福一样。难道我们不是经常地一本正经地用一种荒谬去反对另一种荒谬吗？

17. 严肃

然而我们不去以严肃的态度对待人生吗？

为什么生命是严肃的？因为死亡是严肃的，大痛苦是严肃的。死亡与大痛苦总在伴随着人们。没有人能轻视它们。所以生命是严肃的。为什么有崇高的存在？因为崇高就在人们的生活中。皑皑的白雪，纯洁的花朵，蓝蓝的天空，无边的宇宙，还有那无尽的未知，等等，都给人以最美的幻象，使人为之震惊，体味出清白、美、广阔、永恒、深邃的含义。

难道所谓的意义不是人们对死亡而言的吗？难道人们有普遍的、永恒的、绝对的意义吗？

18. 创作三种人

创作的分三种人。第一种是用脑子创作。这种作者一般聪明得很。时尚什么，什么走红，就写什么；或接受指示，按某种意图去写。这种创作的人适合搞新闻，如误入文学领域，只能创作出最平庸最短命的作品。第二种是用心血创作。使命驱使，热血沸腾，呐喊，呼唤，担当天下之大任。这种创作者受一时一地特殊背景特殊环境影响太大，受其个人素质的影响太大，经常地为了某种具体的利益，某种具体的时势要求，某种过于具体的理想创作。这种创作容易不冷静，容易背离艺术轨道，容易成为"传声筒"。第三种是用生命创作。这种作者视创作为唯一的选择，是他的生存的全部价值，他的创作如同恒星与光的关系，如同花与色彩的关系。非如此不可，特立且独行，心和笔直与神通。这是最高境界的创作。

第一种可称为世俗的传声筒，第二种可称为某团体某思潮的传声筒，第三种可称为神性的传声筒。

19. 对爱的理解

爱的天体光芒四射，在我们的生活中，在我们的灵魂中。我们的肌体我们的灵魂，都翘首仰望着那个天体，渴望着她的降临、驻足、祝福。让我们被她点燃吧，那样我们会在无边的宁静和广阔中享受天神般的人生。

爱是崇高的尊重。在你的眼里，她是天使；在她的眼里，你是上帝。你们互拜在对方的脚下，你们互把对方供在神龛。你惊讶地发现你像神一样被对方礼拜着，同时你为有神皈依而感激。无论你是什么人，凡俗的生命在爱中蜕掉全部的俗壳熠熠发光，那是神性之光。爱是完全的呵护。全身心的，天衣无缝。你要把自己溶化为甲胄，裹紧她的全体，抵挡一切外来的侵袭，让她在你的庇护下幸福安乐。而她便是风雨中的长亭，你在此躲风避雨，休息身心。肉身变作母腹，两人变作婴孩。爱是整体的兼容。爱吐出长丝，把你与她紧紧地缠绕在爱的小屋里，那是生命最美的归宿。身体在纠缠，目光在交融，言语在倾诉，全部的感官都在歌唱，全部的血管都在贲张沸腾，全部的心愿都在祈祷祝福。爱是最伟大的力。骨骼变作铁环，牢牢地扣在一起，没有力量能够分开。每一次拥抱都为情感淬火加钢，每一次冲撞都迸发出夺目的焊花。那是焊接的力量。在此，一切传统，一切世俗，一切外在的观念，全部被抛弃。两股洪流绕过一切高山巨石的阻挠，冲垮一切眼前的堤坝，汹涌地奔向对方；两个星球打乱宇宙的一切秩序，挣开银河一切繁杂的引力，直接向对方撞来。爱是最贞洁的王国。是纯白的雪峰，是沉静的夜，是最绚烂的黎明，是大山深处最幽美的风景。这里仅仅是两个人构筑的天堂。除了血液的流淌和爱的咿呀，一切爱之外的大小事物均为瑕疵。除了你们两人彼此贴紧的身体，任何外物的存在都是累赘，除了你们两人富有磁性的思念通道，外在的风景都是多余。神经放出千万只猎犬守护着你们两人仅有的王国，不允许哪怕一只飞鸟破坏宁静。

20. 恋爱时期的男女

盲人摸象的故事说，几个盲人去"看"大象，一个个动手去摸。摸着一条尾巴的，就说象长得像绳子一样；摸到一条腿的，就说象长得像柱子一样……——恋爱时期的男女的心态完全是摸象的盲人：只把握对方人格特点中的一两点，忽略或无视其余。如果说世界上有睁眼瞎的话，那就是恋爱中的男女。一旦结婚，发现对方即不是理想的绳子也不是理想的柱子，便责怪对方变成陌生的怪物了。

21. 夫妻关系

夫妻之间的关系多是契约关系，多表现为依赖关系。由于家庭是既定事实，由于家庭把双方的利益和生活牢牢地联系在一起，所以无论从物质利益还是从生活习惯上双方都建立起较为牢固的依赖关系或依赖心理。多数家庭的依赖关系大于情感关系。依赖可以带动情感，但却不能取代情感。有人误认为依赖关系就是情感关系，那不对。夫妻两人的依赖关系可以分为：1. 物质依赖，即一方离不开另一方的物质收入，或共同创造了一定的财产，难以分开；2. 血缘依赖，即共有子女，为子女的健康成长而不得不互相依靠；3. 道德伦理依赖，考虑到诸多社会关系，为担负某种社会责任和义务而必须维持；4. 感情依赖型，彼此之间有着深层次的情感需要。这些类型往往交融在一起，但不同的夫妻之间几种类型的比例构成却不同。人们最向往的其实是第4种，但现实生活中最多的是前三种。

22. 人尽其才

甲：一个人对自己的态度要认真。要把自己最大的才能发挥出来。比如，一个能造原子弹的人，去搞电器维修，就可惜了。

乙：无所谓。人干什么都行。吃饭是最要紧的。从吃饭的角度说，造原子弹的和造半导体的没有什么区别。

甲：可是原子弹可以毁掉许多吃饭的。

23. 幼蝉的超越

幼蝉虽然会爬，也具备了眼睛、翅膀和发音器及其他全部器官，但只是生命的雏形。幼蝉只有挣脱开蜕壳，才是真正的、完整的生命，居高声远，洒脱高洁。

而有的人就如同幼蝉，一生也没有挣脱蝉壳，在缓慢的爬行中度过漫长的岁月。有眼不能看，有翅不能飞，有发音器不能唱。或者，他根本不知道自己能看、能飞、能唱，爬着临世，爬着死亡。

24. 文章与所用的工具

古人用软绵绵的毛笔写文章，文章写得却很过硬；现在人们用硬硬的钢笔、电脑写文章，写出的文章却软绵绵的。古人用含水很多的墨写作，文章含的水分却很少；现在的人用含水很少或根本不含水的工具写作，写出的文章却水分很大。

奇怪！

25. 挤公共汽车

车未停稳，人们便在车门口挤成一团。男女老幼，挤得斯文扫地，全身变形，挤得进退两难，身不由己。结果，总是那些脸皮最厚且身体素质较好，又善于钻缝排他的人抢先上车，占据最好的座位。那些不与人争，身体较弱，没有钻缝排他技巧的人只好最后上车。前者在车上稳稳地坐在座位上，或闭目小憩或观赏车外街景，怡然自乐；后者只好站在前者的身边，紧握栏杆，前仰后合，左摇右摆，心惊胆战。

这是社会的一个缩影，很好地体现了"竞争法则"。

在社会达尔文主义者的辞典里，不会找到人道、慈爱的字眼的。但当这些主义者老了、弱了，进入挤公共汽车的人群的时候，他们就会发现，以他们的弱肉强食的法则指导人类，会使人间成为地狱。

26. 运动会

如今的运动会越来越类似战争了。一切仅凭胜负论英雄。为了胜利，运动员们在残酷的训练与激烈的对抗中不惜伤其筋骨，损其体肤，甚至吞下对其终生极为有害的药品，不惜使用种种阴谋诡计。众多的观众为他们摇旗呐喊，胜者为尊，得到欢呼；败者为寇，得到咒骂。一场运动会的结果，对胜利者来说，是光荣落在了病残的身体上，对失败者来说，是羞耻落在了病残的身体上。

就这样，原本旨在强身健体的体育运动，象现代社会的许多事情一样，南辕北辙，走向反面。

27. 角色

一个球迷，哪怕是一个非常不懂球或压根没摸过球的球迷，也往往显得比任何球员任何教练都高明。他们可以对球员和教练指手画脚，评头论足，出口尽是真知灼见。之所以如此，是因为他们仅仅是观众。但是人在社会中就不同了。每一个人即是观众又是球员。他一方面对别人指手画脚评头论足，同时也接受着别人的指手画脚评头论足。

28. 毒蛇及其他

毒蛇和有毒的植物所携带的毒素，对它们自己而言，是自身的一部分，而对别的生物而言，却是致命的。

有的思想和行为也是如此，于这种思想和行为的拥有者而言，是他自身的一部分，而对别人而言，却有着杀伤作用。

29. 不同种类的人

有的人是水。有着多种用途：可以养育动植物，可以洗涤物件，可以成为风景，这种人最大的价值是不可或缺。

有的人是山。它存在着，人们可以攀登，可以欣赏，也可以不看它一眼。它对部分人是有价值的，对部分人是可有可无的，对部分人是无益的。

有的人是药。它有着特殊的功能和特殊的作用。对于健康人来讲毫无用处，而对于有病的人，却有着不可缺少的疗救作用。

有的人是营养剂。他备受缺乏营养的人或认为自己缺乏营养的人的欢迎。

有的人是美味。他属于爱好美食的人。

有的人是草，生命力极强，随处生随处长，然而随便由人收割、践踏。

有的人是奇珍异宝。在懂行的群体中，有着非凡的价值，甚至被看得高于自己的生命，但对于不懂行的人却毫无价值。

有的人是雷电。他从不顾别人的想法，一意孤行，闪巨光，发巨响，既给人带来益处，也给人带来灾难。

有的人是毒草。他带着巨大的毒性存在着，一旦有人染指，立即毙命。

30. 婊子与牌坊

婊子是私欲的事，牌坊是精神的事。

肉体和精神不会总是统一的，即私欲极强的人未必是精神的可怜虫，精神的矮子也可能是行为道德的典范。

向真向善向美，作为一种精神活动，完全可以独立于肉体存在。

私欲，作为肉体需要，也完全可以独立于精神而存在。

比方，一个人，不能讲他私欲极大，他就没有是非观念，就没有崇高理想，就不作其他有益于社会的事。同样，也不能讲他做了许多对社会有益的事情，有很高的境界，就否定他的私欲。

即想当婊子又想立牌坊，是非常正常的事情。婊子也可以有贞洁的精神，有贞洁的精神的人也会有肉欲。

31. 蝉的超越

刚刚出土的幼蝉，虽具备了双目、翅膀和发音器及其他全部器官，但也只是生命的雏形，只能爬行。居高声远，洒脱高洁，那是脱蜕之后的事了。

有的人的思想却如同幼蝉，一生也没有挣脱坚实的壳，在迟缓的爬行中度过漫长的岁月。有眼不能看，有翅不能飞，有发音器不能唱。或者，他根本不知道自己能看、能飞、能唱，爬着临世，爬着死亡。

32. 生态感恩

因为羊靠草生存，所以羊应感激草。

因为虎靠羊生存，所以虎应感激羊和草。

如果虎不吃掉一定数量的羊而任羊繁衍，那么大地上的草就会被羊吃光，所以草应感激虎。

因为草被吃光后羊类就会灭亡，所以羊也要感激虎。

33. 蚂蚁

谁说蚂蚁的命运不是命运？谁说蚂蚁的生活不是生活？

如果以大小来确定生命的价值的话，在细菌的眼里，蚂蚁难道不是宇宙？在宇宙的眼里，地球难道不是细菌？

一只蚂蚁的额头上，的确也闪耀着宇宙之光。

34. "留得残荷听雨声"解

雨是永远清丽的。但荷却不会永远清丽。荷花荷叶出淤泥而不染，固然艳美绝伦，风骨高标，但这只是荷盛时的事。秋日一到，叶败花零，美丽何在？仙香何在？傲骨何在？出自污泥，还要回归污泥的。此时，它放弃了一切，对雨，也就只有听的份了。

35. 小麻雀

一日，一只麻雀撞进楼道，被我捉住。我喜欢它。我打算养熟它。没想到，它丝毫不领我慈悲友爱拯救之情，身子紧缩，乌眼圆睁，铁喙紧闭，不吃不喝。稍不留神，啄住我手死也不放，直至出血。一旦挣脱，就疯飞狂撞。我驯化的打算失败，我诚挚的爱心落空。

这小小的雀儿！

在没有落入我手之前，精灵一样伶俐，绒球儿一样可爱。在柳荫中啁啾，在花枝间蹦跳，顽皮而可爱。这小小的雀儿！在我手中居然"不自由，毋宁死。""江鱼不池活，野鸟难笼驯。"（唐81韩愈：《送惠师》）哪里来的天性?！如果是一个人，拒不接受世俗的名利的引诱，也不惧怕牢笼严刑，以死来捍卫自由和尊严，完全可称得上是人间楷模了。他会被大书特书，千古流芳。而随意一只小麻雀却自然而然地做到这一点。

这小小的雀儿！

良知是最高的行为准则

　　雨果的长篇小说《悲惨世界》开头有这样一个情节。穷人冉阿让和姐姐一家过活，姐姐有七个孩子。那年冬天，家里穷得一个面包都没有了。冉阿让就去偷了一个面包，因此被捉入狱。他四次越狱，共做了十九年苦役。在做苦役的漫长日子里，他练就的只有仇恨。被释放后，走在回家的路上，又饿又累，尽管愿意付钱，也没有客店允许他吃饭歇脚，想住狗窝都未成。偶然的机会，他敲响了米里哀主教的家门。主教把他视为兄弟，拿银质餐具招待他饱餐一顿，让他睡在里间，床上铺上白床单，还给他鏖子皮盖上。而他半夜醒来后却起了恶意，几乎要杀掉熟睡中的主教劫财，犹豫一番后总算没有杀人，只是偷走了银餐具。他被警察抓住了，警察认出了那些银具，就把他送到米里哀主教家。主教却对警察说：这是我送给冉阿让的。还"问"冉阿让，为什么不把我送您的那一对银烛台也拿走呢？

　　这个情节总让我联想起我小时候的一件事。

　　那是上小学三年级的事。一天下午课间，我和几位同学在校园里玩。校园一棵柳树上吊着一节钢筒。那时经常停电，停电时，学校的门卫就用铁锤敲那钢筒，替代上下课的铃声。我和几名同学拾石头砸钢筒玩，看谁砸得准。我找到一块较大的石头，瞄准了用力一扔，当！非常响亮的一声。我还来不及欢呼，就惊呆了，因为看到满校园的学生都往教室跑——他们以为这是上课的信号。我还来不及溜掉，手腕就被一只大手钳住，抬头一看，是一张相貌凶恶的脸。是门卫，一个长着大酒糟鼻子、脸上坑坑洼洼、性格粗暴的老头，平时我们很怕他。一般的调皮捣蛋被他抓住，非打即骂。我被他拉进传达室。立时，窗口和门玻璃上挤满了看热闹的学生。我像一个被捉的罪犯一样站着，任门卫老头训斥和外边学生们取笑。我想我完了。不身临其境的人，很难体会到那份可怜、那份恐怖、那份无地自容的感觉。我搓着手想下一步怎么办。事情非常严重，因为我一直在老师和同学们面前保持着"好学生"形象，我要强、好胜，非常在乎面子。而当时，无论是被他打几个耳光踢上几脚，还是他把我交给校长、老师、家长；无论是我向他屈服求饶，还是耍赖顶撞，我都将由一个"好学生"变成一个"坏学生"，身败名裂。这时，一位女老师从里间锅炉房拎着个暖瓶打水出来。她姓黄，教我们自然课，同时兼着校医工作，因为每周也就给我们上一两节课，她很可能并不认识我。她走到我面前，说："哟，你的手上长的是什么？"当时我手背上长着一小块红斑，我说："湿疹。"她托起我的手看了看，然后拉着我的手，说："走，我给你开点药去。"她拉着我的手，出了传达室，向她的卫生室走去。一路上，她没有问我为什么被抓，没问我犯了什么过错，只是问我这病长了几年了，都用了些什么药。到了卫生室，她送我一瓶软膏，细细地告诉我用法。我真的没想到我不仅轻而易举地脱离了虎口，而且还得到了意料之外的关爱。

　　米里哀主教真是仁爱到家了。他让灿烂的善的光辉照彻了一个黑暗的心灵，因此拯救了这个灵魂。从此，冉阿让变成了一个完全意义上的善人，终生以善抗恶。这是一个小说，应视为是雨果的理想。我的事却是亲历的，我感谢苍天让我和她巧遇。我是何等地感激她，我终生感激她。因为如果不是她救了我，我可能会因那件事改变我的整个心态和许多行为，自暴自弃也未可知。黄老师与我非亲非故，救我于危机，不过是她善良天性非常自然的流露，不过是她生活中随意的一举。

　　像米里哀主教那样做出大仁慈的事，不是任何人都能做到的，但我们在生活中，常常伸一伸手，动一动嘴，就可以化解他人的危难，拯救他人的精神甚至生命，就像黄老师救我一样。伸手并不难，难的是有善心。

　　1992年2月，柏林墙被推倒两年后，守墙卫兵因格·亨里奇受到审判，因为在柏林墙倒塌前，他射杀了企图翻墙而过的一个青年。亨里奇的律师辩护说，他作为士兵，他仅是奉命行事，罪不在他。然而法官西奥多·赛德尔却说："作为士兵，不执行上级命令是有罪的，但打不准是无罪的。你有把枪口抬高一厘米的主权，这是你应主动承担的良心义务。这个世界，在法律之外还有'良知'。当法律和良知冲突之时，良知是最高的行为准则，而不是法律。尊重生命，是一个放之四海而皆准的原则。"最终，这个卫兵被判三年半徒刑，且不予假释。

　　枪口是不是抬高一厘米，太简单了。而培养良知，却不是简单的事。有没有良知，往往就表现在那微微的一动上。

　　当我给女儿讲安徒生童话《卖火柴的小女孩》时，我讲得流泪，女儿听得流泪。我想，如果那条街上哪怕有一个心存善良的人，花几个铜板买了她的火柴，她可能就不会冻死街头了。

　　有个段子讲，某人到地狱考察，发现那里饭菜非常丰盛，应有尽有，但地狱里每个鬼都在饥饿中挣扎，受着无尽的折磨。因为地狱规定，每个鬼都必须用长把的勺子吃饭，勺子的长度使每个鬼舀上满勺的饭菜却送不到口中。守着丰盛的饭菜，饿鬼们受着饥饿的折磨。于是他就来到了天堂，看到每个仙人都红光满面，过着幸福安详的生活。他发现天堂的环境和饭菜与地狱的是一样的，规定也一样的，只是天堂的每个仙人舀起食物来，都送到别的仙人的口中。对方喜欢吃什么他就送上什么，大家都和和美美地过活。他人是地狱，还是天堂？看来只在于是"为自己"还是"为他人"了。

　　举手之劳的善事，关键时可以改变他人的一生。如果更多的人做更多的举手之劳的善事，就会改变世界。

我，在善与恶之间

换位思索：对自己和他人的解剖

索尔仁尼琴在《古拉格群岛》的第一部第四章中，深深地解剖了自己。他是在叙述了专制机关、刽子手的种种令人发指的恶行之后作这番解剖的。

他问自己、问读者：

为了别那么起劲地扯起正人君子的白袍当旗子摇晃，请每个人问一问自己：如果我走了另一条生活道路——我会不会也成为这样的刽子手呢？

这是一个可怕的问题，如果我们诚实地回答。

深受恶人之害，并目睹和闻听了恶人们的种种暴行的索尔仁尼琴，对自己的解剖是无情的。他叙述了自己当军官时对下级的霸道行径，自己当了人犯还要军官作风——途中其他犯人主动轮流提箱子，唯独他不提。

他自省道：

我自以为具有无私的自我牺牲精神。然而却是一个完全培养好了的刽子手。要是我在叶若夫时期进了内务人民委员部的学校——那么在贝利亚时期（作恶——笔者注）不是正好适得其位吗？

他感慨：

区分善恶的界线，却纵横交错在每个人心头。……同一个人，在其不同的年龄，在不同的生活处境下——可能是完全不同的人。有时接近于魔鬼，有时接近于圣者。而名字则是不变的。

我们常常谴责、咒骂作恶的人。但我们可以想一想，如果我们与我们所谴责所咒骂的那些昏君、奸臣、恶人、叛徒、堕落者、流氓、嫉妒者、奴才、暴徒、小人有着同一样的生活经历，有着一样的境遇，我们敢说自己比他们更明智、更道德、更人性吗？评判别人总是容易的，跟着别人骂另一些人更加容易，而且这些评判和骂不负任何责任。但设身处地去想才是困难的。

让我们充分体谅别人之后再作出这样那样的评判吧。

我这里可以作出这样一个断言：也许，在另一个时代、另一种环境、另一个地位、另一种背景中，我，就是一个贪生怕死者、苟且偷生者、惨无人道者、屠夫、叛徒、内奸、贪官、见利忘义者、为所欲为者——关于人的一切丑恶的定语，也许都适合我。

现在看回忆文革的文章，几乎千篇一律地写自己当年如何受害。别人如何非人道地对待自己。事实上，文革时代的确如他们所写，恶行满天，为恶者横行。但如今，却是诉苦者满天飞，作恶者都没事人儿似的，既听不到他们自己良心的谴责，也听不到他们的忏悔。想想一些做过很恶很恶的事的人至今不知悔过，没事人儿似的在我们的身边讲述自己受的磨难和委屈，真是可怕。

有一个理由似乎可以使他们心安理得，即文化大革命并不是他们发起的，他们也是某种思潮——或思想体系的受害者。

思想体系：堂而皇之地作恶之土壤

人为什么要作恶？

索尔仁尼琴也在深深地追究恶的土壤：

一个人要作恶，事先必定在心中把它当作善，或当作一件有意义的合乎常规的举动。幸而人具有为自己的行为找出正当理由的天性。

思想体系！——它使得一切暴行得到一切所需要的辩解，使作恶者得到所需要的持久的理性的支持。那是一种社会理论，这种理论使他能够在自己和别人面前粉饰自己的行为，使他听到的不是责难，不是咒骂，而是颂扬和称誉，而且，他心安理得。

由于思想体系，二十世纪发生了残害千百万人的暴行。

没有思想体系支撑的恶人不能逾越的界线，有思想体系的恶人却能越过去——并且他的眼睛依然是清朗的。

一个人由于个人的私欲对另一个人大发兽性，谁都会指责这个人的兽性，这个人也会由于仅仅出于个人需要而做得鬼鬼祟祟，不敢见人。而，一个民族对另一个民族大发兽性，一个集团对另一个集团大发兽性，一个阶级或阶层对另一个阶级或阶层大发兽性，即集体大规模作恶，则一般都有许多崇高的、神圣的、合理的思想依据。于是人类社会出现了如此的怪现象：一些发生在光天化日之下、众目睽睽之中的兽性，居然是某一类人的工作、事业！谁的兽性发得越猛，谁越容易成为英雄。

在苏联索尔仁尼琴时代，人斗人是"以革命的名义"；在中国文革时代，是无产阶级专政下继续革命的"理论"。索尔仁尼琴说那个时代的灾难是思想体系造成的，我们称我国"文革"中的一切灾难是极"左"思潮造成的。索氏与我们所见略同。

往往，一种论述起来头头是道的思想体系，不经意地就成了恶种的阳光、水分、土壤，为恶提供了生长的条件和充足的思想依据。也许这种思想体系的动机是好的，也许它是阳光，但当它让那些恶种疯长时，它本身自然会溅满了血污，为恶所覆盖。

当然，会有少部分人得到它的好处，得到比别人更多的名、利、色等。

特权职业——恶的催生剂

一

1975年,我上小学四年级,12岁。国庆节放假前,学校挑了我们几个班干部到当地派出所报到,说是有任务。

派出所一名穿着海军衫（蓝色横条背心）、身材魁梧的人给我们开了会,非常认真地讲了面临的形势,讲了打击"投机倒把"的重要意义,之后交代任务:到街上、家属宿舍区内抓那些小商小贩。那时,农民进城卖些农副产品一律被视为"投机倒把"行为,他们都偷偷摸摸地干。我们的任务就是与派出所一道打击他们。

派出所发给我们每人一张红塑料胸章,上边印着金色的两个字:值勤。它给了我们别人所没有的身份,那就是政府的身份;也给了我们权力,即政府的权力、社会的权力。有了它,我觉得自己身份突然变了,一下子从平庸的人群中高升起来,掌握了某些人的命运。

让我们这些十岁冒头的孩子抓小商小贩,主意太高明了。哪个小商小贩会防范毛头孩子?谁工作起来比孩子更认真?

我们四五人一组,开始行动。见了卖鱼虾的、卖大米的、卖青菜的,就围上去。夺他们的秤杆,锁他们的自行车,抓着他们的衣袖,推推搡搡地弄到派出所。一天下来,战果不菲。

但有些小贩有着高超的逃避打击经验,死命不从,挣扎漏网。我们到底是孩子,控制不住,只好眼睁睁地看着他们跑掉。而我们是多么有责任心,又是多么聪明啊。第二天,我们马上调整战术,决定采取智取的方式,稳准狠地打击小贩,当然,觉得这样干更好玩。

简单一商量就出发了。一会,就遇到一个推着独轮车的老人,车上放着一袋子大米。老人黑瘦,穿着补丁摞补丁的衣服,看起来有六七十岁了。

"老大爷,干什么的呀?"

"换大米的。"当时的换大米的，多是郊区非常贫困的农民。他们自己种的大米舍不得吃，到城里来向那些喜吃大米的居民换成玉米面、地瓜等粗粮，这样从数量上可多得点粮食，为的是让一家老少往肚子里多填一点。一般是亲戚、邻居几家凑一些大米，委托一个人到城里来走街串巷地换。而他们也属于投机倒把之列！

我们说："俺家里喜欢吃大米，正想换呢，跟我们走吧。"

老人便推着独轮车跟着我们走。当时的小贩和似他这样的换大米的都很警觉。为了不让他跑掉或撒泼不去，我们装成高兴的样子和他聊天，一个同学还帮他推车。当老人老老实实地跟我们走到派出所门口时，我们才说："进去吧。这是派出所。"

就这样，一天下来，我们兴高采烈地智取了好几个。

下班时，我见那换大米的老人摊着手脚坐在一棵大树下。我上前问："你怎么还不走呀？"

老人说："大米没收了，还要十块钱罚款，不交不让走。俺哪有啊。"（从那时的生活水准来看，鸡蛋、肉类才六七角钱一斤，十元钱应是穷人的一笔巨款！）

良心的发现让我难过。我产生了负罪感。也许身上有钱，我会给他一点的，就像我常给讨饭的一点钱一样。可我没有。我就那样没事人似的走了。我为自己开脱：是派出所让我抓的。他虽是老人，穷人，但也是犯了错的人。这种人，应该受到惩罚。

第二天，我问派出所的人怎么处置的那老人，派出所的人说："他没钱，大米扣下了，天黑以后放他走了。"

我眼前出现一个垂头丧气地在夜间行走的老人的形象。

此事我至今不忘。也永远不会忘。

因为我们，可怜的农民们一再不舍得吃的大米打了水漂，多吃上几口粮食的愿望泡了汤。也许因为我们，那个老人将一病不起；也许因为我们，几家人将挨好多日子的饿；也许因为我们，老人将受到来自家庭、村民们的许多的责备，个人形象和自尊心受到严重的创伤。我们的忠诚而机智的工作，带给他的却是一场灾难。

如果不是学校指派我们从事这"有权力"的工作，如果不是派出所通过我们执行上级指示，如果我心中没有想掌握权力、使用权力的欲望，如果我能够坚定地、无条件地对人充满善意，那个老人就不会犯在我的手里。当然他可以犯在其他人手中，但至少我没有良心的痛楚。

唉！那个老人到哪里谴责我，我又到哪里去向他谢罪呢？

只能说，社会原因，加上我那没有健全的大脑，加上手握特权，使我干了坏事。

一种思想体系，往往送人以特权为礼物，之后轻易地对人的良心进行诱奸。被诱奸者在清醒之前会动情地周到地予以配合。

可卑的特权。

二

我到青岛出差，清晨，在栈桥上散步，忽然一阵骚乱。两个身穿便服的人，一边走一边把小商贩们来不及收拾起的贝壳制品、珍珠项链往海水里踢。他们竟如此野蛮！我不禁怒火中烧。然而一想，如果我是他们，专门负责栈桥秩序，我又会怎么样呢？

我马上得出结论：我不会干得更慈善的。因为我想起发生在我身上的同样的一件事。

高中毕业后，我曾在火车站站前派出所干过治保工作。这又是一个代表政府行使权力的地方。

一次，副所长带我值勤。副所长指着不远处对我说："小刘，把那个卖花生的赶走。"

前方大标语牌下蹲着一个农民在卖花生。我走过去对他说："这里不准卖，快走。"他笑着收起一袋子花生，说："就走，就走。"待我回到副所长身边，所长皱着眉冲我嚷："你怎么干的？"我回头一看，那人依然蹲在那里卖。这可是所长给我的任务。这可是我的工作。而且这并不是太难的工作。这个卖花生的让我在领导眼前丢了脸。我气冲冲地返回去。卖花生的见了我，拎起袋子就跑，还回头冲我笑。我训斥道："你再不走我就不客气了！"等我回到副所长身边，副所长邪着眼看着我，说："小刘，你还能干点活吧？"我回头一看，那卖花生的还在原处蹲着，敞开袋口叫卖。我又羞又怒，腿脚都有些抖，可以用"恶向胆边生"来形容。我贴着墙根，悄悄向他移动，决计一定要夺下他的秤，给他折断，把他的花生袋子踢飞，把他的花生踏个稀巴烂。距他还差几步远时，机警的他发现了我，拎着袋子和秤就跑。我追上去，照他屁股狠狠踢了一脚。他跑了。

本来，我与卖花生的小贩无怨无愁，井水不犯河水的。打人是野蛮行径，是罪恶。但因为我有了那个职业，我就对他产生了仇恨、行使了暴力。因为那种职业，一般情况下视为罪恶的行为被那么容易理解。

我每当看到有关司法机关刑讯逼供的报道，我就想起我那一脚。如果我真的当了警察，能比动辄刑讯逼供的警察们仁慈到哪里？有那一脚为证。青岛栈桥上的执法者，不就与当年的我一样吗？有那一脚为证。我不从事这项工作了，对这种行径是如此的厌恶。而当我从事起这项职业，我又会觉得那么理所当然。

某种职业会让人把本性的某一面暴露出来，开发出来。暴露得多了，就掩盖了他的其他本性，人们就会说这个人是什么什么样的人。

如果希特勒是工人，如果墨索里尼是农民，无论他们如何狡诈如何恶毒，他们又怎么会对世界犯下如此罪过？

可怕的职业。

人之恶——天地之间极端之恶

人的许多恶行，兽是做不来的。

自古以来，人类发明了多少残忍得连毒蛇猛兽都难以望其项背的刑罚。据记载，早在尧舜时期，三苗就开始实行"截人耳鼻、椓木阴黥面"等五刑，夏代则以"大辟、膑辟、宫辟、劓、墨"为五刑。自古以来，种种刑罚，如凌迟、车裂、剥皮、炮烙、烹煮、抽肠、火焚、锯割、挖眼、刖足、宫刑、火炙、钉竹签、老虎凳、灌辣椒水等等，无不让人毛骨悚然。

读一读这些刑罚的名称吧。我们的部分先人就以此惩治过另一些先人。这意味着，一些先人承受了同类的最令人发指的施暴，一些先人充当了另一些先人的恶魔。我相信在每种刑罚的下面，都有着深渊一样的积血，雷霆一般的哀号，大海一般的恐怖，它们创造了这个星球上最大的痛苦和最大的悲哀！

这些刑罚的发明者和使用者是怎样的心地！他们就是要让你毛骨悚然！就是让你痛苦到极限！你的意志是钢铁，那么他就是熔炉；你的意志是顽石，那么他就是重锤。

单凭生存的本能追猎杀戮的豺狼虎豹们，在人的残忍面前都显得格外仁慈，连《西游记》中想吃唐僧肉的妖魔鬼怪们在人的残忍面前也显得文质彬彬，他们的目的只不过是把对方杀掉吃掉。而这些酷刑的目的却不是让对方死去，而是折磨，使其肉体和精神受到最大的痛苦。

报载我国收藏着一把日本军刀。这把军刀上刻着杀人一百多的字样。得有怎样的心态的人才会如此杀人！魔鬼见了此人也得拜师！

由此可以说，一些具体的恶行是发自人的本性的，与思想体系无关。上述的各种刑罚，并不是哪个思想体系指使发明的。它背后明明有人性恶的根源。

人性之恶：脱离思想体系的独立存在

不错，思想体系（或思潮）、某种职业可以使大批的人公然做坏事。但这只不过是恶生长的环境和土壤。没有任何思想体系教人如何具体地施行残暴，也没有专门作恶的单位和职业。富有历史眼光的人们谴责或批判坏的思想体系是有必要的，健全法制对特权进行约束也是必需的。但，却是不够的。有了恶土，还需有恶种，恶才能生长壮大。

解放战争时期，某地上演《白毛女》。当演到喜儿被黄世仁强奸的时候，一名战士站起来拉动枪栓，要把演黄世仁的演员干掉。这事的真实性应该是不容怀疑的。因为在我们小的时候，凡是演反面人物的演员，就会被我们认为他本人就是那个反面人物，我们都希望打死他。

让我们分析一下这位战士的心理。他很可能是个文盲，因为他头脑简单得分不清戏剧和现实。他也没有太高的思想觉悟，如果有的话他仇恨的对象应该是地主阶级或讲剥削阶级，也就是说，他并不具备一定的革命思想觉悟，并没有接受一定的思想体系。他的领袖从思想的高度认为只有消灭压迫阶级才能解放被压迫阶级，而他却只看到强奸这一具体的恶行。他用颤抖的手拉动枪栓，要枪毙的不是地主阶级，也不是剥削阶级的意识形态，而是要结束黄世仁这个有着如此恶行的人的生命。这个战士如果生在今天，看到某恶人作恶时，他也一定会拉动枪栓。他的行为超越了阶级、超越了时代，具化为一种具体的道德良知对具体的恶行的打击。同样，强奸行为无论在过去还是现在，无论发生在什么阶级具有什么样的思想处于什么地位的人身上，都无一例外是恶行。

由此，我想，人的许多恶应该是存在于意识形态之外的具有一定的独立性的心态和行为。

《古拉格群岛》中写到，与政治犯们一起押解的刑事犯们，公然与押解人员相勾结，洗劫政治犯财物，强奸女政治犯，气焰嚣张。他们可是没有什么思想体系的人，但他们作了恶。

商纣王的妃子见人被烙得惨叫而发笑；晋灵公用弹弓射行人，见行人中弹而兴奋；南朝宋的刘邕喜欢吃痂，常常鞭打下人，培养可供自己食用的痂；日本鬼子将中国妇女的乳房割下串成串高挂取乐。是社会地位及当时的环境给了他们这样做的条件和权力，但无论是职务还是思想体系都没有教他们这样做。他们这样做出于他们人性的恶。南京大屠杀时，我想并没有军官下达强奸中国妇女的命令，而侵略者们干起来比接受指令干得还要凶。那种条件下，只要不下令禁止强奸，强奸的恶行势必发生。

让人们认识到某个人、某个社会、某个集团如何如何恶，只讲思想是讲不通的。你只要说出几个凶残杀人的故事，说出大多数人因他或他们饥肠辘辘或超负荷劳动，说出在他们那里百姓动不动就被皮鞭打皮鞋踢,说出在他们那里百姓的女儿被随意蹂躏,人们就知道他或他们是何等罪恶了。这些事是对某人某社会某集团做出评价的重要标准。以我小时候接受的教育为例,讲地主阶级封建社会万恶,便讲一些贫下中农在地主的皮鞭下生活,终日逃荒要饭躲租子的故事。讲资本主义不好,便讲一个叫小约翰什么的美国小朋友无家可归流浪街头饿得皮包骨头还被警察打骂,而资本家却把牛奶面包往河里倒的故事。印象最深的就是泥塑《收租院》,收租院中的形象,直接把地主阶级封建社会与皮鞭和残暴等同起来。很高深的学问用最简单极感性类似寓言的故事就使大多数人很容易地接受了。这是因为,人们最基本的关心是有关生存本身的具体的细节。那些具体的恶往往比思想体系本身更让人痛恨。一个割断张志新喉管的细节,就足以让人对文革深恶痛绝。

具体的恶行最有说服力。而具体的恶行都是由具体的人实施的。希特勒不会亲自把犹太人送进毒气室。墨索里尼不会折磨犯人取乐,东条英机也不会强奸中国妇女。他们的恶主要表现为思想体系之恶。但成千上万的在战争中杀人取乐、强奸取乐的士兵之恶,最充分地表现为人性之恶。

具体的恶行!比如抽打人的皮鞭,谁动用它,谁就有可能成为人类的敌人,从而在某一时机某一场合被控诉。思想体系和掌权者是会变的,皮鞭是不会变的。人们对某一思想的认识和某个人的认识会变的,但对皮鞭的恐惧和厌恶是不会变的。

如果我们仅仅谴责批判一种思想体系,就会使许多大发人性之恶的人开脱。事实上,思想体系只存在于意识形态领域。思想体系并不能作用于我们的皮肉,最恶的思想体系也见不到一滴血,也触动不了一根神经。

对某种思想进行批判的同时,千万不能忘记,要动用所有的善的思想体系,把藏在人们心中的恶种单独提出来实施打击,让恶种死于萌芽之前。即,既消灭恶生长的土壤,又消灭恶的种子。

消灭恶种应是针对所有人的。一切进步的思想体系,也应该以消灭人的恶种为基础。人性中的恶种有时也会在好的土壤里萌发的。再文明的社会，再好的环境中，也会出现坏人坏事。毛泽东在战争时期的三大纪律八项注意，即是以严控人的恶性来树立军队形象，赢得人民，最终赢得战争的。其中就有"不拿群众一针一线""一切缴获要归公""说话要和气""不许调戏妇女们"。雷锋之所以受到百姓的承认，最关键最直接的是他乐于助人的精神。

留住善根——我们都有良知

一

1996年6月28日，列车上发生了一起新中国成立以来最大的麻醉抢劫案。我当时正写一部铁路刑警题材的电视剧本，为体验生活，参与了铁路刑警破案的全过程。20多天后，在丹东抓获了两个案犯。两人在全国作案40余起，致一人死亡，多人留下后遗症。我多次跟随刑警们审讯两个案犯。二号案犯名叫王有民，他令我惊奇。他40岁冒头，他知道自己犯的是死罪。他很健谈，语言流畅，很有见地。在审讯之余的时间里，我有意谈些别的，我们很快谈起了文学。他读过大量的古今中外文学名著，他背诵白居易的《琵琶行》比我背得还流畅。他有相当的文学修养。我问他："你作为一个读了大量文学书的人，现在犯下这样的罪，按说是不应该的。文学对你到底有什么影响？"他说："那影响大了。"我让他举例说明，他一再说影响大了。最后说："比如说，我和刘岩（一号案犯）就有很大不同。他作案的时候，把被害人所有值钱的东西都抢光了。有时连人家的背心都扒下来。我就不同。我作案的时候，总是给人留点钱，得给人留点回家的路费吧？最少也得给人家留下打长途电话的钱吧？"受害人的材料也证明二人果然有如此区别。我向他提起："你对你的亲人还有什么挂念吗？"他说："没有什么。"之后哽咽着说："我对不起我母亲。她老人家把我拉扯大不容易。"说完号啕大哭。

也许文学对一个人的良知所产生的影响，以王有民这样的犯人作例子太极端，不恰当。但我觉得他说的是真话，而且我宁信其真。因为我还相信无论什么人总有其善的一面。无论他是什么身份，从事什么职业，或多或少，善总有所保留。

二

我上小学三年级的时候，发生过这样一件事。一天下午课间时，我和几位同学在校园里玩。学校一棵柳树上挂一节钢筒，因为那时经常停电，停电时，门卫就用铁锤敲那钢筒，替代上下课的铃声。我和几名同学拾石头砸钢筒玩，看谁砸得准。我找到一块较大的石头，用力一扔，当！非常响亮的一声。我还来不及欢呼，就知道自己犯了大错，因为满校园的学生都往教室跑——他们以为这是上课的信号。我还来不及溜掉，手腕就被一只大手钳住。门卫是一位目光凶恶、大酒糟鼻子的老头，平时我们很怕他。我被他拖进传达室。立时，窗口和门玻璃上挤满了看热闹的学生。立时，我像一个被审判的犯人一样孤立无援地站在屋里，任门卫训斥和外边学生们嘲笑。我想我完了。不身临其境的人很难体会到那份可怜、那份难堪、那份无地自容的感觉。我搓着手什么也说不出来。事情显然是非常严重的，因为我一直在老师和同学们面前保持着"好学生"的形象，在老师和同学中有着体面的地位。现在，如果我向这个老头屈服求饶，那么在众多的目光下我会丧失自尊，成为众人耻笑的对象；如果我耍赖顶撞，这个老头一定不会饶过我，无论是体罚，还是招来老师、校长、家长来处理，都将使我身败名裂。我一声不吭，其实心里翻江倒海。这时，一位老师从里间锅炉打水出来。她教我们自然课，同时兼着校医工作，我们并不熟悉。见到她，我更感到无地自容。她走到我面前，说："哟，你的手上长的是什么？"当时我手背上患湿疹，我说："湿疹。"她托起我的手看了看，然后拉着我的手，说："走，我给你开点药去。"她拉着我的手，出了传达室，向她的卫生室走去。一路上，她没有问我为什么被抓，没有问我犯了什么过错，只是问我这病长了几年了，都用了些什么药。到了卫生室，送我一瓶软膏，细细地告诉我用法。我真的没想到我不仅轻而易举地脱离了虎口，而且还得到了意料之外的关爱。作为老师，她完全可以和门卫一起训斥我，向班主任告发我，也完全可以视而不见。但是她就那么顺手把我救了。我是何等地感激她。我现在仍记得她的姓氏，她姓黄。我现在仍记得我当时的感激。我现在依然对她充满了感激。如果没有她，那会是多么不堪回首的噩梦啊。

她只教过我们几节课，我与她无亲无故。她对我的所作所为，不过是她善良天性非常自然的流露，不过是她生活中不经意的一举。但于处于最尴尬最无助中的如同溺水者一样的人来说，随便伸一伸手，就可以完成对一个人的拯救。

如今，当我给女儿讲安徒生童话中的《卖火柴的小女孩》时，我讲得要流泪，女儿听得直流泪。我想，如果当时哪怕有一个心存善良的人，花几个铜板买了她的火柴，她可能就不会冻死街头了。

三

我记得把换大米的老人骗到派出所时，我突然觉得老人实在可怜，我的良知发现了。他临进派出所门时，我真心实意地对他说："进去问什么老老实实地说。换大米是犯法的。以后别这样了。"后来见他坐在树下不能回家，也想，自己如果有 10 元钱给他就好了。说出来貌似虚伪，而当时是出于真心。

受家庭的影响，我从小对穷人就充满同情。小时候，讨饭的很多。有段时间几乎每天都有来到家门前呼叫的："大娘给点么吃吧，大娘给点么吃吧。"母亲总是把一些剩饭剩菜端给他们。如果没有剩饭剩菜，也要掏掏口袋，摸出几分硬币让我给他们。我也从来没有对他们歧视过。所以当听那个换大米的老人说派出所罚他十元时，感到那是一个天文数字，感到自己的确犯下了罪。这是家庭教给我的一点善心所致。

在站前派出所我干了半年。由于经常与像卖花生的那样的人打交道，由于不得不对这些人采取强制措施，经常受到自己良心的谴责，我终于无法忍受了。我另找了一份工作。就在我在派出所工作的最后一个班上，发生了这样的一件事。

一个和我一个班一起值勤的一位老人，姓李，对工作非常负责任。

这天，他抓住了一名蹬三轮进火车站广场拉客的老人。当时火车站广场外出口处，等着许多蹬三轮拉客的人。他们在我们的管理范围之内，我跟他们其中的几位交谈过，他们大多无业，靠一辆三轮车拉旅客挣点钱养家糊口。但派出所规定，为保证广场秩序，不允许他们进站拉客。但等在外边，就很少有旅客搭乘他们的车。他们总是趁我们不注意溜进广场。于是常常被我们扣住罚款。脾气大些的就与我们发生争执，甚至动手。这天，值勤的李老抓住的这个，头发全白了，看样子有七十来岁的样子。在我的印象中，属于蹬三轮的里边比较安分守己的一个，不知为什么今天却铤而走险。白发老人恼了，说什么也不交车。李师傅也上了犟劲，抓住车把不放，两人就在天桥下的马路中央抢起车来。我赶到现场，拨开人群，见李老整个身子伏在车把上，一只手死死地按住车闸。那个老人拼着命拉车，还大叫着，弄得车像不听话的驴儿似的乱蹦。李老见我来，说："小刘，快上。他敢跟我闹。"我上前掰那老人的手，那人急得满脸通红，跳着脚地叫着、闹着，死活也不撒手。突然，我想，这是我在派出所工作的最后一天了。我没有必要对我的工作负责了，他们也无法责怪我了！我反而拉起李师傅来："李师傅，算了。""你说什么？他把我衣服都弄坏了！快扣住他的车。把他弄到派出所去。""他都这么大年纪了。"我抱住了李师傅，其实我一是怕李师傅受伤，二是怕那个疯也似的老人有个三长两短。这时那老人趁机一用力，把车夺了，骑上就跑。一身是汗的李师傅冲我急了："小刘，你怎么这样！你给我追。"我摆摆手说："算了算了。"就往回走。迎面碰上闻讯赶来的所长。我轻描淡写地说："一个蹬三轮拉客的老头。跑了。没什么大事。"李老气得向所长告我的状。所长知道我第二天就不来上班了，也没怪罪我。李老得知我明天不干了，也消了气。

我觉得我做了一件善事。这事我做得轻松自如，问心无愧。因为我就要走了。因为我马上就不再有这身份，因为他们马上失去对我的管理权，所以我可以不受他们制约，凭我的心性而不是完全凭别人的意志做事了。更重要的是，我按我的良知作了事。

这种事，无论什么时候回忆起来，都从心里欢笑，而像欺骗换大米的老人那种事，无论什么时候回忆起来，都让我恶心。

四

如果我们认为恶是天性的话，那么善也应该是天性。多少人的良知，因为职业、身份的原因，被压抑，被埋葬。而我特别佩服那些持有生杀予夺的大权却大行善事的人。对某些人来说，他们就是救世主。

当我看电影《辛德勒名单》时，我抑制不住地流泪了。辛德勒就是这种人。我的黄老师也是这种人。我还特别佩服《悲惨世界》中的那个拯救了冉·阿让灵魂的主教和以灵魂和善行感化警探的冉·阿让。

良知能够超越思想体系。读一些像《南京大屠杀》之类的史料的时候，我常常想，如果有那么一个日本兵，心还存一点善，发扬一点善，在可逮捕可不逮捕人的时候不逮捕人，在可开枪可不开枪的时候不开枪，在可强奸的时候不强奸，在可踢打人的时候不踢打。如果再给受难中的人以仁慈的语气和行为，那他对某个人或某些人来说就是上帝了。即便是在黑色的思想体系中为思想体系卖命，他也是一个光亮的分子。

为善的人总给人间带来温暖。

《伊索寓言》中农夫与蛇的故事是可怕的。无疑，这个善良的农夫见到一切待毙的生命都要拯救的。他应该是一切处于危难之中的人或动物的上帝。他死于毒蛇，我们可以说他愚，但不可说他不善。如果不是毒蛇呢？如果见死不救，我们可以说他聪明，但我们不能说他善。

我多么希望，在制度上，保证无论施行什么样的思想体系，都不让人性的恶有生长的机会；我多么希望，每一个人，无论在什么情况下，无论有什么地位、身份，无论持何种政见，都以善待人，都对人充满同情、友好、真情。尊重人的尊严，尊重人的一切。

果如此，人间会成为天堂。

所有的思想体系，不管他要战胜什么，他的目的都应该是善的、人道的。即使对待敌人，也绝不能像对待牲畜一样随意宰割。一个行刑者可以依法杀人，一个执法者可以捉拿人，但任何人都没有权力用皮鞋去踢人的头，更没有权利让人的身心受到非人的摧残。无论他多么有道理，无论他掌有多大的权力。从思想体系上来说，根本上就要杜绝恶种的滋生。无论何种理由，无论何种思想，无论何种革命，都应将不人道者，恶之大者一律严控。对所有的思想体系，对所有的官员，都将这一条视为衡量好坏的标准。

如今，只有宗教在不遗余力地弘扬善行。这远远不够。其他的意识形态力量都应起来弘扬善行，打击恶性。

这是人的社会。你可以有一切的权力，但是没有欺辱同类，宰割同类的权力。凡自以为有这种权力的人，必是人类的敌人。

忏悔——除恶防恶的良方

做错了事，做过恶事的人，忏悔自身，无论如何是必要的。就像一个病人向医生老老实实说出自己的病情一样，这样才有疗救的希望。

然而在现实生活中，让一个人忏悔，就如同让一个作案的人在没有任何外界压力的情况下投案自首一样难，就如同让他自己切下自己身上的恶瘤一样难。人做了恶事，被揭发出来后总有种种理由，受误导啦，站错路线啦，极力把自己的恶行推到自己的领导和某种思想体系或某些操纵者身上去，说，是他们让我这样做的。

但难道割喉管、抽皮鞭、打棍棒、强奸，都是由一级级的上级指挥的？如果你心里没有恶，怎能在悲剧的时代添加更多的悲剧？

作过恶的人，真诚地对自己的恶进行忏悔，他就不会再做第二次。如果一切都推得一干二净，那么就证明他仅仅是某个政权某个掌权人的工具。即是工具，那么，将来还会被人利用，还会作恶。

忏悔是对灵魂清理和医治。忏悔是为了让自己更像人，而不像工具。能忏悔者才有良知。

我认识一位在"文革"时耀武扬威、令千万人胆战的人。他常说："说我是'三种人'，我干什么了？我什么也没干呀！"但一喝了酒，便放开说："你问问，"文化大革命"的时候，从当官的到当兵的，谁敢不听我的！"听了让人心寒。

一个做了恶事的人，如果事后不忏悔，那这个人就有问题。他会以种种理由修饰、篡改自己的恶行。他所做的不是改正自己的恶，而是隐藏自己的恶。作恶者居然不承认自己之恶，隐藏自己之恶，正说明其恶已不可挽救。在当今社会，有人说，文化大革命绝对不会重演。这种观点总认为社会是进步的，人类总是向前发展的。但如果把文革放入历史长河中看，所使用的手段，所迫害的人数，比起那些暴政，进步了多少？所以时间不能决定社会进步，时间更不会改变人性。索尔仁尼琴说，人的改变，比地壳的改变不会快多少。

我们可以做这样的假设。假如，就在今天，"上级"要求我们从我们单位一定要抓出几个人来打倒。我敢说，马上，整个机构都会行动起来。单位领导如此这般进行布置，所有人员都会绷紧了弦，瞪大了眼。为了保全自己，为了邀功请赏，为了讨领导欢心，为了出尽风头，为了报复过去的恩恩怨怨，看吧，保证按时完成上级交办的任务。最好的同事也会马上互相猜疑，再安定的单位也会搞得乌烟瘴气，再一团和气的集体也会剑拔弩张。现在的环境并不是不动的、坚固的磐石。

每一个或多或少做过错事、恶事的人都需要忏悔。忏悔是一种良知的发现。忏悔是一种更新革面。忏悔是灵魂的净化。忏悔可以不让悲剧重演。忏悔可以挖出心中的恶种，窒息它，消灭它。当然，这里指的忏悔不是在被审判被揭露时的忏悔。而是在没有被审判、没有被揭露时的自我忏悔。

当年西德总统勃兰特真诚地跪在华沙犹太人死难者纪念碑前，为纳粹时代德国所犯的罪孽向犹太人，向全世界道歉，令全世界对德意志民族及其本人肃然起敬。日本政府如今还对当年血腥的侵略遮遮掩掩，只能让人恶心，并顿起戒心。

我心有恶，我心亦有善。对所做坏事进行忏悔，即是以我之善制我之恶，本身就是善行。